James Murray

Of understanding shall she feed him and give him the waters of wisdom to drink with the bread

主编：陈 恒 孙 逊

光启文库

光启随笔

光启文库

光启随笔　　光启讲坛
光启学术　　光启读本
光启通识　　光启译丛
光启口述　　光启青年

主　编：陈　恒　孙　逊

学术支持：上海师范大学光启国际学者中心

策划统筹：鲍静静
责任编辑：李彦岑　蒋姗珊
装帧设计：纸想工作室

文思与品鉴

外国文学笔札

虞建华 著

商务印书馆
The Commercial Press

图书在版编目（CIP）数据

文思与品鉴：外国文学笔札 / 虞建华著. — 北京：商务印书馆，2020
（光启文库）
ISBN 978－7－100－18422－9

Ⅰ.①文… Ⅱ.①虞… Ⅲ.①外国文学 — 文学研究 — 文集 Ⅳ.①I106-53

中国版本图书馆 CIP 数据核字（2020）第070775号

权利保留，侵权必究。

文 思 与 品 鉴
外国文学笔札
虞建华 著

商 务 印 书 馆 出 版
（北京王府井大街36号 邮政编码 100710）
商 务 印 书 馆 发 行
山 东 临 沂 新 华 印 刷 物 流
集 团 有 限 责 任 公 司 印 刷
ISBN 978－7－100－18422－9

2020年7月第1版　　开本 889×1194　1/32
2020年7月第1次印刷　印张 11⅞
定价：58.00元

出版前言

梁启超在《清代学术概论》中认为,"自明徐光启、李之藻等广译算学、天文、水利诸书,为欧籍入中国之始,前清学术,颇蒙其影响"。梁任公把以徐光启(1562—1633)为代表追求"西学"的学术思潮,看作中国近代思想的开端。自徐光启以降数代学人,立足中华文化,承续学术传统,致力中西交流,展开文明互鉴,在江南地区开创出海纳百川的新局面,也遥遥开启了上海作为近现代东西交流、学术出版的中心地位。有鉴于此,我们秉承徐光启的精神遗产,发扬其经世致用、开放交流的学术理念,创设"光启文库"。

文库分光启随笔、光启学术、光启通识、光启讲坛、光启读本、光启译丛、光启口述、光启青年等系列。文库致力于构筑优秀学术人才集聚的高地、思想自由交流碰撞的平台,展示当代学术研究的成果,大力引介国外学术精品。如此,我们既可在自身文化中汲取养分,又能以高水准的海外成果丰富中华文化的内涵。

文库推重"经世致用",即注重文化的学术性和实用性,既促进学术价值的彰显,又推动现实关怀的呈现。文库以学术为第一要义,所选著作务求思想深刻、视角新颖、学养深厚;同时也注重实用,收录学术性与普及性皆佳、研究性与教学性兼顾、传承性与创新性俱备的优秀著作。以此,关注并回应重要时代议题与思想命题,推动中华文化的创造性转化与创新性发展,在与国外学术的交流对话中,努力打造和呈现具有中国特色的价值观念、思想文化及话语体系，为夯实文化软实力的根基贡献绵薄之力。

文库推动"东西交流"，即注重文化的引入与输出，促进双向的碰撞与沟通，既借鉴西方文化，也传播中国声音，并希冀在交流中催生更绚烂的精神成果。文库着力收录西方古今智慧经典和学术前沿成果，推动其在国内的译介与出版；同时也致力收录汉语世界优秀专著，促进其影响力的提升，发挥更大的文化效用；此外，还将整理汇编海内外学者具有学术性、思想性的随笔、讲演、访谈等，建构思想操练和精神对话的空间。

我们深知，无论是推动文化的经世致用，还是促进思想的东西交流，本文库所能贡献的仅为涓埃之力。但若能成为一脉细流，汇入中华文化发展与复兴的时代潮流，便正是秉承光启精神，不负历史使命之职。

文库创建伊始，事务千头万绪，未来也任重道远。本文库涵盖文学、历史、哲学、艺术、宗教、民俗等诸多人文学科，需要不同学科背景的学者通力合作。本文库综合著、译、编于一体，也需要多方助力协调。总之，文库的顺利推进绝非仅靠一己之力所能达成，实需相关机构、学者的鼎力襄助。谨此就教于大方之家，并致诚挚谢意。

清代学者阮元曾高度评价徐光启的贡献，"自利玛窦东来，得其天文数学之传者，光启为最深。……近今言甄明西学者，必称光启"。追慕先贤，知往鉴今，希望通过"光启文库"的工作，搭建东西文化会通的坚实平台，矗起当代中国学术高原的瞩目高峰，以学术的方式阐释中国、理解世界，让阅读与思索弥漫于我们的精神家园。

上海师范大学光启国际学者中心

2020年3月

代 序

  2019年岁初我受邀参加虞建华教授与他的几位弟子的聚会，辞旧迎新，叙旧谈今。席间，有青年教师说，他们的恩师虞教授在外国文学研究和教学领域辛勤耕耘40余年，积累了丰富深厚的思想宝藏，他们多年以来都有一个想法：希望能搜集和整理虞建华教授多年来发表的文章，编辑成册，以飨公众，并以此作为奉献给恩师虞教授的一份礼物。我当即表示由衷的赞许，认为这是一个极好的想法。他们接着又郑重其事地提出想敦请我为该文集撰写一篇序言。面对这个突如其来的任务，我自感无论在能力和学识方面都不堪胜任，但考虑到我与虞建华教授已经有40多年的交情，从忘年之交到莫逆之交，我勉为其难，只好说待我看到你们整理好的书稿后再定。

  没有想到的是，这些青年人怀着对老师的深深崇敬，雷厉风行，说到做到，于今年六月中旬，委派两位代表郑重其事地把打印和装订完好的书稿送到我手里，我双手捧起了这本三百多页、沉甸甸的书稿，翻阅了一下，既欣喜又忐忑不安。喜的是看到虞建华教授如此多产，钦佩之余我顿悟这是一个学习的好机会；愁的是想到自己退休多年，远离教学和科研，不思进取，读书很少，久久没有动笔写东西了。但看来写序之事恐难推却，便诚惶诚恐接受了任务。可是不巧此时我的白内障眼疾需医治，手术后医生嘱我少用眼睛，这样一直拖到近日才开始阅读书稿。我不敢懈怠，较认真地通读了全书，还做了一些简单的笔记，收获良多，不便在此一一细述。现将我感触较深的几点写出来，权作一篇代序。

虞建华教授从事英语教学和外国文学研究40余年，毕其才智和精力，建树显赫，成绩斐然，论文著作迭出。这本书稿精选了50余篇文章——用他自己的话来说是他数十篇"正宗论文"之外的"零星小文"。集子分成八辑，前四辑集中关注文学，以英美文学为主，从经典到现当代，涵盖了英美文学的方方面面；后四辑中，有一辑评述了新西兰文学的几位重要作家和作品，介绍了他编撰的《新西兰文学史》。他在翻译和文学史编纂方面颇有研究，文集各辟一栏收入了他写的数篇有关文章。其中那篇为他主编的《美国文学大辞典》写的前言尤为精彩，凝聚了他呕心沥血几十年的辛勤劳作的经验和心得，弥足珍贵。最后一辑题为"治学之道与语言学习"，虽然这一栏目的文章与前面几部分相比，内容较杂些，学术性没有那么强，但是篇篇都是虞建华教授教书育人和做学问的经验总结，充满哲理和情感，饱含他对工作的热爱和对学生的挚爱。《难忘"中师班"》一文，讲述他执教中师班15年的经历，充分显示他对学生的强烈责任感和深厚感情，读后为之动容。而他讲述的治学之道和语言学习的方法都是肺腑之言，对每个决心学好语言与做好学问的人都非常实用，启人心智。由此可见，这本文集题材广泛，内容丰富，足以成为文学爱好者和有志于外语教学和外国文学研究者的指南、身边的"良师益友"。

值得强调的是，通观全书，在这般丰富多彩的内容里，有一条主线贯穿其中，那就是虞建华教授对文学和历史两者关系的学术观点和研究方法。用他自己的话说，可以一言概之，即"文史互观"。他用这四个字作为他在"英华学者文库"中自辑一集的书名。他在《文史互观》一书的自序中这样写道：选用文史互观作为论文集的书名"意在凸显论文涉及的历史与小说的互文关系和互文解读。书名也是主题，虽仅有四个字，但涵盖面不小，包括了三个关键词：文学（文）、历史（史）和互文研究（互观）。这三个词的互相组合，圈出了一个非常有趣，也非常有意义的研究领域"。虞建华教授在这个领域里长期辛勤耕耘，探幽索微，独辟蹊径，形成了他独特的文学研究的观点和方法，从而写出了具有鲜明特色的论文。他大多数论文着力于"文学的历史研究或语境化的小说研究"。他研究的方法则是"从文学入手，以文学为主，意在通过文学文本重访历史，重审历史，从历史文本与文学文本的互文解读中看到历史的多面性和历史的相对深度"。他的这些学术观点和研究方法使我自然地联想到我国著名学者、文史哲兼通的大师陈寅恪先生。他提出的"文史互证"的学术思想和研究方法，为我国文史研究树立了一座丰碑。我认为在一定程度上，虞建华教授的"文史互观"继承了陈寅恪先生的思想和方法，将它应用到外国文学研究中去，潜心研究，勇于创新，颇见成效。

虞建华教授的这篇序言，篇幅不长，但言简意赅，概述了他长期从事外国文学的心路历程，句句是从实践中提炼出来的。我曾阅读过他编写的《美国文学的第二次繁荣》断代文学史，以及他撰写的《禁酒令与〈了不起的盖茨比〉》《文学市场化与作为"精神自传"的〈马丁·伊登〉》等论文，毫不夸张地说，它们都使我对这些比较熟悉的断代文学史和小说有了一个更深入的认识，开启了新的视角，拓宽了视野。所以我认为这是一篇非常重要的文章，就序文的写作而言，也写得很好，是一篇序文中的范文。

说到序文，我给这个文集做了一个不甚精准的统计，全集共54篇文章，其中序文（包括前言和导读）计有30余篇。为他人出版的著作、译本和论文写的序文有20余篇，而他们的作者或译者大多曾经是他的学生或年轻有为的学者。虞建华老师为他们写的每一篇文章都下足了功夫，认真对待，对作品进行精辟的分析和实事求是的评论，肯定他们所做的努力和成果，鼓励他们继续努力。我还注意到一个有趣的现象，在许多序文里，他往往会对这些年轻朋友在学习或工作中的作风、性格特点、语言风格，乃至形态风貌描述一番，娓娓道来，栩栩如生，如数家珍，非常亲切，可见他对人观察的敏锐和细致，也可见他对年轻人的关怀和砥砺。

在阅读这本文集时，我不时想到那句老话：文如其人。我在本文一开始就提到，我跟虞建华教授已有四十来年的交往，从忘年之交到莫逆之交。我最初结识他，可以追溯到20世纪70年代，当初他还是上海外国语大学的学生，他的姐姐和姐夫是我在洛阳解放军外国语学院的同事，又是邻居。在学校放寒暑假时，虞建华常会来洛阳探亲休假，我与他常不期而遇。后来他告诉我他喜欢来洛阳，其中一个重要原因是当时在我们学校图书馆可以借阅到英美文学原著和许多英美报刊。他利用一切机会如饥似渴地刻苦学习，如他自己在那篇序言里说的："我那时读书非常勤奋。用'非常勤奋'来描述那几年的苦斗，我问心无愧。"他这种勤奋苦斗的精神贯彻一生，兢兢业业坚守工作岗位，一再被推迟退休，成为上外教授中德高望重的"元老"。据我了解他直至明年10月才正式荣休，而他也一直在辛勤指导博士生，仍笔耕不辍。他的这种勤奋精神，我有深切的感受，因为有一段时间我与他一起在教育部的全国高校外语教学指导委员会和成人考试中心工作。那时我们常住一个房间，白天开会或工作，紧张又辛苦，身心俱疲，但他常常不知疲劳，挑灯夜战，继续看书或写文章，俏皮地对我说：我再干点"私活"。不难发现他的许多文章或译著都是这样挤时间完成的。所以，我想"勤奋"是他许多美德中很突出的品质，造就他成为一名优秀的教师、一名杰出的科研人才。他的其他美德我不在此赘述，凡是跟他接触或相处过的人，都会异口同声地赞誉他的人品和修养。我为有这样一位挚友而感到幸运和骄傲。

姚乃强

2019年深秋

目 录

代　序　　　　　　　　　　　　　　　　　　　　1

第一辑　历史、政治与美国小说

还原历史的霍桑：一个作家的文化肖像　　　　　　3
史诗互证：美国的冷战政治与文学再现　　　　　　10
"记忆重现"和莫里森的历史叙说　　　　　　　　17
在小说中重写、重读历史　　　　　　　　　　　　22
文学的政治性与历史的文学解读　　　　　　　　　27
女性乌托邦小说：一个女权主义者的政治构想　　　33
文史互观，相映成趣　　　　　　　　　　　　　　38
《历史、政治与文学书写》编后记　　　　　　　　45

第二辑　当代英美作家述评

罗斯的手电筒：照进人心隐秘的深处　　　　　　　51
炫酷包装下的深邃　　　　　　　　　　　　　　　58
敞开的牢狱：城市空间与欧茨的小说　　　　　　　65
生活中有太多的问题需要"纠正"　　　　　　　　71

安妮·普鲁：关于人类栖居地的生态思考　　74
精神探索与索尔·贝娄的小说　　78
"流动意识"和阿什伯里的行为主义诗歌　　83
漫游中成长：多克托罗笔下的城市少年　　90
移民作家的文化优势与文化使命　　96
朱丽叶·格拉斯和她的获奖小说《三个六月》　　102

第三辑　美国经典作家评介

经营繁复：福克纳的文字谋略　　115
观察乌鸫的又一种方式：
　　从文化心理层面看福克纳的创作　　120
读解生命年轮的刻记　　129
英雄人物的成长和背后的"她"　　134
从政治审美到文化审美：
　　赫斯顿小说中的民俗因素　　139
凯特·肖邦：女性意识的觉醒　　144
走近文学大师，走进文学大师　　148
"美国歌手"：沃尔特·惠特曼　　152

第四辑　文学、文化主题探究

归属感，民族意识和文学的本土化　　165

重提战争话题：昔日的阴影和今天的焦虑　　169
文化渊源与情感归属：汤亭亭的小说　　175
经历成长，书写成长，见证成长　　179
透视"等待"背后的文坛巨变　　186
浩瀚学海中的理论探索之旅　　192
新议程：全球化语境下的文化研究　　195

第五辑　文学翻译与译著序言

读者的梦园，译家的摇篮　　203
后现代漩涡里的舞蹈　　207
《五号屠场》：用另一种方法表现灾难　　215
公主和七个小矮人走出森林　　222
回首冷观：人性与疯狂的决战　　229

第六辑　文学史与辞书编纂

谈肯尼斯·米拉德的《当代美国小说》　　237
开启美国文学信息资料库的钥匙　　246
从呐喊、抗议到心灵解析　　252
《美国文学大辞典》前言　　258
自主意识与《美国文学大辞典》的编撰　　264

第七辑　新西兰文学研究

20世纪新西兰文学纵横谈	281
多元杂糅、异趣纷呈的大洋洲文学	293
《新西兰文学史》初版序言	298
《新西兰文学史（修订版）》前言	304
民族文学与全球化	308

第八辑　治学之道与语言学习

"致知"是一门最高的学问	325
始于愉悦，终于智慧	330
下点苦功夫，学点巧功夫	334
难忘"中师班"	337
《英美文学研究论丛》第一辑编后记	347
《英美文学研究论丛》第三辑编后记	351

代后记　方寸中的文学大世界	357

第一辑
历史、政治与美国小说

还原历史的霍桑：一个作家的文化肖像[*]

谈到霍桑这位中国读者喜爱的美国作家，我自然联想到他的同代人，另一位中国读者喜爱的文学大家惠特曼。两人分别是19世纪美国小说和诗歌领域的代表人物，但精神风貌和书写风格迥然不同。惠特曼直抒胸臆，诗风奔放、纵情、浪漫，本质上比较直白单纯；霍桑擅长探赜索隐，文辞细腻、内倾、哀婉，更加幽远深沉，需要心灵的倾听。如果说惠特曼是革新时代美国的精神，他的激情讴歌能让人热血沸腾，那么霍桑就是文化潮变中美国的灵魂，他的小说使人体验到人心的幽邃。美国文艺复兴运动的包容性，将这两位秉性和气质完全不同的文学家推到了前台。

霍桑对人物的内心世界具有细致入微的洞察能力，常在小说

---

[*] 本文是《原罪与狂欢：霍桑保守主义研究》（尚晓进著，上海大学出版社，2015年）的序言。

中将个人置于道德选择的困境，在本性与社会规范、宗教律令的碰撞中透析人的心理和心境。他善用象征，笔调柔润谐美，文风沉静幽婉，作品中常常弥漫着神秘诡异的气息，携带着些许哥特小说的悬疑和悲剧的抒情。他写下了一批拨动心弦的故事，常令读者爱不释卷，从阅读中获得精神触动、文化启迪和审美愉悦。他写得很美，但他更是一位思想深刻的作家。时至今日，霍桑的作品已是人类共有的文化遗产，更是藏品丰富的19世纪"美国历史资料库"和"文化博物馆"，值得细细品读、发掘和考究。

我对霍桑和他的作品不算陌生，但尚晓进教授的书稿《原罪与狂欢：霍桑保守主义研究》在很多方面更新了我的原有认识。作者将霍桑和他的小说作品置入19世纪上半叶的历史和文化语境中，寻踪觅源，抽丝剥茧，梳理错综复杂的思想脉络，解开盘绕纠缠的文化根系，勘查一个作家的情感历险和思想流变，"力求拨开岁月的重重迷雾，走进历史深处的霍桑"。这是一部具有深度的作家研究著作，不乏真知灼见，不仅在霍桑思想基础和作品主题的讨论中贡献新见，也勾勒出作家文化肖像不为常人所见的另一面，让我们看到了一个塑造霍桑的时代，也认识了一个时代塑造的霍桑。

霍桑与美国历史的牵连似乎是一种命定的安排。他的出生时间是美国独立纪念日，出生地点是马萨诸塞州的塞勒姆镇。那个地方曾是清教文化中心，那里的女巫审判记载了美国早期历史臭名昭著的开篇。霍桑生活的时代已经走出了清教主义的阴影，但清教文化遗产对他后来的思想发展和文学创作仍然深有影响，尤其是曾经染指女巫审判的不光彩的家族背景，常让他回看和反思历史，探究导致人心疯狂、行为极端和权力失控背后的根源。他看到了人心深处黑暗的一面，视宗教概念中的"恶"为社会病源，仍然相信"原罪"的存在，并在《七个尖角阁的宅子》《红字》和众多短篇小说中，让这些观念获得了生动鲜活的体现。"原罪"是美国清教主义的基本信条，也是作家的信仰基础。尚晓进将其用作书名中的关键词之一，指向作家思想中本土文化的根源。

书名中的另一个关键词"狂欢"取自巴赫金的理论，更多地指向源自欧洲的时代风尚：一种亢奋的精神和文化状态，一种意在颠覆秩序体系、挑战权威话语、消弭等级划分的民主诉求。霍桑的时代是充满浪漫情怀的时代。一个年轻民族正意气昂扬，跃跃欲试，追逐理性和科学，试图打破传统束缚，解放人性，通过改革谋求进步。这种时代精神在同代人惠特曼激情四溢的诗歌中得到了最具有代表性的体现。霍桑的身上全然不见惠特曼的激情，很多人心目中的霍桑是个不谙世事的离群孤雁，沉迷郁结于心的幽思。其实他同样深深卷入了时代的潮变之中，虽然态度审慎且偏于保守，但很大程度上接受了流行于欧洲的文化新思潮的影响。他具有两面性，是个矛盾体，背着沉重的历史包袱参与了时代的"狂欢"。霍桑的作品，如《红字》，虽与"原罪"等一些作家本人不愿放弃的概念纠缠在一起，但反映的是人物对压迫个人的社会势力的反抗。尽管他戴着镣铐舞蹈，总体上与时代的节奏还是合拍的。

霍桑的名字常常与三个互相叠盖的大概念联系在一起：美国的"文艺复兴"、后期浪漫主义和超验主义。"文艺复兴"就美国历史而言，后期浪漫主义就文学/文化史而言，超验主义是前两者的思想核心。发源于康科德的超验主义是美国历史上第一次重要的思想运动，强调个体和自立为其核心观念，认为人可以通过直觉认识真理，可以依靠自我修养完善灵魂。这种凸显个体主观能动性的思想，是惠特曼讴歌的新的美国精神，促成了一场具有历史意义的文化和思想变革。"文艺复兴"的时代必然是一个"狂欢化"的时代，必然弥漫着浪漫主义的气息。但与以库珀的新边疆传奇为代表的前期浪漫主义不同，美国后期浪漫主义文学反映的是一场认识革命，拥戴民主与政治平等，将人的价值和个人自由提升至前所未有的高位，因此更具有划时代的意义。

应该说霍桑不是一个义无反顾的革新者，他更愿意掂量比较，驻足而思。他看到了宗教的虚伪与专横，但无法与宗教传统撇清干系；他一度租住爱默生的老宅，与梭罗为邻，与超验主义精英为伍，但对带有自由主义色彩的超验思想持怀疑态度，尤其在小说《天国铁路》中对超验主义的乐观基调进行了讽刺；他赞成平等、合作的理想，参与布鲁克农庄的乌托邦实践，但不久便弃而远之，并在《福谷传奇》中对公社代表的理念进行了否定和批判；他希望人间平等，社会和谐，但对一切触动现状的改革心存疑虑，也有明显的种族主义倾向。他处在一个激进的时代，将自己投进历史的汹涌大潮中，但不愿随波逐流，常常显现出本质上的保守。他总是诚实地表达着个人的思考，并不随声附和。历史上的霍桑是一个矛盾体，矛盾的才更加真实，才具有代表价值，因为他所处的时代正是传统与新思想混战的时期——作为早期美国思想之根的清教主义受到新一代知识分子的挑战，但影响犹在。霍桑的作品反映了他思想中的矛盾和挣扎：世界并不完美，现实并非黑白分明，而常常善恶交叠，是非相混，就像红A字，既象征着人性的罪恶，又闪耀着道德的光辉。尚晓进这部论著还原的正是这样一个矛盾但更加真实的霍桑。

长期以来，学界较多关注霍桑作品中时代背景所凸显的本土宗教和文化因素，忽视了影响其创作的欧洲元素。前者相对显见，后者则更根植于霍桑和很多同代文化人的意识深处，潜移默化地施展着巨大的影响力。霍桑本人刻意强调自己的作品是"罗曼司"而不是小说，与欧洲传统浪漫主义文学划清界限，以凸显自己的美国身份。至少部分由于霍桑对自己作品体裁定义的坚持，后来的研究者对"罗曼司"与"小说"两个标签做了不少合理化的区分，认为罗曼司更带诗性，更多关注人物深层意识，更偏离日常生活而偏好陌生、怪异、离奇的主题，因此更具有复杂性和多义性，与"小说"的社会关注和再现模式不同。霍桑的许多作品确实有上述的特征，但尚晓进的研究特别指出，这样的标签和归类，其实淡化了欧洲文化对霍桑的影响，也割裂了霍桑小说与现实的关联，在相当程度上误导了霍桑研究的思路。这部新著对目前的霍桑研究总体倾向做出了矫正性的再平衡。

这种"再平衡"是用一种新的历史视野，将霍桑放回时代的语境之中，讨论作用于作家的两方面的影响源：来自欧洲的传统和美国本土的新传统。不可否认，美国的浪漫主义文学具有自家的独特风格，受到清教传统、西进运动、新民族谋求文化独立和建构理想社会的渴望等历史经验和意识形态基础的塑形。但先于美国浪漫主义运动的欧洲，尤其是英国的浪漫主义运动，对美国浪漫主义的形成与发展产生的影响不容低估。即使超验主义精神领袖爱默生本人的思想，也受到欧洲浪漫主义和德国唯心主义哲学的深刻影响。同时，东方的古代哲学和思想当时在美国有了译介，印度和中国典籍中的神秘主义也对超验主义者产生了一定的影响。尽管霍桑刻意强调自己的美国身份和作品的本土特性，在他思考美国现状时，作为衡量标尺和比较对象的欧洲文化，一直是他心中赫然存在的权威参照。霍桑本人曾旅居欧洲数年，旅欧体验更是激活了藏匿于他的"美国肖像"背后的欧洲文化因子。一般霍桑研究中所忽视的这一方面，正是尚晓进的新著所凸显的。

"再平衡"的另一个方面，是将一般被认为"不太成功"的霍桑的两部小说《福谷传奇》和《牧神雕像》隆重推到了前台。两部小说未获评论界青睐事出有因：爱默生表示过不满，而且销售情况不佳，似乎权威的评定和读者的选择达成了一致。但尚晓进发现这两部与作者生平关系最密切的小说是可资发掘的富矿，并着力开采。《福谷传奇》基于霍桑本人参与的布鲁克农庄乌托邦式公社的经历，小说中的社会革新良好愿望最终毁于人的自私。作家对这类举措给出了批评性的思考，但小说也涉及了来自欧洲的女权主义、社会主义等思想领域的重大议题。霍桑的旅欧经历和思考，成就了后期小说《牧神雕像》，在其中作家对美国的和欧洲的、历史的和现时的宗教和文化，从整体上进行了深刻的反思，针砭时弊，试图提出未来道德文化的构想。上述两部小说在尚晓进教授的新著中得到了富有新意的文化解读，让我们从不同侧面看到了一个更加丰富的、有血有肉的霍桑。

霍桑是一位深刻且具有文化远见的作家。但时至今日的霍桑研究基本未脱宗教、道德、心理和叙事艺术几个方面，即使未与历史和政治脱节，其连接也是间接的，泛化的，通过象征和故事的寓言性指涉，建立在抽象层面。尚晓进教授的新著超越了认识这位作家和作品的原有程式，也修正了国内对这位作家形象和作品主题的很多方面的误读，为我们提供了再认识。这种再认识是建立在一种拓宽、深化的学术视野的基础之上，具有历时研究中历史维度的深邃和共时研究中社会政治空间的阔达。尚晓进在上外就读博士时就有"才女"的美誉，十多年过去之后，又在这本著作中与她"相遇"，在清秀练达的文笔和鞭辟入里的分析中，不仅迎头撞见了扑面而来的才气，还体会了时间和积累打磨出的老练和深沉。

（2015年春）

史诗互证：美国的冷战政治与文学再现[*]

在许多美国政客的头脑中，冷战思维就像恋故的幽魂，驱之不散。从总统挥舞大棒的干涉政策，到媒体政治话语中的傲慢与偏见，人们看到的是那种居高临下的道德优越感，那种唯我独尊的"美国例外论"，那种强权意识背后的帝国梦想。冷战结束了，但冷战思维仍在作怪；冷战话语大多被扬弃，但冷战的逻辑机制根深蒂固。今天的世界形势已经发生了重大的变化，美国的全球霸主地位受到挑战，难以维持独步天下的优势，昔日唯我独尊的地位被淹没在全球化、多元化的国际关系中。绝对优势被削弱的焦虑，更让冷战思维幽灵复活，让一些右翼政客重弹旧调，树立假想敌，与世界发展大势逆向而动。冷战思维作为意识形态的一

---

[*] 本文是《印迹深深：冷战思维与美国文学和文化》（金衡山等著，南开大学出版社，2017年）的序言。

部分，仍然是美国帝国政治谋划的前提，弥漫在国家战略、话语体系、思维逻辑和大众生活方式之中，与今天以包容、沟通和理解为主调的全球治理态势格格不入。

正因如此，今天我们阅读金衡山教授主撰的著作《印迹深深：冷战思维与美国文学和文化》，尤其能感受到作品的当下意义。这是一项跨学科的研究，涉及政治、历史和文化，但重点在后者，即冷战的政治、历史语境催生的文学与文化方面。英国当代文化理论家特里·伊格尔顿认为："文化研究所关注的中心，已从狭隘的纯文本或概念分析转移到了文化生产问题和艺术品在政治中的运用。"20世纪80年代，文学批评朝历史文化转向，跳出以结构、语码、修辞、叙事艺术等为中心的"文内"研究的传统，更多地关注"文外"的社会、政治和历史，将文学阐释融入更加宽广的文化语境。

西方共享的冷战价值基础是自由主义，但冷战建构的政治文化对自由思想又是压制的，麦卡锡主义便是个说明问题的例子。冷战催生的"怪胎"，深深地影响了美国的文学和文化。虽然在媒体长期"洗脑"作用下，不少通俗文化和文学作品附和冷战思维，但主流美国文学秉持的是一种批判的态度，大多严肃作家对冷战思维进行了不同形式和不同程度的抵制。英国作家萨尔曼·拉什迪曾说："作家和政客是天生的敌人。两类人都试图按照自己的想象塑造世界，争夺的是同一块领地。小说是对官方的、政客的'真理版本'说'不'的一种途径。"历史叙事和文学叙事两种话语的碰撞，可以引向对意识形态重大方面的再思考和新认识。

金衡山教授等人的著作正是这种跨出纯文本，向历史、政治、文化研究转向的总体趋势中视角独特的一例，为我们提供了观察美国历史和政治的另一个窗口。文学具有自身的独特属性，如多义性和话语间性，又有虚构特权。因此这种特殊的文化模式具有施展评说历史和政治的特殊功能。同历史书写和政治书写一样，文学书写也利用某些支配性的"言说"原则，也隐含着权力关系和权力本质。美国官方宏大叙事充分利用语言的统治力量，建构冷战意识形态的思维框架；而美国作家则通过小说进行颠覆性的再现，利用语言的解放力量，以虚构叙事对抗历史叙事，以个人叙事对抗总体叙事，从而解构体现权力意志的官方话语。

按照福柯对社会关系的考量，人类社会中的一切关系都可归为权力和话语之间的关系。书写者握有话语权力，可以决定素材的选择和呈现的模式。作家用虚构的或真实的，或虚构与真实交织的叙事，将概念化的历史具象化，凸显历史叙事中缺失的成分，揭示事情的相对性和多面性。小说通过自己的描述呈现社会面貌，与官方"真理版本"形成反差和对照，这其实是一种争夺意义阐释权的文化斗争。金衡山教授等的著作正是通过虚构叙事与历史叙事之间的互文解读，结合宏观视野上历史文化研究和微观层面的文本分析，在文化语境与文学文本之间寻找意义，在更大层面与社会、历史和文化形成呼应，讨论作家如何重写、补正、批判官方既定的冷战叙事，揭示其背后复杂的权力关系，引向更鲜活具体的再认识。

这部关于文学与冷战思维的著作，以四个具有代表意义又充满荒诞色彩的实例开始，将冷战意识形态扭曲下怪象迭出的历史画面具体地呈现给读者，说明冷战思维吞噬理性，漫及各个领域，不仅祸及"敌方"，美国人同样是这种带偏执狂色彩的意识形态的受害者。作者首先描述了冷战形成的历史背景，追述其思维逻辑的形成，以及这种思维滋育出的恶果——麦卡锡主义。在此基础上，作者讨论了冷战与包括作家在内的美国知识界，逐步聚焦，引向全书四大模块中的主体部分"冷战思维与文学想象"。该章的讨论将七位作家的相关文学作品置入冷战的语境中进行分析解读。这些对象文本中，有阿瑟·米勒的《塞勒姆的女巫》和多克托罗的《但以理书》两部指涉比较明显的"反冷战"作品，但更多的是学界一般很少专门从冷战的议题和视角进行讨论的小说。金衡山教授等挖掘渗透其间的冷战的影响因子，重新认识作品的政治意涵和作家的文化态度。研究的最后部分是冷战思维影响下产生的大众文化，包括电影、音乐、绘画等多方面。这是一部历史梳理、意识形态批判和文学解读三位一体的研究，以语境化的文学文本讨论为主，又让个案折射出冷战迷雾中美国政治生态的全貌。

"冷战思维"不等同于"冷战"。它隐藏在背后，流行于无形，既无处不在，又难以捉摸，是一种观看问题的框架，一种逻辑模式，一种政治无意识。在强大的意识形态高压态势之下，作家们难免受到影响，表现出或抗拒或迎合的书写态度。一个作家即使只想讲一个无关政治的故事，其中仍可能涵容了该时代的文化政治信息，可供解码。如果某作家讲述一个普通美国人生活中遭遇贫困和幻灭的故事，他实际上批判了西方世界自由美好的冷战信条，揭露了冷战意识"非我即敌"的绝对化。在批评界的讨论中，米勒的《塞勒姆的女巫》与50年代时事关联最多，但这部剧作也不是直接写冷战的，而是讲述了250多年前一个宗教迫害的故事。作家将过去的悲剧搬上冷战时期的美国舞台，指桑骂槐，矛头指向操纵舆论以清除异己的麦卡锡主义。米勒的剧作是在冷战的语境中生成的，也是在冷战的语境中被当作政治寓言接受的。

金衡山教授在前言中强调：除一些通俗作品外，"当代美国文学与冷战的关系并不是一种直接的反映与被反映的关系，至少我们并不能在一些重要的作家中读到对于冷战的诸多直接的描述，但这并不等于说冷战与文学之间没有关联。事实是，冷战氛围是许多作家不能不面对的一个写作环境，而冷战思维则是在不经意间，或者是有意无意地成为一些作家选择素材、刻画人物、营造情节、表达思想的一个尺度，一种隐含的背景"。在写于冷战时代或关于冷战时代的作品中，大多美国主流作家表达了某种与冷战思维具有对抗性的"争辩"，这种对抗可能甚至不为书写主体所了解，而泛化在多领域、多层面的作家与时代的批判性对话中。

探究隐藏或蕴涵于表层叙事背后的认识之源，发掘其新的意义和价值，正是文学批评家的贡献所在。批评家与普通读者任务不同，用心不同，解读深度不同。前者意在透过故事层面，努力发掘字里行间的内涵，在作家虚构叙事中解读编码于其中的深层意涵。正如本书作者在前言中指出的，这项研究的意义"在于结合冷战历史，深入剖析政治、文化、文学之间的关系，解释冷战思维的形成轨迹和表现方式"。作为当代世界史上最惹眼的大事件，冷战无法被忽视，理所当然地成为相关研究的热门主题，但大多研究专注于国际关系、政治、媒体等方面，而结合文学的讨论不多，集中的专题研究更少。因此，这部著作提供的聚焦式的讨论是一种延伸拓展，可为更具体地认识当代世界史提供一个特殊的视角。

冷战思维惯性很大。在今天这个媒体愈加强势的信息时代，这种思维依然活跃，依然危险，弥漫在金衡山教授所说的"美国叙事""所用的夸张的修辞"中间。保守政客们危言耸听，制造政治话语中的二元对立，寻找来自"敌人"的威胁，将复杂的价值观念和国际关系简单化，棒杀复杂性和多元化。其实冷战思维与殖民主义意识形态息息相关，仍然指向今天的帝国话语中那个东方主义的"他者"。这部著作是站在"他者"的立场上对美国冷战政治的再认识，因此具有特殊的意义。克罗齐有句名言："一切历史都是当代史。"金衡山教授主撰的这项得到国家社科基金资助的研究，可以让我们看到历史的延续性。

我与金衡山教授学术交往多年。衡山教授年富力强，才思敏捷，学涵深厚，加之勤奋执着，近年来成果迭出，让人刮目。这部著作是他和他的学术团队多年辛勤劳作的成果，值得细细品读。我本人对文学的历史文化研究具有相同的偏好，阅读这本书稿是一次很好的学习。我在这项研究成果中看到了作者预设的效果:"把一个时代的一种思想乃至思维方式作为一个视角来透视作品的创作动因和用意,由此使作品的现实和历史意义得到开放式的体现。"文学的政治文化研究,今天在我国已逐渐形成热潮。我相信这本书的出版,可以为我们提供一个成功的范例。

(2017年初春)

"记忆重现"和莫里森的历史叙说[*]

在当今外国文学研究界,托妮·莫里森是个热门话题,热得有点发烫。谈及她的作品及作品研究,人们常会用"炙手可热""铺天盖地"等表述。稍加查索就能发现,国内的莫里森研究专著已不下十部,还有为数众多的研究论文,国外的研究成果更是不计其数。在美国文学史上,包括梅尔维尔、惠特曼、海明威、福克纳在内的"热门"作家,都曾一度遭受批评界和阅读界的"冷落",而莫里森从20世纪70年代亮相之后,一直处于热切的关注之下,热度不退。但是这种热度不是"炒"出来的,而是由于她地位的特殊性,让文学界对她的作品注入了持久的热情。

首先,莫里森是非裔美国文学中具有里程碑意义的作家。自

---

[*] 本文是《托妮·莫里森作品的后现代历史书写》(荆兴梅著,中国社会科学出版社,2014年)的序言。

从哈莱姆文艺复兴拉开美国黑人文学的序幕之后，20世纪40年代和50年代形成了一个小高峰，出现了理查德·赖特、拉尔夫·艾里森、詹姆斯·鲍德温等几位杰出的作家，使非裔文学书写崛起为美国文学中一支不可忽视的力量。但随后的几十年中，黑人文学始终没有出现一名具有号召力的标志性人物——直到莫里森的地位被确立，成为美国黑人文学的旗帜。她的重要性不言而喻。

其次，莫里森具有让人投以关注的多重身份：她是诺贝尔文学奖获得者，贴上了"品牌标签"，自然吸引眼球；她是少数族裔作家，在当今文坛边缘走向中心、成为中心的时代，非主流的声音得到了更多的重视；她是女性作家，随着女权、女性主义批评热潮走到了前沿；她也是后现代小说家，起步于后现代文学形成大势的年代。来自不同方面的注意力，都停落在她的身上。人们从历史、种族、心理、性别、民俗、文体叙事等各个角度和侧面对她进行研究，挖掘作品的深层政治文化内涵和美学价值。

最重要的是，莫里森的小说包容广大，串联了几百年美国黑人历史中的重大事件，回写历史的创伤，掂量今天的处境，思考民族的未来：《宠儿》讲述的是黑奴生活留下的创伤记忆；《最蓝的眼睛》的背景是黑人离开南方农业社会向北方城市的大迁徙；《秀拉》表现"祖父条款"护佑下的种族隔离制度；《爵士乐》将黑人青年带进了勃然兴起的消费时代；《天堂》追溯了从19世纪末开始近百年的黑人历史。莫里森通过虚构故事激活记忆，展开了一幅浸透着血泪、印刻着磨难、洋溢着不屈不挠斗争精神的美国黑人历史画卷。她评点历史，介入政治，既抨击历史延展中无处不在的种族歧视,又揭示歧视文化被内化后黑人扭曲的心理。

正是在小说与历史的交汇地带,荆兴梅的研究找到了出发点。莫里森通过边缘人的视角讲述历史进程中小人物的遭际,通过小叙事重构历史,颠覆宏大叙事。这种对历史的反观和反思具有当下性和现实意义。小说家选择历史进程中被主流意识形态淹没、隐藏、删改的素材,进行创意性的历史再书写,与泛化的、整体的、知识化的权威历史形成冲突,打破历史书写客观性和真实性的神话,凸显历史叙事文本建构的实质,展现真相的多面性。荆兴梅的解析指向官方历史背后隐伏的权力关系,也强调对抗性书写所体现的作家的良知和意图。

从奴隶贩卖到南方种植园,再到废奴之后依然顽固存在的种族歧视,几百年历史记忆构成的精神创伤,深深刻写在荆兴梅选择作为研究对象的7部长篇小说中。像莫里森这样的作家,通过小说参与历史阐释的话语权之争,把被边缘化的弱势群体请上历史讲台,赋予他们言说的机会,让他们诉说个人经历过、感受到的不同的历史。这种个人史与美国黑人的重大历史事件形成呼应,又与主流历史话语形成矛盾与冲突,呈现出事情的另一面。莫里森在小说中再现的,不是连贯完整的历史过程,而是个人化的记忆片段。历史磨难伴随着并融入了美国黑人的集体记忆,留下了难以抹除的阴影。

荆兴梅将她的考察置入海登·怀特的后现代历史叙事学和琳达·哈钦的后现代主义诗学的理论框架之下。海登·怀特和琳达·哈钦都为后现代理论库贡献了重要的思想。虽说两人的研究对象不同，前者基于对19世纪欧洲经典历史哲学的考察，后者关注的是文学流派的演变，但怀特的新历史主义和哈钦的后现代诗学殊途同归，在提出历史的语言学转向和文学的历史呈现和政治介入中，共同表达了对被普遍接受为事实的历史本质的质疑，都强调历史的书写本质和文本背后的权力关系，挑战其客观性和真实性，揭示历史书写和文学书写背后共有的政治谋图。但荆兴梅的研究并不囿于怀特和哈钦的理论，也穿行于福柯、德里达、马尔库塞、詹明信、鲍德里亚的后现代理论之间，轻车熟路，表现了很好的驾驭能力和宽阔的理论视野。

莫里森在用虚构文本对美国黑人历史的某些侧面进行再现的过程中，借助了各种后现代表现手段，将丰富的想象注入其中。她的小说创作始于后现代文艺思潮汹涌澎湃的年代，常被归入后现代小说家的阵营，但她与美国主流后现代作家如托马斯·品钦、唐纳德·巴塞尔姆等又明显不同。她博采众家之长，叙述风格独树一帜，既继承了前辈黑人作家如拉尔夫·埃利森和詹姆斯·鲍德温的文学传统，又巧妙结合了前辈白人作家海明威的简约直白和福克纳的繁复玄秘；既有现实主义的描摹和再现，又让现代主义的意识流在文本中涌动；既建构了完整生动的故事，又采用各种叙事手段打破线性陈述，对情节进行碎片化处理。仅从文体风格上看，她的小说具有后现代色彩，但不是最典型的后现代作家。不管如何定义，她的作品中都留有鲜明的时代印记。

本著作聚焦于托妮·莫里森作品的"后现代历史书写"研究。"后现代历史书写"指向两个互相关联的方面：一是后现代文化意识，二是后现代叙事风格。前者体现在莫里森小说文本自我指涉的元小说特征和多声道叙述方面。她揭示历史书写和文学书写同样难以避免的虚构特质，又让各种声音交汇，展现真相的多样性和多重解读的可能性，揭穿"既定"历史背后主流意识形态运作的本质。后者体现在她的反传统文体风格之上。她肢解故事，用倒叙、插叙、夹叙的手法，将拆散的片段串联在一起，重新组合，进行陌生化处理，让故事悬念丛生，又借助象征、意象和神话，虚实相间，让故事在现实层面和想象层面同时展开，把故事写到深处。莫里森小说叙事的后现代特性，使她的故事变得奇诡，同时变得丰富。

这种自我指涉、多重话语交织、与历史互文的书写，创造了文学作品的厚重感和纵深感，同时也造成了叙事文本的复杂性和意义的不确定性，给小说留下了巨大的阐释空间。荆兴梅是一名善于处理复杂情境的青年学者，在相关当代文学文化理论的统领下，她从新历史主义的视角出发，对莫里森的主要作品进行深刻且富有见地的阐释，在对文本的精细解读中建立自己的观点，充分体现了说理、求证、解析、推断和著述的能力。她是一名具有强烈学术自觉的知识女性，孜孜以求，总是希望读得更多，想得更深，做得更好。这部即将出版的莫里森研究著作，给这位炙手可热的大作家又添了一份热度。莫里森的作品是值得花工夫细细品读的，而荆兴梅为我们提供了一个很好的解读视角和有价值的思考基点。

（2014年元月）

在小说中重写、重读历史[*]

曾传芳曾在我的名下攻读博士学位，几年寒窗，在历史小说研究领域进行了广泛的阅读和深刻的思考。她关于斯泰伦小说研究的博士论文结合了历史与文学的讨论，从今天的视角讨论过去的事件，从过去的经验中获取今天的认识。她将文本细读与理论探索结合起来，分析富有见地，铺陈笔法老练，赢得了很多好评。《叙事策略与历史重构——威廉·斯泰伦历史小说研究》是曾传芳博士论文研究的拓展和深化，是多年学习、思考和研究的结晶。斯泰伦的作品只是个案，通过个案的分析曾传芳关注的是一个更重大的命题，即作家如何在小说中重写"既定"历史，从而颠覆官方话语，引导读者从新的视角对已写就的历史进行反思

---

[*] 本文是《叙事策略与历史重构——威廉·斯泰伦历史小说研究》（曾传芳著，四川大学出版社，2009年）的序言。

和再认识。这本书能够出版，与更多的学者进行交流，实在是一件值得庆贺的事情。

作为曾传芳研读对象的斯泰伦的两部长篇历史小说发表于20世纪六七十年代。著名作家约翰·厄普代克在长篇小说《福特执政期的回忆》(1992)中，让叙述者提到了两个标志性的事件：一是1963年约翰·肯尼迪总统被刺，二是那场消耗惨重但未能赢得胜利的越南战争。这两个事件的确具有历史的象征意义，但是同样触目惊心的，还有发生于该时段的其他事件，比如民权领袖马丁·路德·金和参选总统罗伯特·肯尼迪遇刺、古巴导弹危机、水门事件、持续的冷战和冷战中加剧的核军备竞赛等。可以说，那是个阴云密布、显露出"文明危机"的年代。同时，那也是美国知识界对近代美国历史进行批判性总结和评定，并给自己重新定义的时期。他们开始对民族、国家、政体等一系列问题进行重新思考与认识，反思他们所面对的社会现状、所接纳的文化价值和所追随的信仰体系等。

正是在这样的背景中，著名作家威廉·斯泰伦推出了《奈特·特纳的自白》(1967)和《苏菲的选择》(1979)两部历史小说，而这两部小说正是曾传芳的主要研究对象。《纳特·特纳的自白》讲述的是真实历史上的奴隶起义事件，其领导人奈特·特纳起义失败后，在狱中等待绞刑过程中向格雷律师讲述了黑奴起义的前因后果，及其动机与目的。格雷律师所写的毫无对证的《奈特·特纳的自白》后来公开发表，成为历史文献。威廉·斯泰伦的同名小说《奈特·特纳的自白》显然具有"重写历史"的意图，作家既尊重历史事实，又充分发挥小说家的想象力，同情地塑造并探讨了一个黑人奴隶领袖的心路历程，再现了他在美国蓄奴制语境中的正义之举。《苏菲的选择》写的是女主人公苏菲"二战"后在美国的生活，但故事的起点是这位母亲在纳粹集中营被迫在两个孩子之间做出一生一死的灾难选择。在负罪感伴随之下，她试图重建战后生活，但最终还是无法承受生活和创伤心理之重而选择了死亡。

斯泰伦以小说的形式，将曾发生于本国历史和世界历史中令人震惊的事件，再一次铺陈在读者面前，让历史与六七十年代的美国进行对话，希望读者从今天的视角去重新考量过去的不幸，带着历史的教训来审视当今社会的方方面面。批评家弗雷德里克·霍夫曼指出，文学的价值不仅仅因为它"使用"了某一时期的史料，也不在于它表达了某一主题思想，更不局限于它为政治、思想史作诠释，具有文献的功能，"而主要是因为它是一种最高概括，是通向认识某一时代重大事件的真正径途"。历史小说的优势在于它能戏剧化地再现过去的事件，激活记忆，帮助读者看到某种往往是不幸结果背后的历史情景和主导观念，从中获得警示和教益。

我们所言及的历史，不可能是真实过去的总和，而是文本化的记载。真实的历史堆积浩如沧海，文本记录的只是沧海一粟。留存给我们的这一丁点儿记载，也是经过了史学家们选择、裁剪和拼合的结果，以承载和传递书写者的意图，因此主观性不可避免地会侵蚀客观性。所以我们说历史是建构的：在对历史语境重新审视、对历史事件重新组合、对历史编码重新阐释、对历史人物重新定位的过程中,历史撰写者重构了历史。从另一个角度来讲,历史叙述者往往"醉翁之意不在酒",总是带着今天的关注、今天的视角、今天的困惑来"翻新"历史,其动机往往超越历史本身,与"当时代"发生千丝万缕的关系。历史小说作家也一样,在用艺术手法重现过去的"真实"故事的时候,给历史涂上了现代的油彩。

同历史学家一样,历史小说家斯泰伦也不可能在真正的意义上"客观地"再现历史事件本身。作家对历史事件和历史人物所进行的故事化的诠释,必定是一种服务于现今的重新书写。历史小说家的努力,其实是从现在的兴趣点和立足点,对过去的事件进行重构,但重构不是编造,也不是对历史的歪曲,因为不存在可以进行比对的"正确"的历史坐标。著名作家索尔·贝娄说:"每一个小说家都是历史学家,是他那个时代编年史的编写者。"他的意思是,作家参与了历史建构;作为文化产品,他的作品也是历史书写的一部分。但是,由于作家对进入作品的素材进行了筛选、过滤、提炼和重组,文学作品中的任何内容——故事、人物、主题、背景,都已经不再是现实本身,而是一种艺术创造,可以在不同的语境中进行解读。

斯泰伦是带着对20世纪六七十年代的美国社会的强烈关注,重现了历史语境,重写了关于种族压迫和战争悲剧的过往故事。而曾传芳今天对斯泰伦的研究,又是从21世纪初的视角对作家重新阐释的历史进行的再阐释,让斯泰伦的历史小说获得今天的签证，成为今天的镜子，引导读者对导致恐怖主义与阿富汗战争、伊拉克战争的单边主义和新保守主义思潮进行再认识，服务于我们对和谐社会的追求，树立对文化和种族平等、价值多元的信念。在曾传芳的研究论著中，我们能够看到艺术再现与社会、政治之间的多重关联，也能体悟到历史与当下的多重关联。她的书稿给我印象深刻，相信读者也会喜欢并从中获得启迪。

（2008年10月）

文学的政治性与历史的文学解读*

政治、历史和文学是意识形态领地里的三兄弟,但话不投机,永无休止地互相缠斗、较劲。历史叙事佯装客观,政治叙事掩饰功利,小说叙事另眼冷观,这是三套不同的话语体系,虽然你中有我,互相映射,但本质上"自说自话"。从文学话语中解读和颠覆历史和政治的官方宏大叙事,是陈俊松这本《当代美国编史性元小说中的政治介入》的要义所在。

随着莫言获得诺贝尔文学奖,中国也出现了一些有关文学的政治介入或政治游离的讨论。文学的政治性是不言而喻的。任何一个有良知的作家,都会关注社会环境和社会生活中的人,他创作中的政治介入不可避免,只是程度和方式会有所不同。在对阶

---

* 本文是《当代美国编史性元小说中的政治介入》(陈俊松著,南开大学出版社,2013年)的序言。

级、种族、性别关系的描写，对特定的社会规范、经济结构和生存状态的表现中，作家必然通过故事间接地对某种政治现象做出自己的解释和评判，表现某种政治关怀。另一名诺贝尔文学奖获得者秘鲁作家略萨直言不讳："小说需要介入政治。"中国有自己特殊的历史，过去的创伤仍隐隐作痛。虽然传统的政治论诗学模式已经遭到普遍唾弃，但文学作为政治的附庸，作为强势意识形态唯唯诺诺的"小妾"的时代，仍是不久前的记忆，让人心存警觉。"文学为政治服务"的口号，如果不被歪曲性地误用，本身并无不妥，但这种"服务"不应该只是认同和附和，也可以是批评和对抗的，表现为作家对现实中的伪和恶的揭露，对真与善的追求。

而在西方，以形式诗学为主导的批评风潮，包括新批评和结构主义，主导了20世纪相当长一段时间的文学研讨。在创作界，从20年代的现代主义文体实验到60年代后现代主义的文字游戏，作家们也往往陷于精英主义的自我陶醉，过多的形式关注冲淡了文学的社会和政治内涵。这种现象已经延续了太长时间。最近，不论在国内还是在西方文学界，文学与政治两个概念又经常被放到一起讨论。这个曾经被冷落的话题，常在文学刊物和学术会议上重新被提及，被凸显。可以说这是文学批评"重返正路"，因为如果说文学是"人学"，那么政治因素渗透在人类社会生存的每一个部分，没有人能抓着头发把自己提拔到超越社会生存的层面之上。如果你说你是非政治的，或对政治深恶痛绝，那么你已经在表达一种政治态度了。即使高喊"为艺术而艺术"口号的前卫派作家和诗人们，创作中仍然隐含着政治意识，因为至少审美诉求本身也是一种意识形态。作家索尔仁尼琴说："文学，如果不能成为当代社会的呼吸，不敢传达那个社会的痛苦与恐惧，不能对威胁道德和社会的危险及时发出警告——这样的文学是不配成为文学的。"

近几十年，在英美文学界，文学向文化和政治转向已然成为一个引人注目的现象。诸如弗雷德里克·杰姆逊和特里·伊格尔顿这样的理论家，不断强调文学与社会、文化、政治的关联。近期先后"热"起来的后殖民主义批评理论、大众文化和传媒理论、女权主义和伦理批评等，都说明西方文学和文化界出现了一种政治关注的回归。尤其值得一提的是海登·怀特和以他的理论为基础的新历史主义。传统历史学对历史的客观性奉若神明，以复原历史面貌为己任，对历史书写的主观性、偶然性和建构性避而不谈。历史学以它的"客观性"为砖石，砌起一座高墙，与以虚构为特征的文学划清界限。但是海登·怀特拆除了这道界墙，强调历史叙述的"诗性"或"修辞性"，强调"文学性"在历史建构中的作用。怀特关于历史叙述的理论颠覆了对历史与文学的传统认识，而新历史主义则认为历史和文学都是话语，都具有"文本性"。史书作者和小说作者一样，都以类似的方法通过文字建构了文本。

美国文坛的许多作家从20世纪70年代起，开始对历史问题发生兴趣，通过小说"重述"历史，以达到颠覆官方政治话语和历史宏大叙事的目的。这些人中间包括多克托罗、罗伯特·库弗和德里罗等后现代小说家。他们不放弃后现代小说的基本理念和特征，但也不回避文学作品的政治介入，将历史事件小说化，挑战历史的"客观性"。美国文坛上出现的这类作品，引起了不少关注，被文学理论家琳达·哈钦称为"历史性元小说"（historiographic metafiction，又译为"编史性元小说"）。可归入这一范畴的小说，顾名思义，具有"历史性"和"元小说"的双重特征：一方面直接书写重大的社会和政治事件，而且将有案可稽的历史事件和真实的历史人物写入小说，渲染小说的历史氛围；另一方面，这样的小说又带有后现代主义的不确定性和"自我指涉"的明显特征，在语言狂欢中揭示小说的虚构本质。于是，文本的"历史性"与"虚构性"形成抵牾。作家希望这种文本内在的碰撞，能够迫使读者介入，在积极阅读中对历史做出批判性的再思考。

陈俊松的这本著作，正是从新历史主义的视角出发，对三部重写历史的后现代小说进行了深刻的解读。多克托罗的《但以理书》（1971）、罗伯特·库弗的《火刑示众》（1977）和唐·德里罗的《天秤星座》（1988）都是"历史性元小说"的典型代表。《但以理书》以闻名世界的罗森堡夫妇间谍案为中心事件，以他们的儿子但以理的口吻，回忆并叙述了父母遭受无端指控并被处死刑的故事。这是一部虚构色彩明显的口述史，但真切地反映了麦卡锡主义甚嚣尘上的50年代美国患有的"冷战狂想症"。《火刑示众》的素材是同一个案件。库弗选择当时的副总统尼克松作为核心叙述者，点及了众多要人，再现了20世纪50年代人们的偏执情绪。作家用一种超现实主义的手法，将这一间谍案审判演变成一场闹剧。《天秤星座》的故事围绕肯尼迪总统遇刺案，虚实相间，描写了刺客奥斯瓦尔德的一生。作家的小说叙述，对冗长的"官方调查结论"提出了质疑，指向另外的可能性。历史其实真而不实，小说则虚而不伪。当政治家以谎言掩盖了真相，小说家则以虚构揭示其对事实的操纵。

这三部小说在某些基本方面"异曲同工"，都以发生在"二战"后美国的大事件为轴心，都在小说中介入政治，以文学话语重述历史，对抗和颠覆官方的政治叙事，同时都用了戏仿、拼贴等后现代创作手段。找到了这些共同要素后，陈俊松的研究运用海登·怀特的新历史主义作为解析的基本框架，也有选择地借用琳达·哈钦、詹姆逊、伊哈布·哈桑和伊格尔顿的理论，对这三部当代经典进行了深入且到位的解读，探讨文学与历史，与政治间的"互文性"的关系，也对后现代主义作品的一般定义提出修正：后现代小说并不全是以文字游戏阻止小说的深度发展，实施"去政治化"和"去历史化"的作品。多克托罗、库弗和德里罗等代表了后现代文学中一个明显的"政治转向"，构成了当代美国文坛一景。

这本书的基础是陈俊松的博士论文。攻读博士学位期间他访美一年，为这一课题的研究做足了功课，其中包括对上述三位赫赫有名的大作家面对面的采访。我想一定是他到位而有深度的访谈问题，打动了这三位当代文坛大家，使他们齐刷刷地答应了一个名不见经传的中国青年学子的采访要求。他添入了作家本人意图的佐证，使研究更加厚实。他读得广泛，想得深刻，写得大气，少年老成。这是他的第一本著作，其中可见功力和潜力。

（2012年冬）

女性乌托邦小说：一个女权主义者的政治构想*

近些年来，乌托邦文学研究在我国受到了相当的关注，我本人读到的此类文章已有数篇。曾桂娥的《乌托邦的女性想象：夏洛特·帕金斯·吉尔曼小说研究》是其中比较厚重的一项专题论述。此书基于她的博士研究之上，对美国著名的女权主义者兼小说家夏洛特·帕金斯·吉尔曼的三部乌托邦小说进行综合讨论，挖掘作品中所蕴含的具有当下性的超前社会意识。这本书能够付梓出版，与同行分享其中的见解，是一件令人兴奋的事情。

乌托邦小说是个比较宽泛的概念，一般指文学作品中通过想象建构的有别于现实社会的生存模式。乌托邦小说又被细化为多个分支，主要分为两类，正面的和反面的。正面的模式寄托

---

* 本文是《乌托邦的女性想象：夏洛特·帕金斯·吉尔曼小说研究》（曾桂娥著，上海大学出版社，2012年）的序言。

了人们对理想社会的期望；反面的表达了人们对社会未来走向的担忧。前者仍通用"乌托邦"一词，通过描述一种更加完美的社会形态，表达对现实的间接的批判——人们应该，也可以和谐地共享生活，其早期代表作可以追溯到产生这一概念和名称的托马斯·莫尔的《乌托邦》，发表于1516年。刚好400年后问世的吉尔曼的《她乡》（1915）亦属此类。另一类，即反面乌托邦小说，有了一个专门的文学词汇——"歹托邦"（Dystopia）。这类小说中想象的社会往往是生存的噩梦，触目惊心，展示一种人类发展走上歧路后导致的恶果，其代表作是乔治·奥威尔的《一九八四》，也包括吉尔曼的《同游我乡》（1916）。此类作品将强权、私欲、战争、科技的非理性发展可能带来的后果描摹并凸显出来，亮起红灯，成为警示。曾桂娥的著作追溯了乌托邦小说的发展历史，对这两类乌托邦小说做了十分细致的分类和梳理，并在理论上进行归纳与阐释，为读者提供了一幅清晰的全景图。

乌托邦思想远远早于最早的乌托邦小说，学界一般将乌托邦思想的发端追溯到柏拉图的《理想国》，在其中柏拉图讨论了构想中更完美的社会组织和人际关系原则。但乌托邦思想的真正源头存在于人的内心深处，人心向真、向善、向美，自然会产生对美好社会的想望，尤其是对一种不同于现实，但优于现实的替代形态的期待。不同时代，不同地域，不同民族和不同文化的人们，从古至今都一直怀揣着对生存乐土的渴望，对"彼岸世界"的想象。乌托邦是一种空想，但不是幻觉。确切地说，它是一种内心诉求，一种精神依托，一种哲学思考，一种革新动力之源。

马克思的共产主义构想，也是典型的乌托邦思想，提出了比现今世界更加合理的生产合作、资源分配、社会组织方案，成为世界上很多政治组织的行动目标。观念往往是行动的先导。源于乌托邦思想的乌托邦小说，是一种意在破旧立新的政治构思，因此具有推动社会进步的能量。

曾桂娥在著作中特别强调了这样一个事实：美国是滋生乌托邦的温床，指出"美国乌托邦小说之所以蓬勃发展，与美国历史本身具有的乌托邦特征密不可分"。"新大陆"从一开始就是描绘理想蓝图的一张白纸。自从第一艘移民船带着欧洲人登上这片辽阔的土地，这里就一直是许多人期待实践乌托邦梦想的地方。早期的清教徒们逃离欧洲的宗教迫害，试图在新大陆实现宗教理想；杰斐逊期待在这个新国家实现民主的农业社会理想；超验主义者卸下欧洲传统的包袱，鼓吹个人理智和精神的升华；欧文等许多人以"圈地"的形式进行了各类"和谐公社"的乌托邦实验，等等。乌托邦色彩一直是美国思想史和文化史上一抹浓烈的色彩。进入20世纪之后，以金钱和个人成就为目标的"美国梦"，成了全民追逐的理想，为作家们提供了充分的关于失落和幻灭的小说素材。对社会发展前景的焦虑和担忧，为"歹托邦"小说的蔓生提供了合适的气候。

从根本上来讲，乌托邦小说不是一种用"异国情调"吸引读者的幻想作品，而是一种政治文学，与主流意识形态关系密切。作家的思考基点往往是现实社会，肩负着一种使命感，作品中往往倾注着对人类生存形态的深切关注，具有强大的社会指涉功能,但一般也有说教的特征。这类小说以虚构影射现实,对当时的社会进行讽刺和批判,通过想象构建未来模型,以其创造性、先驱性、前瞻性的文学想象,为社会改革提供思路。

到了19世纪末,也就是吉尔曼的时代,女权主义运动兴起,努力颠覆性别的社会建构和文化建构。女权主义本身是一场政治运动,期望打破男权统治,争取女性真正的平等、自主,从而使社会成为更加合理的人类共同体和更加和谐的家园。乌托邦主义和女权主义都具有鲜明的批判精神,都以重构认识观念为先导,以改变社会组织结构和运行模式为终极目标。从这一层意义上来说,女权主义从来都带有乌托邦的色彩。吉尔曼首先是个女权主义者,然后才是作家。在写乌托邦小说之前,她已经是一个颇有影响的社会活动家,她的著作《女性与经济》(1898)曾被称为"女权主义宣言"。当她借助小说的形式展开政治想象,探索女性发展之路的时候,她在作品中寄托了一位女权主义者对社会发展前景的强烈关注。

曾桂娥在论著中指出:"经典乌托邦小说关注社会的宏观性,例如政治体制、经济模式、技术革命等,一般较少关注女性问题,即使在乌托邦小说中提及女性,也没有将女性视作平等、独立的个体,而依然将她们物化,使之成为男性欲望的投射物。"她进而引用塔尼亚娜·泰斯连科的话:"父权乌托邦在追求理想的时候,将性别歧视描述为自然的、完美的、永恒的。"吉尔曼希望颠覆的,正是这种将性别的社会和文化建构视为理所当然的男权思想。"女权主义"思想与"乌托邦"思想在作家的头脑中融合,于是就有了"女权主义乌托邦"小说。由于有了修饰词,乌托邦小说的范畴有所限定，主要是针对男权社会的弊端进行文学和政治想象，意在颠覆人们已习以为常的性别权力结构。

作为作家，吉尔曼在20世纪70年代被重新"发现"。她的乌托邦作品包括长篇小说《移山》《她乡》《同游我乡》以及一些短篇小说。《她乡》和《同游我乡》是女性"乌托邦"和"歹托邦"的典型范例，前者描绘了一个理想化的"女人国"家园的图景；后者历数走上歧途的男权社会的种种恶present。在"她乡"这个想象国度，女人们以最高的理性管理国家，享有自治权和话语权，社会结构、劳动分工、教育、医疗、福利等各方面的运作高效有序；而以当时的美国为蓝本的"我乡"则乏善可陈，对女性的压迫伴随着战争、种族和阶级矛盾，社会上私欲泛滥，道德沦落，而生活在这一潭污泥浊水中的人们，对社会问题的根源则浑然不知。

小说家看待世界的基本立场是批判性的：存在的并不一定是合理的。这种批判态度赋予想象作品以社会功效。不管从正面还是从负面，吉尔曼的乌托邦小说都通过比照对现实社会，尤其是社会的性别建构，提出了批判性的思考。她的很多思想遥遥领先于她所处的时代，在今天仍可以开拓我们的认识视域，激发我们的想象，带给我们新的启示。相信曾桂娥对吉尔曼乌托邦小说的深入研究，会引导我们走近这位激进的美国女权主义社会活动家和优秀的小说家，帮助我们理解她作品所涵容和体现的思想性、艺术性。

（2011年夏）

文史互观，相映成趣*

我把"文革"中"上山下乡"到安徽农村插队落户的经历称作"土插队"，把后来到英国攻读博士的那几年称作"洋插队"。两次"插队"各三年半时间，都是我人生经历中重要的时段。"土插队"是接地气的几年，让我比较深入具体地了解了中国农村社会；"洋插队"有点"高大上"，让我"一本正经"地开始了外国文学研究，走上了"做学问"的道路。与文学结缘从"土插队"开始。由于各种机遇和巧合，在农村时我参加了安徽阜阳地区群众文化馆的创作班，为群众演出写一些小剧本之类，后来又有机会到安徽合肥参加省文学创作学习班，由几名"工农"作家为我们讲习小说和诗歌创作。当时"文革"尚未结束，写的虽然

---

* 本文是《文史互观——虞建华学术论文自选集》（高等教育出版社，2020年）的序言，现篇名为本文集添加。

是想象作品，但多为口号教条式的东西。不管怎样，由此我开始了某种广义的"文学书写"，走上文学创作、教学、研究和翻译的漫漫长路。

"文革"渐至尾声的1973年，高等院校恢复招生，我获得了从农村"知识青年"推荐上大学的机会，来到上海外国语学院（今天的上海外国语大学）英语系就读。我中学里学的是俄语，英语自学过几天，起点很低，但读书非常勤奋。用"非常勤奋"来描述那几年的苦斗，我问心无愧。我不会用同样的词语来评价自己后来的几十年——尽管别人也常常会这么说。当时年纪轻，吃惯了苦，加之求知若渴的年轻人的"拼搏"心态，几年中自感长进不小。我自然而然地对英语文学产生了兴趣，阅读偏重文学性的作品，尤其是英美文学经典。

大学毕业留校任教数年后，我又迎来了"洋插队"的机会。1987年我获得香港包玉刚出资设立的"中英友好奖学金"，次年前往当时由英国文化委员会为我选定的东安格利亚大学就读博士。安格利亚（Anglia）就是"英格兰"的意思，因此校名也常被中译为"东英格兰大学"。同批同机前往英国的，还有现任教于中山大学的黄国文教授。"洋插队"让我看到了不同的世界，体验了不同的文化，得到了所需的学术训练。赴英国之前，我的第一本书稿《20部美国小说名著评析》已经交给了上海外语教育出版社，我也向诸如《上海师范大学学报》之类的刊物投稿发表论文。当时没有寻求指导，自己摸索着匆匆上路。不过20世纪80年代的文学研究，仍多以引荐为主，一般都缺乏今天学界要求的深度，我的那些文字尤其如此。但是毕竟文字见诸书刊，车辆启动了，开始了至今仍无法踩上"刹车"的40年漫长学术旅程。

有人说，最理想的职业是做自己喜欢的事。按此标准，我想我应该属于这幸运的一族。我喜欢读文学作品，喜欢摆弄文字，喜欢思考和探讨一些问题，喜欢与学生交往，更喜欢工作时间上的相对自由。总工作时间肯定是超量的，我可以一口气许多天伏案劳作，也可以放松心情，仰望蓝天。这样的想望很快成为一种求之难得的奢侈。我从1992年开始担任自己并不擅长也无甚兴趣的院、系主要领导工作，一干20年，占了我40余年高校从教生涯的将近一半。我自嘲为"教书匠"，在内心深处从来只把自己当作教师，把当系主任和院长视为"本分"之外的兼职工作。平心而论，这项"兼职"对我锻炼很大，有很多无形的收获，但对时间的侵吞，对精力的耗损，是我为之付出的巨大代价。

1996年获批博导资格后，我于次年开始招收博士。身边有了博士生和博士后，我这个"单干户"自然形成了学术团体，我们互动交流，学习探讨有了更好的气氛。除了常规的学习和博士论文撰写，他们也参与我的科研，合作出版了如专著《美国文学的第二次繁荣》《美国文学辞典·作家与作品》《美国文学大辞典》等对学界还算有些影响和价值的东西。上外成立以国际经济法为主的法学院后，让我当了几年外行院长，2004年被调离担任大学的语言文学研究所/院的负责人，终归正途，直到60岁后卸任。有人问我不当领导感觉如何，我记得当时用英语回答："feel liberated"———一种如释重负的"解放"的感觉。

我从一而终，上海外国语大学忙碌且充实的教学、科研、管理是我唯一的职业。一门接一门的课程，上完又设；一批又一批的研究生，走了又来，一晃已经到了该"打扫战场"的时候——刀枪入库，马放南山，尽享退休后的闲情逸致。理论上如此。但即便踩下刹车也无法突然制动，惯性依然强大，仍拖着我前行。我知道减速慢行才是现实的对策。大学教龄已达40余年，林林总总，积少成多，各类论文发表了不少。美国文学是我的研究主项，其他领域也略有涉猎，如英国和新西兰文学。我也写过关于翻译、外语教学、辞典编撰和修辞研究方面的文章，虽然也发表在核心学刊上，但多为心血来潮有感而发之作。已见诸刊物的文学论文也是良莠不齐，有些自认为有一定的见解和深度，也有思考不足而匆匆写就的文章。

这次蒙承举荐，入选"英华学者文库"系列，自辑一集，由高等教育出版社出版，也算是某种形式的总结与归置。"文库"并不要求自选的论文聚焦于某一主题或领域，而希望作者择优而取，选取最能代表个人学术水平和学术风格的文章。我从20世纪80年代开始发表一些论文，到今年年初在《当代外国文学》上刊发的一篇，跨度30余年，关注点和兴趣点并非始终如一，代表性不易确定。经过思考选择之后，我按篇幅限定的字数挑出13篇，发现所选论文的内容尚有关联性。这些论文涉及的语境和时代、探讨的视角和重心都不相同，但整合在一本书中，感觉并不零散。我将这本自选论文集取名为《文史互观》，意在凸显论文涉及的历史与小说的互文关系和互文解读。书名也是主题，虽仅有四字，但涵盖面不小，包括了三个关键词：文学（文）、历史（史）和互文研究（互观）。这三个词的组合，圈出了一个非常有趣，也非常有意义的研究领域。收录的论文都是美国文学研究方面的，唯一的例外是一篇讨论英国移民作家康拉德的小说与南美殖民历史的论文，因为该文与本集的书名"文史互观"十分合拍。

传统的文史观将文学和历史视为一组二元对立：历史是真实可靠的，小说是虚构编造的。历史以真实性的权威不屑于文学，而文学强调其美学价值而对历史抱以轻慢。这样的状况在新历史主义批评实践中被扭转。作为新历史主义的主要理论建构者，海登·怀特首次将"历史"的概念分作两部分：一部分是本体论的历史，即历史本身，指过去发生的事情和存在的人物的总和；另一部分是知识论的历史，即我们平时所言及和讨论的历史，由记忆、记载、书籍、文献等替代，经过选择，剔除，重组而成。怀特指出，这个语言构建物不是那个物质性的历史存在本身，而在历史的文字铺陈中，书写者的意图必然灌注其中。海登·怀特阐明了历史的语言学建构特质，它与文学一样也是一种叙事，也就是说，历史被文本化了。而与此相对应的，文学文本也被赋予了承载历史的使命，可以言说、再现、评价历史，可以介入社会的知识体系，成为历史言说的一部分。新历史主义由此拉近了历史与小说的亲缘关系，历史与文学的关联性讨论被推上了学术前沿，为我们提供了通过"互观"发现意义的可能性。

自选集的论文中，没有一篇是直接讨论历史的——纯粹的历史研究在本人专业能力之外。论文大多是文学的历史研究或语境化的小说研究，都从文学入手，以文学为主，意在通过文学文本重访历史，重审历史，从历史文本与文学文本的互文解读中，看到历史的多面性和历史的相对深度。弗雷德里克·杰克逊·特纳在《历史的意义》一文中写道："每一个时代都试图建构自己的历史观。每一个时代都会以当下的状况为参照来重新书写过去的历史。"这些书写者中间也包括小说作家。小说家不是史学家，小说与历史不属于同一个话语体系，但是两者都不可避免地在书写文本中融入当下情怀、意识形态、个人立场和阐释意愿。小说家采用虚构的但更富直觉的叙述语言，由人物和故事寄寓意义，具有历史记载无法涵容的复杂性和开放性。本文集所选的大多数论文，都是通过强调小说作者的书写意图，通过文史互观互鉴，解读两种叙事间的重叠和抵触，以获得新认识和新见解。从所选论文内容上看，它们之间少有关联，是不同视角下对若干不同主题的零碎思考，但大多数论文遵从了同样的文化史观和类似的逻辑模式，因此还是具有整体关联性的。这些共享的成分融于文字之间，藏于结构之下，是讨论的认识基点，也是推演思辨展开的驱动力。

自选集中的这些论文反映了本人对文学的历史主题的偏爱。尤其最近十几年中，与历史相关的文学研究，也确实是我的主要兴趣所在。选定的13篇论文分设在四个栏目中，前三个都与历史有关：历史事件的小说再现、历史语境中的小说解读和美国文学史论方面的课题。最后一个栏目中的三篇论文讨论当代文学，其实也与历史有所关联,但不是"回看"式的对历史书写进行讨论,而是"前瞻"式的从当代文学现象中讨论文学发展的未来走势,比如对身份问题的新认识,对后现代语境中现实主义/新现实主义小说前景的分析等,因此也可归入文学史研究的范畴。我相信文学的外延性指涉才是其真正的价值所在,因此大多讨论将文学文本置入产生作品的历史的、政治的、社会的语境之中,让文、史互动,在两者的交叠与冲撞中,解读作品的意义。

能够入选文库,我感到荣幸之至。感谢罗选民教授的推荐,以及罗教授在选集编排原则、体例规范、标题栏目等多方面细致的规划。我尤其要感谢高等教育出版社为我提供的这个机会,感谢出版社责任编辑秦彬彬女士认真细致的工作和各方面建设性的意见。多年来我一直得到高教社的帮助和支持,此前曾出版了英语专业本科生必读系列丛书中的导读本《时间机器》和国家规划教材《英语短篇小说教程》,后者在出版社的举荐之下被评为教育部精品教材,而后又在高教社的资助和支持下在中国大学慕课平台上推出了"英语短篇小说"视频课程,受到了广泛欢迎。结合视频教学并新增了不少内容的新版教材《英语短篇小说教程·第二版》也刚刚于今年年初由高教社出版。这次入选"英华学者文库",我再一次受惠于高教社,感激之意,不胜言表。

(2019年初春)

《历史、政治与文学书写》编后记[*]

  这是一本主题明确而覆盖广泛的学术论文集，遴选自中国外国文学学会英语文学研究分会第五届年会提交的论文，书名便是该年会的研讨主题"历史、政治与文学书写"。会议于2017年11月中旬在上海外国语大学虹口校区隆重举行，由上海外国语大学文学研究院主办，上外英语学院、上海外语教育出版社和《英美文学研究论丛》协办，来自全国120多所高校280余名学者、教师和博士研究生参加了会议。论文的出版得到了上海外语教育出版社的鼎力支持。

  选集中的论文都在会议主题三大关键词"历史""政治""文学书写"的涵盖之下，涉及了历史和政治小说研究，传记和纪实

---

* 本文选自《历史、政治与文学书写：中国外国文学学会英语文学研究分会第五届年会论文集》（虞建华主编，上海外语教育出版社，2019年9月）。

文学研究，文学作品的历史、政治解读，历史和政治语境中的作家研究，历史话语与文学话语的理论探讨，文学作品的历史、政治主题及叙事艺术研究和现、当代文学的历史回看与政治关注。从20世纪末开始，文学批评朝历史、文化转向，跳出以语码、修辞、叙事艺术等为中心的"文内"研究传统，更多地关注文学的"文外"关联：社会、政治、历史等，将文学阐释融入更加宽广的文化语境。从历史和政治的维度探讨文学作品，具有重要的学术价值和现实意义。

本集收录的论文，多数以历史为轴线，牵出历史现象和问题讨论中的权力运作和种族、阶级、性别方面的政治问题，涉及了众多相关领域，包括历史本质问题的人文思考、文学审美与新历史主义的关联性讨论、文学作品对近代冷战历史和冷战思维的反映、历史上美国蓄奴制和黑奴起义小说的评析、卷入美国战争史的少数族裔的身份问题的追问、西方人文经典中的历史隐喻解析、后现代小说中历史指涉和政治介入方面的研究、关于身体政治的想象再现、文学中西方殖民主义的批判、加勒比殖民历史的小说解读、当代"9·11"创伤小说对事件的回看与反思等。这些论文充分凸显了社会语境与文学作品之间的关联，探讨文学的虚构叙事所揭示的现象，以及现象背后的社会结构与权力意志问题。

文学是一种特殊的文化模式，享有"虚构特权"，可以借此独特渠道评说政治，解读和重构历史。从20世纪80年代开始，新历史主义逐渐建立了自己的批评话语体系，为文学解读和研究打开了一道大门，通向社会、政治和文化领域的广阔天地。新历史主义认为，知识论的历史，即构成历史认识和研究的史料，只不过是经过不断书写的各种各样的文本。历史与文学两者没有本质的区别，都是叙事，都具有文本性，都是文字的建构物，因而也都具有虚构性。在这样的认识基础上，文学和历史不再是一组二元对立，而是文化系统中平行对等、互文互通的两支对抗力量。

本体论的历史，即已发生的过去事情的总和，已经一去不复返了，留下的历史则是资料书写者对浩如烟海的历史素材进行选择、排除、重组的文字资料，必然浸透着想象，为知识局限所制约，为主观意向所绑架。常识说：历史不容虚构；新历史主义理论说：虚构不可避免。这样，新历史主义将历史与文学从本质上归为同一类，都以叙事为指归，但两种叙事仍然具有很大的差异。这种差异就是书写者的意图。历史书写仍然谋求客观性和真理性，虽然有点自欺欺人；而文学书写则可以通过形象化的表达，重新呈现故事，注入人的情感和感受，参与历史书写。新历史主义认识赋予了文学重写历史，补正历史，对抗历史的政治功能。

库切曾说："小说只有两种选择，要么对历史增补，要么和历史对抗，前者致力于令人生疑的历史真实，后者将历史去神秘化以揭示其总的虚构性。"[1] 很显然，库切话中的"前者"指旧历史主义认识观，"后者"则是他采纳的新历史主义的立场。他认为，

---

1 Coetzee, "The Novel Today", Upstream 6 (1988), pp.2–5.

小说不应该附和文本化的历史的真实性和客观性，而要承担对历史"去神秘化"的功能。本集中的不少论文也从新历史主义的批评视野出发，将历史和小说共同视为时代语境下的文化产品，其中承载了时代的社会意识，也涵容了书写者的个人意图。应该指出，文学，包括历史小说，其想象性的虚构文本不是准确的历史信息和历史知识，但可以提供对历史的认识，动摇官方历史叙事的权威性，凸显其多元、复数、建构的本质。

朱立元教授也是从新历史主义视野出发，谈到文学和历史。他认为应该"将文学看作是历史的一个组成部分，一种在历史语境中塑造人性最精妙部分的文化力量，一种重新塑造每个自我以致整个人类思想的符号系统；而历史是文学参与其间，并是文学与政治、个人与群体、社会权威与它异权力相激荡的'作用力场'，是新与旧、传统势力与新生思想最先交锋的场所"[1]。本文集所收录的论文，从各个方面考察了文学与历史多层面的互动关系，重塑文学的历史语境，揭示文本背后书写者的文化和政治动因。文学研究因此也就打开了历史的视野，文学走向历史，历史走向文学，两者交集碰撞的"作用力场"，为我们提供了通向新认识的径途。

（2018年秋）

---

[1] 朱立元：《当代西方文艺理论》，华东师范大学出版社，1997年，第400页。

第二辑

当代英美作家述评

罗斯的手电筒：照进人心隐秘的深处[*]

菲利普·罗斯曾这样比较自己与当代美国文坛另两位重量级人物的不同："约翰·厄普代克和索尔·贝娄将他们的手电筒照向世界，再现一个真实世界。而我挖一个洞窟，将我的手电筒照进深处。"他的自我评价言简意赅，概括了其作品的主要特征：进入人物的内心世界，探赜索隐，表现心灵的碰撞。罗斯是个多产作家，但如果要选出其最典型、最富个人色彩的几部，《欲望教授》应该位列其中。这部长篇小说如今由张廷佺博士迻译成了中文，给我们提供了一睹大师风采的又一个机会。

菲利普·罗斯是当今美国文坛资格最老、名气最大、争议最多的作家之一。他的《再见，哥伦布》获1960年美国国家图书

---

[*] 本文是《欲望教授》(菲利普·罗斯著，张廷佺译，上海译文出版社，2011年)的中译本序言。

奖，惊艳亮相；1969年出版的《波特诺的怨诉》使他名动天下，成为当时美国文学界关注的焦点。至今，他依然新作不断，始终站在美国文学的前沿，每一部小说的问世几乎都是文坛大事。进入新千年时，《时代》杂志把罗斯评为"当代美国最优秀的小说家"——评语中没有"之一"二字。2006年，《纽约时报书评》面向美国著名文学批评家、作家、学者和编辑进行问卷调查，问题是："你认为哪一本书是最近25年中最优秀的美国小说？"在得票较多的22部小说中，罗斯的作品占六部，比例惊人。近几年，他常常进入诺贝尔文学奖的视野，但每每"擦肩而过"。这与他作品的主题、内容和风格有关。罗斯总是直面生活，洞察人心，犀利无比，让批评界叹服；但他在小说内容和人物塑造方面总是无所顾忌，让许多读者感到不安。《欲望教授》就是这样一部毁誉参半的小说。

谈到《欲望教授》，我们必须提到菲利普·罗斯的另外两部小说。其一是出版于1969年的《波特诺的怨诉》。小说描写了一个犹太青年以性放纵对抗自我压抑和传统道德。结果，他不但未能摆脱内心的焦虑，反而陷入更深的痛苦。作品在当时引起轩然大波，批判和谩骂之声甚至盖过了心平气和的评价。但在争论偃旗息鼓之时，该小说已牢牢确立了当代文学经典的地位。如果说塞林格的《麦田里的守望者》是20世纪50年代美国青年一代的写照，那么《波特诺的怨诉》则是下一个十年的文学标志，为20世纪60年代美国青年做了生动的文化阐释和心理解析。

另一部相关作品是中篇小说《乳房》（1972），出版于《欲望教授》之前，但却是这位"情欲教授"的后传，展示了《欲望教授》的故事结束后，小说人物继续朝某个极端发展而产生的心理后果。小说脱离了写实层面，走向超现实：《欲望教授》中的主人公大卫·凯普什变成了一只硕大无比的女性乳房。他感到无地自容，但又无能为力，希望一切只是梦境，只是因为自己太沉溺于卡夫卡的小说，成了幻觉的受害者。作家通过"变形"将人物内心的焦虑和困惑"外化"，表现精神异化的主题，继续讨论自我与社会、欲望与道德以及想象与真实等问题。

1977年出版的《欲望教授》反映的是主人公"变形"之前的经历和内心斗争，追溯了大卫·凯普什从孩提到大学教授的半生经历，尤其是他与几个女性的交往。凯普什大学期间获得富布赖特奖学金前往英国研究亚瑟王传奇和冰岛传奇文学，但欧洲的文学进修变成了情欲之旅。他认识了两个瑞士女郎，终日沉迷在疯狂的性爱游戏之中，让年轻人最狂野的性梦想变成了真实。他向往这样的生活，又心存恐惧，担心纵欲寻欢将毁掉自己的前程，于是"逃"回美国，到斯坦福大学继续完成研究生学业。但他未能潜心修学，而是与迷人且浪漫的海伦热恋、结婚，后发现妻子沉湎于年轻时疯狂恋情的记忆中难以自拔，婚姻以失败告终。离异后，他独居纽约，学术上渐渐取得成就，后来与美丽善良、通情达理的女教师克莱尔同居，找到了新生活的港湾，但面对再一次婚姻时他退缩了，害怕自己的感情难以维持。小说结束时，凯普什仍迷失在对现状的焦虑和对未来的恐惧之中。谙熟卡夫卡名作《变形记》的文学教授，最后在《乳房》中经历了象征性的变异。

我们在这三部小说中发现了一些共同的特征：第一，它们都是内省自白式的，因此小说的人物塑造重于小说情节，人物的心理刻画重于人物的行为描述；第二，它们共同塑造了一种当代美国的文化类型，反复对这一类型的人物进行探讨；第三，小说的主人公都表现出对性的痴迷，把性当作反叛传统文化的武器，以情欲填充空虚，因此小说探讨的都是精神危机的主题；第四，小说的主人公都是犹太人，但对族裔身份和宗教都表现出模棱两可的态度，在美国社会中找不到归属感，而处在一种强烈的陌生感、局外感、边缘感和异化感的笼罩之下；第五，小说人物都执意要在当代西方社会中寻找有意义的行为方式，但一无所获，都是追求的失败者。找到了这些共同点，我们也就找到了作家菲利普·罗斯。

《欲望教授》中我们能看到菲利普·罗斯最擅长的主题和最熟悉的人物。他笔下给人印象最深的人物，是卷入情感和理智冲突的现代知识分子，就如小说主人公凯普什那样，在灵与肉、爱与欲、理智与情感、道德与本能的冲突中苦苦挣扎，试图获得内心的和谐与自我的平衡。小说标题反映的正是这种状况：一方面是"欲望"，另一方面是"教授"这一职业所代表的理性。在遵从欲望和遵从社会可接受的行为规范之间，小说主人公踌躇不定。年轻时的凯普什曾追求绝对的个人自由，遵从欲望的召唤，放纵自我，但这样的生活让他心力交瘁。最终他获得回归生活正途的机会，但犹豫不定，生怕自由被婚姻囚禁。他成了比较文学教授，一面准备新开设大学课程"欧洲小说中的情欲"，一面思索人生：自己无异于一个"欲望教授"，跌跌撞撞地奔波在追求学术理性和追逐肉欲满足两条道路之间。

我们需要把小说置入"二战"后的文化历史背景之中进行解读。"二战"后，美国的经济得到了持续强劲的发展，以至于人们常用"丰裕社会"来概括战后的美国社会。这一提法出自哈佛大学经济学教授约翰·加尔布雷斯的著作《丰裕社会》(1958)。进入20世纪60年代后，经济学家哈罗德·法特更是乐观地宣布："美国60年代的巨大经济能力标志着人类跨越了一个重大历史分水岭。"但是战争的阴影依然笼罩在人们的头上，尤其是原子弹的摧毁力量，让美国人对经济发展、科技进步和现代文明产生了怀疑。随着消费主义而来的，是对生活得过且过的享乐主义态度，对权威的不信任和对规范的无视。这些共同酿成了60年代的反正统文化运动，及其后在美国大肆泛滥的性解放。反正统文化的思想代表诺曼·布朗提出了"泛性主义"和"狂欢的自我"的口号，打碎了50年代以前的道德禁忌，提倡释放本能欲望，让压抑的爱欲获得升华。青年人跃跃欲试，背弃主流社会确立和认同的行为方式，寻找、尝试、体验一种另类的生活。传统认识观念与行为规范正经历着巨大的、颠覆性的挑战。

菲利普·罗斯是犹太人的后代，小说写的主要也是美国的犹太人。这个民族在第二次世界大战纳粹德国的种族大屠杀中，经历了休克性的精神创伤。像菲利普·罗斯这样在战后长大的一代，希望摆脱犹太人沉重的受难历史，活在当今，张扬地表现自己"美国人"的身份，常常试图通过性自由表明接受同化，拥抱自由不羁的美国城市文化。但犹太民族有着自己深厚但又相对封闭的宗教和文化传统。这种"犹太性"体现在很多生活规范中，是这个族裔群体的生存之本，一旦瓦解，就会使个体陷于文化归属的困境和边缘人状态，产生危机。美国的犹太青年潜意识中常有故意触犯犹太禁忌的冲动，而婚姻和性领域的"违规"举动对犹太传统和家庭规范构成了颠覆性的威胁，因此尤其能显示青年人反叛传统，摆脱禁锢，成为自立的人的愿望。冲动过后，他们又发现犹太文化和价值观其实融在他们的血液中，对年轻时的荒唐感到后悔。

推而广之，在多元文化共存的美国，"二战"后的文化风范与传统道德之间的矛盾与碰撞，以及这种矛盾与碰撞所引发的问题和焦虑，超越了犹太民族的范围，具有更普遍的代表性。一方面是美国性文化，另一方面是传统价值观念，在两者冲突的大背景之下，菲利普·罗斯再现了美国当代青年和知识分子的生活状态和精神状态，也探讨了性认识、伦理继承、身份归属和文化同化等问题。他的人物具有典型性，能够激起知识界年轻一代的共鸣。他们往往有一种冲动，追逐堂吉诃德式的幻想中的崇高，而这种追逐常常表现为对一种能够让人性完全释放的绝对自由、自主状态的渴望。但他们在"自由世界"里感受到的不是自由，而是迷惘。用弗洛伊德的理论来说，他们的生活实践体现的是本我与超我或者快乐原则与道德原则之间的冲突。由于社会制约的存在，人性的完全释放很难实现。这种以性解放为象征的绝对自由，让罗斯的小说人物求之不得，弃之不舍，结果造成情感上的无根性，窜行于理想、欲望、现实、幻觉、过去、现在各种作用力之间，无所适从。

《欲望教授》带着读者走进人心隐秘、黑暗深处寻迹探幽。小说故事主要不是跟随事件发展而展开，而是描述事件在人物内心激起的波澜。翻译这样的小说是颇需功力的。张廷佺多年来孜孜不倦，译笔不辍，乐在其中，已出版译著多部，其中包括六部长篇小说和一部短篇小说集。他功力深厚、尊重原文作者和译文读者，这些在他翻译的当代美国名家路易丝·厄德里克的代表作《爱药》中可见一斑。一般说来，优秀的汉语译文离不开译者三方面的素养：一是对外语原文的理解和精准的把握能力，二是用汉语恰到好处地再现原作的能力，三是异国文化对译者的浸润。张廷佺这三方面的素养兼而有之。良工不示人以朴。他下足了水磨功夫，译文在细微之处拿捏到位，对小说的语气和情调把握得当，引人疾读，让人享受到文学的愉悦。此实乃作者之幸，亦是读者之幸。

感谢上海译文出版社引进罗斯的这部重要作品，相信读者通过阅读能够更多地了解这位驰骋于美国文坛半个世纪的重要作家。

（2010年5月）

炫酷包装下的深邃*

数月前,汤姆·沃尔夫与世长辞,刘启君的这本以沃尔夫为对象的作家研究著作进入完稿阶段,即将付梓。这是时间上的巧合,并非刻意为之,但某种程度上多少带点为沃尔夫"盖棺论定"的意味。汤姆·沃尔夫是刘启君的博士论文研究对象——那还是好多年以前的事了。记得她攻读博士学位期间开始论文选题时,我推荐她将汤姆·沃尔夫作为研究对象,她小心翼翼地表达了犹豫,唯恐这位颇多争议的作家不被学界接受,而让自己遭受"连累"。她的谨慎不难理解,不过她自己很快发现,顾虑是多余的。汤姆·沃尔夫的小说研究具有文化意义,也具有很大的阐释空间。

---

* 本文是《汤姆·沃尔夫长篇社会小说研究——时代格局变迁下的个人地位追求》(刘启君著,上海交通大学出版社,2018年)的序言。

他的确是文坛另类，美国主流作家群对他有点排斥和抵触——或许还有点妒忌，比如诺曼·梅勒、约翰·厄普代克等都对他颇有微词。但排斥和抵触的态度恰恰说明了沃尔夫的重要性，不然这些文坛大咖，完全可以抱以全然无视的不屑态度。沃尔夫对读者具有强大的感召力，权举一例以为说明：在第二部长篇小说完稿之际，《纽约时报》封面刊登了他的肖像，通报小说即将出版的消息。这是连美国大牌作家也难得享受的待遇。

问题是，汤姆·沃尔夫太"不像"作家。人们头脑中往往有概念化的作家形象：思想上深含不露，生活上不修边幅。但沃尔夫是20世纪七八十年代大众时尚文化的偶像，是媒体的宠儿，以他称之为"新炫酷"的派头屡屡在媒体上亮相，一身商标性的装束：白色西装三件套，配以白色礼帽和白色皮鞋，外加一条深色领带，摆着造型，风流倜傥。这种表演性的招摇，更像纨绔子弟的做派，与人们想象中的作家形象完全相悖，让人联想到炫酷外装包裹下的浅薄。然而，沃尔夫绝非肤浅之辈。他观察敏锐，文笔犀利，对当代美国的很多社会现象和社会问题具有深刻的认识。视角独到的解析和讽刺性的批判，是他作为当代美国文化重要人物的主要资本。刘启君的这本研究著作，把沃尔夫的小说作品作为个案，主要从社会学的理论角度对小说进行深度解析，透过文本考察近几十年美国的社会气候和文化风貌。

沃尔夫以记者、散文作家起家，功成名就后开始小说创作。不管是写散文，还是写小说，他的作品就同他本人一样个性鲜明。他写得细腻、实在、深刻，对大众文化和文化人物常常进行语带嘲讽但又惟妙惟肖的文字画像。他的散文作品和小说都十分畅销，拥有广大的读者群，在美国文化界影响巨大。他是一位非常特别的作家，也是一位非常值得研究的作家。在今天文学研究转向更广阔的文化研究的大背景中，对汤姆·沃尔夫的研究不仅是适时的，也是前沿的。沃尔夫至少在两个重要方面，为美国文学做出了重大贡献：一是作为"新新闻"书写文体的创立者，二是作为后现代语境中现实主义文学的践行者。

在为《华盛顿邮报》等三家著名媒体工作期间，沃尔夫探索了一种全新的新闻文体，打破文学与新闻报道的边界，与诺曼·梅勒、杜鲁门·卡波特等一起，成为"新新闻"的开拓者。1973年他与E. W. 约翰逊合编出版了散文集《新新闻》(*The New Journalism*, 1973)，此类新模式写作也由此得名。"新新闻"不再坚持纯客观性，书写者可以介入事件，也可在报道中融入书写者自己或者被报道人物的心理感受。这种介于纪实和小说之间的新文体一度风靡美国。沃尔夫本人出版于20世纪六七十年代的几本散文集，如《糖果色柑橘片流水线婴儿》《泵房帮》《彩绘文字》等，都是"新新闻"写作理念的范本，融情感于事件报道之中，以一种介入式书写讽刺商界、艺术界和嬉皮士时代。

沃尔夫曾豪情万丈，扬言要以"新新闻"终结小说对文坛的统治。但"新新闻"未能推翻小说王朝，到了70年代后期日渐式微，曾来势汹汹的谋反者被"招安"，而由"新新闻"演变发展而来的"非虚构小说"或"纪实小说"，秉承同样的创作理念，给文学界带来了深远的影响。"新新闻"为后来兴起为主要文化批评体系的新历史主义做了铺垫。新历史主义认识观打破了历史客观书写与小说虚构书写的本质性对立,认为两者都是语言建构,都不具有完全的客观性。可以说"新新闻"是新历史主义萌生时期有影响的创作实践,而在80年代羽翼丰满的新历史主义,又回过头来为"新新闻"提供了理论支持。

从80年代末开始,汤姆·沃尔夫不断撰文呼吁回归文学现实主义传统,尤其以《追猎千足兽》一文为其"文学宣言",扯起大旗,摆出阵势。在后现代主义仍然盛行的美国文坛,沃尔夫似乎与时代格格不入,其实他是走在时代前头的人。后现代主义潮变中出现的新现实主义,证明了他前瞻性的视野:千变万化,文学终究应该是关注现实,摹写现实,反映现实和批判现实的艺术。沃尔夫的小说秉承左拉等前辈作家的创作理念,关注社会语境,反映社会问题。他的作品总是细节生动,现实感强,与时代风气十分合拍,能够引起读者强烈的情感共鸣。如果我们把沃尔夫的小说作品比作当代美国社会的风俗画,那么重局部、重写实是这幅画作的特色。

长期的记者职业培养了沃尔夫的社会问题意识和敏锐的嗅觉,多年的新闻写作实践又使他能够娴熟驾驭素材,选择恰到好处的细节言说观点。这是他转向小说创作时携有的得天独厚的优势,是他的几部现实主义小说成功的基础。不管是写新闻、写纪实文学还是写小说,汤姆·沃尔夫一直具有犀利的社会批判视野,不断抖出美国"精英阶级"金玉外表之下的精神败絮。我们可以把汤姆·沃尔夫的三部长篇小说称为"都市虚妄三部曲"。

"虚妄"二字来自沃尔夫的第一部长篇小说的书名《虚妄的篝火》（1987），但指向三部小说共同的中心议题。

《虚妄的篝火》是沃尔夫文类"变向"后的第一部长篇小说。他一鸣惊人，创造了畅销近300万册的辉煌成绩，连续两个多月雄踞《纽约时报》排行榜首。对于一部不以情节取胜的严肃小说来说，这是难得的成就。不可否认，小说畅销有沃尔夫身为文化界明星级偶像人物的助推因素，但应该说作品本身的魅力是成功的主因。小说叙事以小见大，从一场车祸展开，家庭悲剧逐渐演绎为种族矛盾和政治交易。沃尔夫将具体事件置入20世纪80年代的美国文化大气候中，揭示城市中产阶级上层的贪婪堕落和各派政治力量之间的明争暗斗。刘启君结合社会学家皮尔·布迪厄关于资本和阶级的理论，对这部小说做出了具有深度的解读。

第二部小说《完整的人》篇幅长达700余页，依然以富裕阶级为叙述对象，描写一个亚特兰大房地产开发商因投资失败而引出的故事，涉及经济豪赌、种族冲突、私利权谋等，故事错综复杂。小说聚焦于主人公急转直下的命运，以及他陷于价值失落、家庭崩溃困境时的人生思考。与前一部小说一样，《完整的人》通过个人小叙事，折射美国南方大城市亚特兰大的社会面貌。刘启君在讨论中引入凡勃伦的炫耀性消费观和詹明信的晚期资本主义文化逻辑理论，阐释了小说故事折射的消费主义影响下南方文化精神的变迁。

沃尔夫在2004年出版了《我是夏洛特·西蒙斯》，依然是沉甸甸的700余页的鸿篇。小说揭露美国名牌大学的阴暗面，对代表未来的新一代文化精英做了不恭的描述。女主人公虽然是贫家子女，但她为故事提供了"外来者"的观察视角，串联起一所著名学府中的青年精英群体。在沃尔夫的笔下，他们是堕落的一代，关心的不是学业，而是扮酷和性，比他们的中产阶级父母更有过之而无不及。刘启君援引社会学理论和文化批评的理论，从美国大学文化的一个侧面，探讨了不同社会阶层、家庭背景、宗教信仰、人生志趣、认知倾向在校园这个微型社会里的碰撞，强调环境对人的改造作用。

沃尔夫的三部长篇小说都以富裕阶层的崩解为主要内容，都从一个侧面反映美国城市社会的面貌，都引起了当代文坛的关注。沃尔夫用现实主义的细节映射时代风貌，以一个事件或人物为触发点，将因种族身份、经济地位不同而咫尺天涯的当代人组合进一个故事，让他们卷入新旧世纪交替的几十年里美国大都市的复杂社会关系中，让故事在利益冲突、种族冲突和文化冲突之中展开。他的小说是现实主义的。沃尔夫身体力行，在调研和素材的采集方面下足功夫，努力以自己的创作推出"样板"，树立标杆，试图扭转文学走向，防止当代美国文学进一步滑入颓废、虚无的深坑。

刘启君在引言中很好地归纳了自己的研究宗旨与方法论："本书围绕沃尔夫三部长篇社会小说中不同的场域变迁展开，贯穿研究始终的是对故事里每个主人公社会地位沉浮的阐释，而所有的这些改变都无一例外地伴随着各种社会资源和社会资本的博弈。为了把美国社会这云谲波诡的30年（1980—2010）铺陈在读者眼前,沃尔夫从细处着手,以大环境中权力格局变迁时小人物的命乖运舛来折射整个美国社会与政治气候、经济发展和文化思潮的衍变。"这一研究的可行性建立在沃尔夫小说与当代美国的关联之上,因为他的作品"是绝佳的社会学研究文本,阶级、惯习、场域、资本无处不在","本身就是美国社会20世纪80年代、90年代及新千年的一些极具代表性的经济、文化和政治现象的再现"。

汤姆·沃尔夫开始创作小说的20世纪80年代,正是文学批评出现风向转变的年代。文学作品不再被视为封闭的、自足的文化产品,对其阅读评价也不再受限于单纯的审美体验。文学研究总体上正在摆脱形式主义和新批评模式的约束,开始强调在文学文本之外的广阔天地中寻找关联,解读社会历史语境赋予小说的意义。刘启君对沃尔夫的研究,正是这种语境化的社会、历史的解读,努力透过小说呈现当代美国社会,对权力关系、经济因素、文化精神、内心欲望等多个方面进行理论层面的探讨,提出可供思考的深层的问题。

(2018年秋访加拿大旅途中)

敞开的牢狱：城市空间与欧茨的小说[*]

欧茨聚焦于她熟悉的底特律，视之为小说创作的风水宝地，曾说："底特律是我作品的主题，不管是好是歹，底特律造就了现在的我，造就了现在这种风格的作家。"底特律是她许多小说故事的发生地，是她观察美国社会的选定区域。就像福克纳笔下的约克纳帕塔法县一样，欧茨圈定自己的文学王国，讲述那里几代人奇奇怪怪、凄凄切切的故事。但是，福克纳的观察点是地处"边远南乡"的村镇，而欧茨小说反映的是更能代表当代生活的都市。底特律是美国最大的工业城市，由于以汽车为主的制造业的勃兴和衰萎，几十年间那里的居民跟随这个城市经历了盛衰起落的巨变。作家描写城市环境的混乱喧杂，描写城市空间压迫下

---

[*] 本文是《乔伊斯·卡罗尔·欧茨小说的空间性和身体美学》（王弋璇著，人民出版社，2017年）的序言。

为生活和精神焦虑所驱策的中下层市民的悲惨境遇，通过鲜活、具体而时常带有暴力色彩的故事，来反映作家所认识的美国城市社会。这个被欧茨投以特殊关注并付诸笔端的城市，也是王弋璇这部研究著作《乔伊斯·卡罗尔·欧茨小说的空间性和身体美学》的考察对象。

欧茨享有的文学地位，在我身边得到了生动的体现。我指导博士研究20年，期间居然有三名博士生在思考论文选题时不约而同选择了欧茨，除了本书作者王弋璇的《暴力与冲突——乔伊斯·卡罗尔·欧茨小说的空间性》（2008）外，还有单雪梅的博士论文《从乔伊斯·卡罗尔·欧茨小说看其女性主义意识的演进》（2000）和王晓丹的博士论文《乔伊斯·卡罗尔·欧茨近期小说中的身份建构》（2014），各自聚焦于某一主题，选取几部具有代表意义的作品进行解读。这样的巧合肯定不是来自导师的影响。我虽然对欧茨充满敬意，但她并不在我特别关注的作家之列。三位博士也不是在追赶潮流，因为欧茨并不是任何一个潮流的典型代表。无论就作品风格或作品主题而言，她都是最难定位的当代美国作家之一。

欧茨作品众多，读者众多，影响深广，小说涉及了美国社会和文化的众多方面，耐读且具有很大的阐释空间。她长达半个世纪的创作过程见证了其风格的流变，但基本立足于现实主义，也常常使用现代派的手法如内心独白和意识流。到近期，她又在传统现实主义中收纳了后现代的叙事成分，如语言实验和拼贴，但这样的融合并不引向解构和文字游戏。她广采博纳，从许多前辈文学大师中学习汲取，文风多变，熟练运用各种手法处理多样题材。欧茨具有复杂性和多元性，被贴过各种标签，包括"心理现实主义""新自然主义""超现实主义"等，但她对流派并不在意，也不关心，不断默默寻找再现美国城市社会最有效的途径。在我看来即使是后期的作品，不管使用了何种叙事手法，现实主义依然是欧茨的主色调。

欧茨在半个世纪中共创作了长篇小说和中、短篇小说集超过100部，创作力之旺盛令人咋舌。人们往往对欧茨如此"量产"感到惊诧，惊诧中又颇有微词，甚至提出作品文类归属的疑虑。欧茨写得多，多得像通俗作家，而且作品中也常常有推理侦探的成分，但欧茨的小说不是通俗作品，这点毋庸置疑。严肃与通俗、流行与经典之分的标尺不是题材，也不是叙事语言或形式，更不是一个作家的出版数量，而是一种对人类命运思考的严肃性，以及思考的深度和力度。通俗文学主要为阅读过程提供愉悦，而严肃文学引向阅读后的反思。欧茨的作品观察犀利，剖析深刻，描写细腻，为当代美国城市社会的病疾把脉诊查，在众多的作品中通过文学想象对当代美国进行宏大的铺陈。她挑战了"少而精"之说所隐含的"多而滥"的定式，多次获得美国重大文学奖项，数次被提名为诺贝尔文学奖候选人。这些都是文学界对她的小说创作艺术成就的高度认定。

关于欧茨，人们也总是饶有兴味地强调书写者与书写内容之间的反差：一个腼腆而不善言谈的纤弱女子和该女子笔下那些充满暴力成分的故事。的确，暴力主题是欧茨最显眼的标识，作品中往往都有凶杀、自戕、强暴的情节。但是,她的暴力书写显然不是为了迎合读者追求刺激的偏好,而是城市社会悲剧性呈现的一种媒介,是表现现代生活困境及个体生存苦难不可缺少的成分。欧茨曾把情欲、物欲、个人主义等称为"魔力",说道:"这种魔力驱使人们在暴力中寻求解决一切问题的答案,驱使人们走上自我毁灭的道路,自杀——这是终极的体验和屈服。"作家曾在不同场合多次强调,暴力书写最能反映混乱动荡的城市环境,反映城市空间对个体的压迫,反映被推至极端的矛盾和郁抑。暴力也能表现反抗者的悲剧精神。小说家力图通过表面化的暴力冲突,探讨现象背后的根源,即社会权力结构和权力机制。

有学者在论文标题中直接将欧茨称为"情感雷区的探险大师"(a masterful explorer in the minefields of emotion)。这个说法应该是褒义的。欧茨笔下的"雷区",其实是被激化的潜在情感危机,充满引发暴力的火星——绷紧的神经,失衡的心态,一触即发的积怨,等等。城市生活与乡村相对悠闲舒缓的节奏不同,城市空间的挤压更容易导致个体的异化,更容易激化矛盾,激发诉诸暴力的原始冲动。欧茨尤其善于将人物失控的内心外化为一种戏剧化的暴力言说。王弋璇这本著作《乔伊斯·卡罗尔·欧茨小说的空间性和身体美学》中的很多讨论,也围绕暴力主题。书中特别强调:"暴力是书写悲剧的重要媒介和工具","暴力表现背后是欧茨对人类悲剧式存在的关注"。但是我们注意到,书名的关键词是"空间性"和"身体美学",两者中又以前者为偏重的主议题。这两个关键词是通向解读暴力的城市生活的两条路径。

通讯、网络和交通的迅疾发展，导致了"地球变小"的直观感觉。现代社会拉近了距离感，一种横向漫开的、同时共生的、并置拼合的生活体验，替代了历时的、线性的、渐进的生活体验，空间维度日益彰显，促成被称为"空间转向"潮流的应运而生。法国哲学家列斐伏尔和法国思想家福柯的空间理论，为文学批评开辟了新视野，注入了新活力。文学中的空间不仅仅是故事的地理场景，而且具有丰富的文化意涵，是叙事内在的要素，也是主题表现的力量。在以底特律为原型的压迫性的城市空间中，作为"规训"对象的个体被强制性塑造，身体这个"微缩空间"受到外力挤压，内含的非理性力量在压制过程中积聚，寻机发泄，导致暴力。王弋璇的研究运用列斐伏尔和福柯的理论，把这些方面逻辑地连在了一起。

欧茨十分关注当代美国的社会现实和底层人民，小说触及了多方面的社会问题，描绘了城市的风俗画和市井图。本书作者王弋璇指出，"在欧茨的小说中，人物在城市空间总是无时无刻不在经受着磨难和困境，遭遇从肉体到精神的打击，在诸如底特律这样的空间外部环境压制下，每个人物都在同不公的命运抗争。小说常以人物对外部环境进行不屈不挠的抗争为主题，以城市为地域单位揭示那些陷于空间囹圄中的人可能采取的斗争方式，描写现代人在工业化社会中的坎坷命运和曲折人生。其中人物的命运同城市空间的发展肌理息息相关，形成默契"。压迫的城市空间造就了命途多舛的城市人。工业化和都市生活将空间切割成零碎的片块，而"碎片化"的城市空间又成为孕育矛盾、滋生暴力的温床。此项研究对"城市空间"和"人物命运"两者之间的关系投以特殊的关注,努力从中发掘欧茨小说社会性和政治性的内涵。这样,王弋璇的这项研究就有了阐释的新意和理论的深度。

(2017年深秋)

生活中有太多的问题需要"纠正"
——乔纳森·弗兰岑《纠正》评述*

乔纳森·弗兰岑其实不是新锐作家。他在文学界努力多年,在《纠正》之前已有了两部长篇小说的资本,只是没有引起太多的关注。但第三部小说将他推到了舞台的强光灯下,突然之间闪亮登场。《纠正》出版后好评如潮,获得了2001年美国声誉最高的三大文学奖之一的国家图书奖。这是一部美国文学中久违的厚重的家世题材小说,不少批评家认为具有"伟大作品"的要素和潜质。小说的主色调也是美国文学中久违的相对传统的现实主义,作家忠实于生活现实,注重人物塑造和细节,但间或出现的黑色幽默和意识流,又让小说带上了一抹淡淡的现代或后现代的色彩。

---

* 本文为乔纳森·弗兰岑长篇小说《纠正》的介绍和简评,原刊于《文艺报》(2002年3月12日)第6版。

《纠正》的故事非常简单：艾尔弗雷德·兰伯特年事已高，妻子伊妮德竭力把三个在外地的子女兜拢到一起，要在圣裘德老家共度最后一个团圆的圣诞节。小说追踪兰伯特家五名成员的生活轨迹：艾尔弗雷德曾是铁路工程师，退休后患帕金森病身体和脑子都出现了老年人的锈蚀，愈发怪僻固执；妻子伊妮德拒绝接受与她心目中完整家庭相冲突的任何现实，刻意再现心目中"正常家庭"的氛围。大儿子加里当银行主管，娶了富有的太太，但老婆联合三个儿子同他作对，生活失控。才华不凡的小儿子奇普在即将获得终身教授职位前，因与女学生发生性关系的丑闻被学校开除，生活一落千丈。女儿丹妮丝曾是个出色的厨艺师，但卷入了与老板、老板老婆的性和同性恋关系，自毁前程，把个人生活搞成一团乱麻。最后母亲翘首以待的"欢喜大团圆"在匆忙的一聚中，吵吵闹闹地结束，与期待形成巨大反差。

《纠正》是一部"文学性"的小说，作家注重的不是情节，而是人物刻画和行为细节的再现。兰伯特一家都是活生生的现实生活中有缺点的人。他们的经历十分琐碎，也十分真实，让人叹息，也让人同情。爱与恨，亲情与私利，理智与疯狂，追求与幻灭，各种成分在小说中复杂纷乱地交织在一起。在美国经济萧条的背景下，每个人承受着巨大的精神压抑，忙忙碌碌，烦躁不安地试图寻找属于自己的一份快乐，但都发现快乐生活只是一种虚幻的想望。作家挨个描绘了兰伯特一家五口的肖像画，再把它们拼贴组合成一幅灰暗的"全家福"，又将这一家庭特写画面嵌入庞杂纷乱但又栩栩如生的美国生活的市井图中，让他们浑浑噩噩的生活片段融入20世纪末西方社会的大背景中。

兰伯特一家的故事没有跌宕起伏的情节，也没有大灾大难的变故，他们的生活并不特殊，美国人似曾相识。但在无声无息之中，一个家庭走向解体，每个家庭成员的梦想变得支离破碎，生活不堪收拾，难以"纠正"。小说中的"圣诞团聚"可以看成是伊妮德与当代家庭传统崩解趋势进行的最后一次徒劳抗争。付出了昂贵的代价之后，这家人虽然开始反思各自的生活，但似乎并未获得真正的悟识，无法改变人生病态的疯狂与走向死亡的结局。作家以娴熟的叙事技艺，将五个家庭成员看似平常的生活片段组合成了一部带悲剧色彩的家世传奇，为读者提供了近距离了解观察当代美国生活的一个横切面。这是一部新版社会小说，表现的是一个严肃的主题，即现代人的困境。

安妮·普鲁：关于人类栖居地的生态思考*

安妮·普鲁大器晚成，开始真正投身小说创作时，已过知命之年。但起动之后，她一发难收，从20世纪90年代开始屡获大奖，成为当代美国文坛一颗冉冉升起的"新星"。2001年长篇小说《船讯》被好莱坞拍成电影，令她声名远播。尤其是获得欧·亨利短篇小说奖和全美杂志奖的短篇小说《断背山》，2005年被李安导演成功搬上银幕，并获得奥斯卡八项提名和三项大奖后，作家普鲁开始受到我国读者的关注。发生在断背山上两个西部牛仔之间一段世俗难容的同性恋情，被作家写得细腻感人，让人难以释怀。但大多数读者对安妮·普鲁的了解到此为止。

普鲁的主要作品是长篇小说。杨丽博士的这本新作，为我们提供了更加全面、深入了解这位优秀作家的机会。她选择了

---

* 本文是《安妮·普鲁生态思想研究》（杨丽著，复旦大学出版社，2012年）的序言。

安妮·普鲁的《明信片》《船讯》和《老谋深算》三部长篇小说作为主要考察对象。这三部作品具有内在的关联，共同表达了对人类栖居地的生态关注。普鲁偏爱写乡村，尤其偏爱描写荒凉苍莽，人迹稀少的自然环境。她总是抱着深深爱意和忡忡忧心，渲染居住地的自然景色和区域特征，以环境风貌凸显人物性格和人的生存故事，传递一种深层的生态思考。普鲁的小说背景不仅仅是故事发生的物质场景，而总是在诉说着它自己的历史，演绎着它自己的悲剧，发出它自己的呼唤。于是，背景被凸显，被聚焦放大，成为前景，成为小说主题的一部分。

发表于1992年的《明信片》是安妮·普鲁的第一部长篇小说，故事发生在土地贫瘠、气候恶劣的佛蒙特北部地区。作家通过布鲁德一家的经历，记录了30年间他们经营的小农场逐渐走向衰败，最后被变卖的故事，而这一崩解过程又折射了新的工业时代逐渐摧毁乡村栖居地和村民传统生存模式的历史。在这片并不友善的土地上，人们背负着由社会变迁带来的受挫、愧疚、孤独等各种沉重的情感，辛勤劳作，徒然抗争，又无力阻止家园破败。小说于1993年获得了声誉甚高的福克纳小说奖，安妮·普鲁被写入历史，成为获该奖的第一位女性作家。

普鲁再接再厉，次年推出了以纽芬兰岛为背景的代表作《船讯》，囊括美国文坛地位最高的两项大奖：国家图书奖和普利策小说奖。她为创作这部小说呕心沥血，曾九次来到纽芬兰岛，体验靠近极地的自然环境，尝试用简约粗犷、质朴优美的语言，再现严酷生存环境中人与自然、与自己抗争的故事。小说主人公奎尔事业和婚姻失败后离开纽约，来到祖籍地纽芬兰岛，从事船讯报道工作。在这一片气候寒冷、植被稀疏的土地上,他经历了暴风和低温的考验,逐渐理解了在那里不离不弃为生存苦斗的小人物,最后摆脱了过去的阴影,获得了精神救赎。

进入21世纪后出版的《老谋深算》(2002)继续探讨环境主题。故事的场景设在美国得克萨斯北部的"长条地"。那也是一个地荒人稀、生态脆弱的地方。故事讲述当地人鲍勃为开发"长条地"受公司派遣回到家乡勘探大型养猪场场址的事件,并以此为情节主线,将北美大草原的生态衰败史在读者眼前铺开:白人闯入往日印第安人的游牧地,先残杀和驱赶当地人,然后捕杀成群的野牛,然后开采石油,"长条地"的生态环境每况愈下。大型养猪场又将危及摇摇欲坠的当地生态,而当地人为了守住这个并不美丽富饶的家园,与入侵的商业势力进行抗争。最后鲍伯转变了立场,从情感上回归了祖辈的家园。

在这三部小说中,我们找到了一些具有共性的地方。其中最为显著的是:第一,所有的故事都被置入相似的背景之中,不管是佛蒙特土地贫瘠的农场,还是纽芬兰的广袤苍凉的严寒世界,还是尘暴飞扬的昔日大草场,都是文明的边缘地区,都是生态脆弱地带,都正在被渗透,遭受着平衡被打破的危险;第二,作家用了一种简洁粗朴但不失优雅的文字风格,叙述文体与作品的自然背景完美结合;第三,小说中那些讷讷无言的小人物,都在为保卫家园进行着苦斗,虽看不到太大的希望,但不愿束手待毙;第四,小说背景与主题互相渗透,地域风貌与人物命运息息相关;第五,这些作品都表现了文明扩张与生态环境之间的冲突,记录自然和传统文化在现代化进程中边抵抗边退却的过程,寄寓着作家的生态思考，即对以征服自然为手段的人类中心主义价值观的批判。

正是基于这些共同特点，杨丽博士的这本论著找到了安妮·普鲁小说研究的切入口和思考基点。她从生态批评的视角出发，以上述三部作品为个案，对普鲁的小说进行了十分深刻且到位的阐释。作者挖掘潜藏在文本背后的生态思想，认为作家的文学想象和文学书写也是一种救赎行动，具有社会意义和实践价值，指出作家在《明信片》中的新英格兰北部地区、《老谋深算》中的"长条带"和《船讯》中的纽芬兰岛三个生态区域中，贯穿了一条从"栖居地的丧失"到"生态恢复"到"再栖居"环环相扣的理念，是一个整体构架，表达了从哀叹、醒悟到期盼的渐进性的生态认识，这其中又寄托着人与自然共生共荣、和谐发展的希望和理想。

普鲁的小说十分耐读，是对过去的反思，是对当今的警示，也是对未来的构想。杨丽博士丝丝入扣的解读，帮助我们在更高的层面上认识这位不同凡响的当代美国女作家。在我看来，这本即将出版的书，既是文学作品研究，也是生态呼吁，体现了本书作者强烈的生态关注。这种生态意识，是一贴清醒剂，令我们驻足而思：经济发展若以生态为代价，将得不偿失。也许我们明白这样的道理，却往往将它当作一个美好的概念而束之高阁。若要唤起一种触动神经的警觉，要它真正变成行为的思考基点，我们还要好好读读安妮·普鲁的小说。

（2012年秋）

精神探索与索尔·贝娄的小说[*]

初识张军，他表达了希望在我名下攻读博士的愿望，并递上曾发表论文的清单，长长一列，让人印象深刻。我赞扬了他的努力和勤奋，但没有掩饰职业性的挑剔，对他直言不讳：文章虽多，但平台不高，均未发表在声誉较高的刊物上。一年后他来报考时，论文清单里添了四篇，和一张录用通知单，五篇论文全部发表在CSSCI核心刊物上，让我一阵惊诧，也让我不得不对他另眼相看。他是学术上的有心人，耕耘者，不断地阅读、思考、撰写，孜孜以求。也许因为思维敏捷，想法泉涌，进入上海外国语大学之后，他一如往常，写得快，写得多，有时我不得不婉转地告诉他：无须一路行色匆匆，也要学会仰望星空，坐而静思。他

---

[*] 本文是《索尔·贝娄成长小说中的引路人研究》（张军著，上海外语教育出版社，2013年）的序言。

可以做到。他的文章越写越老到，涉及越来越广泛。

张军的博士论文研究对象是诺贝尔文学奖获得者索尔·贝娄。贝娄的小说创作始于20世纪40年代，从1944年的第一部长篇小说《荡来荡去的人》到2000年的谢幕作《拉维尔斯坦》，文学生涯持续了半个多世纪，不仅是美国文学界，也是世界文坛公认的20世纪后半叶最伟大的作家之一。贝娄的笔是内窥镜，是手术刀，看到人心的深处，写得精到准确，丝丝入扣。他最善于揭示当代人的感情挣扎和精神焦虑，表现激化的种族和文化冲突所凸显的理智困惑和认识矛盾。他写的故事是思想的漫游和情感的历险，这方面与另两位美国犹太作家菲利普·罗斯和伯纳德·马拉默德十分相似。1976年诺贝尔文学奖授奖词对索尔·贝娄做了恰如其分的归纳，认为他的文学贡献是"对当代文化富于人性的理解和精妙的分析"。

索尔·贝娄几乎从一开始就圈定了自己的文学领地。20世纪40年代的两部长篇小说《荡来荡去的人》和《受害者》，都是表现复杂、痛苦心绪的作品，情节让位于人物塑造，记忆和思考占据作品的中心，让人想起卡夫卡的小说。50年代的代表作《奥吉·马奇历险记》《勿失良辰》和《雨王汉德森》描述的都是精神迷惘者寻求救赎的故事。后来的小说《萨姆勒先生的星球》和《贝拉罗莎暗道》都是写纳粹屠刀下幸存者的历史反思，是立足于当代社会的"内省式"的作品，表现当代人寻求摆脱精神危机的认识成长。

长期以来，贝娄已经受到了批评界和文学研究界非常集中的关注。他的作品丰富且深刻,研讨空间依然巨大。张军的这部研究著作,是聚焦式深入讨论的又一次努力。他的阐释和解读,为我们了解当代西方社会,了解社会巨变中当代西方人的情感和烦恼,都是大有裨益的。他从贝娄众多的作品中挑选出具有代表性的三部作品,将其中的"成长主题"作为一条穿起讨论的主线。讨论的落笔点不是小说主人公的认识成长,而是帮助其心智、精神、道德成熟的引路人在主人公成长过程中的作用,如《勿失良辰》中的塔莫金医生,《萨姆勒先生的星球》中的格鲁纳大夫和《贝拉罗莎暗道》中的方斯坦夫妇。张军认为,这些帮助小说主要人物走出困境的引领者,代表了某种生活认识和准则,或某种应对当代社会的生存策略,引向贝娄心中的某一个透出光亮的去处。在他们的帮助下,在现代社会中被撞得晕头转向的小说主人公,得以找到方向,重新启程。因此,这些辅助人物陪衬了主要人物,烘托了主题,深化了小说人物"理智历险"的内涵。

贝娄的主要人物都是犹太人,背负着沉重的历史包袱,尤其遭受了第二次世界大战留下的心理创伤。他们无法心安理得地在当代美国生存,感到生活中某些东西严重缺失——缺失的不是物质的东西,而是信仰的、精神的、认识的内涵。正因如此,在物欲横流、理想幻灭、价值混乱的当代美国,他们的精神追求和心智成长,就被赋予了象征意义和代表价值。这种象征意义和代表价值也正是索尔·贝娄作品的意义和价值所在。

另一名重要美国犹太作家马拉默德说:"我写犹太人,一是因为我了解他们,但更主要的是,犹太人绝对是生活戏剧的最好素材。"为什么"绝对最好"？因为他认为犹太人最集中、最典型地代表着现代人不幸的一面：他们在强大的社会势力压迫下屡遭挫折，历经磨难；但同时他们也代表了进行不屈不挠的人生奋斗和理智追求的另一面。也许正是这个原因，使作为少数族裔的犹太作家一度几乎撑起了美国主流文学的半壁江山。50年代的J. D. 塞林格笔下的少年霍尔顿，60年代辛格笔下的"倒霉蛋"吉姆贝尔，70年代菲利普·罗斯笔下的波特诺伊，这些犹太作家笔下家喻户晓的人物，都各自成为该十年中最具有代表性的文学典型。也许也正是由于这个原因，在1976年索尔·贝娄获得诺贝尔文学奖仅两年之后，又一位美国犹太作家辛格再度荣膺这项世界文坛的最高奖。

从这一层意义上来看，贝娄笔下犹太人的精神求索，超越了种族范畴而被赋予了普世意义。一方面，他们是现代生活的流放者，具有反叛者和追求者的双重特征，典型地折射了传统与现代性的撞击；另一方面，他们的灾难意识又是当代西方人最能切身体验的一种警示，他们的历史反思也是今天的人们最需要的教训。过去的灾难演奏了现代困境的序曲，而今天的生存隐伏着未来的危机。特殊的历史和社会处境，使索尔·贝娄成为当代西方社会理想的发言人，也使贝娄的作品特别受到知识分子的青睐。

贝娄强调观念和认识，根据精神现象阐释社会生活，探讨在淹没个性的世界里寻找自我，寻找精神救赎和道德再生的可能性。纷乱的外部世界在他的小说中被巧妙地内化，表现为凌乱的心理状态；小说主体不是反映人物经验层面的故事，而聚焦于人物对生活经历的思索和掂量。这样,贝娄的小说就有了沉甸甸的分量和巨大的阐释空间。张军的著作为我们更好地了解索尔·贝娄,了解犹太作家,了解当代美国文学,提供了一个很好的观察窗口和解读途径。这本书的出版是一件值得庆幸的好事,我期待张军继续推出更多好作品。

(2012年初冬)

"流动意识"和阿什伯里的行为主义诗歌[*]

约翰·阿什伯里（John Ashbery）也许是当代美国诗人中最著名的一位，也是当代最具试验风格、影响最大的诗人之一。他的诗歌风格独特，自然优美且又晦涩飘忽，很大程度上影响了被称为"语言派"的年轻一代诗人，包括查尔斯·伯恩斯坦、林·赫京尼恩、迈克尔·帕尔默和苏珊·豪等。近期，年已75岁的阿什伯里又推出了最新一部诗集《中国悄悄话：诗选》（2002）。集子中选入的诗歌充分代表诗人一生创作的两大特征：一是诗歌表现的"流动意识"，二是对语言表意功能的深刻思考。书名很能说明问题："中国悄悄话"指一种儿童游戏，一圈人把一句话从一个人的耳朵传到第二个，然后再到第三个，一路传过去，不断出现误听与曲解，最后变成了完全不同的另一句话。阿什伯里的诗歌

---

[*] 本文原刊于《文艺报》（2005年3月3日）第5版。

总是表现出一种后现代式的"内倾"：高度关注艺术语言、艺术创作过程和艺术家本身，诸如思维的形成和传递，信息的理解和曲解，文本的阐释和误读，等等。

阿什伯里认为，我们无法可靠地感知现实本身，而只是在头脑中形成现实的一种想象。也就是说，想象创造了现实的幻觉，因此被人们感知的现实并不是一成不变的，而是可以被挤压变形的印象。另一方面，他同意现代语言学家的观点，认为现实是语言过程的产物，而人们用语言来表述并限定自己。语言和由语言代表的概念，在传递和重复的过程中，其指涉会发生变异，更会掉入现有定义的俗套，使原来的意思被淹没或取代，因此，试图反映现实的文学艺术同样不是可靠的载体。阿什伯里的诗歌显示了诗人对各种语言符号的敏感性。他的诗歌用流动的语言来记录思维流动的过程：现实的印象在生成的过程中变化、消失，最后，除了留下"一个空泛的痛苦印象"外，一无所有。

阿什伯里1927年出生于纽约，最初的理想是当个画家，从11岁开始到罗彻斯特博物馆学习绘画长达四年。但他从小喜欢读W. H. 奥登、狄兰·托马斯和华莱士·史蒂文斯的"沉思式"的诗歌，后来的诗歌创作显然受到了这几位前辈的影响。从哈佛大学毕业后，他去哥伦比亚大学攻读法国文学研究生，后获得富布赖特奖学金到法国留学，并在那里生活了整整十年，以艺术批评家的身份活跃在巴黎文艺界，谙熟法国的超现实主义诗歌和批评理论。1965年回美国后在纽约担任《艺术新闻》的编辑，同时为《纽约》杂志和《新闻周报》撰写艺术评论。由于工作关系，他常常报道当时盛行于纽约的抽象表现主义艺术，与行为主义艺术家们交往密切，常常参加他们的讨论会。本国的前卫艺术是对他诗歌产生影响的另一个主要方面。

与阿什伯里过从甚密的诗人詹姆斯·斯凯勒说："在纽约，艺术世界是画家的世界；作家和音乐家在同一条船上，但他们不掌舵。"可见，绘画艺术在认识上引领了当代美国文艺的方向。行为绘画是抽象的，关注的是绘画行为本身，而不是画面再现的现实。有些画家，如抽象表现派的主要代表人物杰克·波洛克，用"滴画法"或"泼洒法"作画，反对现实主义，强调艺术品的创作过程。阿什伯里的诗歌其实是一种文字抽象画，关注的也常常是关于写诗的"行为"，而不是诗歌为我们提供的明确意义。他在一定程度上把抽象绘画艺术的一些概念和技法，融入了诗歌创作，有人因此把他的诗作称为"泼洒诗"。

他在短诗《画家》中记录的，正是类似作画的诗歌创作过程："坐在海与楼房之间／他享受描绘海的画像。／但就如孩子们想象祈祷／只是沉默，他希望他的主题／涌上岸滩，然后，抓起画笔／在画布上泼洒自己的肖像。"这其实是阿什伯里惯常的创作方式：他让自己进入一种写诗的状态，然后任凭思绪像海潮般地"涌上岸滩"，流入笔尖，在诗行间"泼洒自己的肖像"。在一次访谈中，他用了另外一个比喻，表达同样的基本创作理念："写六节六行诗就好像骑自行车下山，由脚蹬子推着你的脚冲下去。我希望我的脚被推着走，到它们本来不会去的地方。"虽然阿什伯里讲的是他最喜爱的诗歌形式六节六行诗，但强调的是他所有诗歌创作的共同特征，即写诗的自发性。他在《最快速的修补》一诗中说："我们都是说话人／没错，但话语下面是／流动，且不愿被触动的，松散的／意义，杂乱简单就如打谷场。"他的诗歌不注重展示外部世界，反映的是梦幻般流动的意识，是个人头脑中瞬息变化的感觉。由于诗人处于写诗的状态，头脑中往往较多思考的是写诗的事情，因此作诗过程，以及对于诗歌的认识等，又常常自然地成为诗歌内容的主要组成部分。

1975年出版的《凸镜中的自画像》是阿什伯里的代表作，为诗人囊括了全国书评家协会奖、普利策奖和国家图书奖美国三大文学奖。这首长诗写的是诗人面对一幅文艺复兴时期的肖像画时，头脑中浮现的各种思想感觉。这是一幅意大利"风格主义"画派代表人物帕密奇阿尼纳的自画像，画家对着凸镜，在木质半球上复制了变形的自己。这幅画令诗人浮想联翩。涌动的意识，流变的思绪，把读者带到感知与认识的各个领域：艺术与现实的关系（人们一般把艺术视为现实的镜子），诗歌意象与表达语言，真实与扭曲的自我等等。"（镜中）主要是他的影像，而画像／是影像的再一次投射。／玻璃反射了他所见部分／对他而言此已足矣……／文字只是不确定的意念／（来自拉丁文，意念即为镜子）：／他们探索但无法找到音乐的意义。／我们所见仅是梦的姿势，／骑坐着意愿在夜空下／将面影投进视域，不留下／虚假的紊乱作为真实性的佐证。"

阿什伯里善于把一种非常抽象的概念与具体物象结合在一起，让不同的思绪和语气迅速交替，没有句法上和主题上的逻辑发展，诗歌模糊而又隐晦，常让人感到无法打破壁垒，触及意义，因此遭受到不少非议。阿什伯里曾说："我的任何诗作，都可以被看作是按下快门摄下的当时在我头脑中闪过的任何东西——首先是写一首诗的欲望，接着想到电炉也许没有关上，或者思考一小时后该去什么地方。"面对这样的诗，读者也许会感到茫然，因为他找不到合理、清楚、逻辑的主线，也找不到诗的准确"意思"。一次，当阿什伯里被问及他的诗歌是什么意思时，他说："诗的意思就是诗行上写的话，以及某一片断内含的任何东西，但没有观点，我没有想要告诉世界的特别的东西，诗中仅仅是我写作时的所思所想。"因此，读他的诗，读者首先要矫正自己的阅读期盼，因为他的诗无法以传统的现实主义的方式进行解读。诗人总是力图突破现实主义的表层，"触及意识更深远的地方"。阿什伯里的诗歌不是一种单一的明确的思想表达，但读者如果放松下来，任凭各种鲜明的意象和不同的声音自然地、变幻不定地在眼前闪过，在耳边响起，读起来则别有一趣。

　　阿什伯里的诗歌从来不乏争议。仍有不少人拒绝接受他的诗歌美学和他的诗作。他的语言常常十分直白，用现代口语进行叙述，不押韵，如随口交谈，打破了诗歌语言和非诗歌语言的界限，让习惯于期待诗歌韵律美、语言美、诗体美的读者大失所望。但他的诗歌并不是肤浅的，其中常常包含着深刻的理性思考。同时，他的诗又是传达体验的，思绪跳跃，指涉无定，含义隐晦。讨厌他的人说他的诗歌是"垃圾"，追随者则把他视为诗歌领域开拓一代新风的先驱。约翰·阿什伯里自己说："关于我的诗歌，很少有人写过严肃的评论，有褒有贬，要么被斥为胡言，要么被捧为天才的杰作。很少有人以诗歌的自身价值接受它们，并指出，我有时候做得很成功，有时候则不然。"

阿什伯里1953年出版了第一部诗集《图兰多》，接下来的半个世纪中，他每隔两三年推出一本诗集，现共已出版了20余册。早期诗集中较著名的包括《树丛》（1956）、《网球场誓言》（1962）、《山山水水》（1966）和《船屋上的日子》（1977）等。20世纪70年代之前，他与弗兰克·奥哈拉和肯尼斯·科克等新诗人，形成了被称为"纽约派"诗歌团体的核心成员。这些当时的年轻诗人都有着共同的爱好，一是喜爱华莱士·史蒂文斯和W. H.奥登的诗歌，喜欢他们以一种意识流的手法表达对真理、现实、自然等抽象方面的思考；二是热爱抽象表现主义派的艺术。在这两方面的共同影响下，阿什伯里形成、发展了一种可以不断外延联想的，也可以包容瞬间变化的开放的诗歌风格，自由地从一个意象跳跃到另一个，从一个主题飘移到另一个，走向难以预测，中心游弋不定，喻义不可捉摸，但诗歌别具印象派色彩，有一种朦胧的优雅。

阿什伯里不想让诗歌来说明或表现任何清楚的固定的东西，因此事实上给读者留下了更加宽广的阐释空间。诗人刻意求新，完全跳出经验的牢笼，打破传统的规范，提供了诗歌表达的新的可能性。批评界试图用各种名称对他进行归类，称他为行为主义诗人，或反浪漫浪漫主义诗人，或后虚无主义诗人，或后存在主义诗人等等。但阿什伯里只是他独特的自己，和他的诗歌一样难以限定，难以归类。他仍在不断创作，近10年推出了不少新诗集，包括《星星闪烁》（1994）、《你听到吗，小鸟》（1995）、《警觉》（1998）、《奔跑的女孩，一首诗》（1999）、《你的名字在这里》（2000）和前面提及的《中国悄悄话》（2002）等。阿什伯里不断探索诗歌的新定义，是反映美国当代诗歌和批评理论走向的重要诗人。

漫游中成长：多克托罗笔下的城市少年[*]

　　E. L. 多克托罗是当代美国文学中公认的几名大师级作家之一。他的十多部长篇小说和数本短篇小说集，主要都从近代美国历史和当代美国生活中汲取创作素材，故事的发生地一般都是美国大城市，尤其以他的出生地纽约为常见的场景。多克托罗将人物置于特殊的城市空间，描摹世事，品味人生，字里行间可见现实主义的细腻逼真，铺排陈说又彰显后现代主义的不拘一格，挥洒自如，笔意纵横，在多种元素和不同风格的杂糅和融合之中，描写反映当代美国都市生活的多侧面，通过小说的虚构性折射真实社会，对历史和现实生活进行富有哲理的思考。

　　袁源博士的研究著作选择多克托罗众多文学作品中的三部长

---

[*] 本文是《都市、漫游、成长：E. L. 多克托罗小说中的"小小都市漫游者"研究》（袁源著，上海交通大学出版社，2017年）的序言。

篇小说:《但以理书》《世界博览会》和《比利·巴斯盖特》。这三部作品有一个重要的共同特征:故事的主人公都是犹太少年,都是城市的"漫游者",都由他们自己讲述经历片段,而读者通过他们尚不成熟但十分敏锐的眼睛,观察市井生活,思考都市人生。这些共性将三部小说聚拢在一起,组成可供整体解读的"大文本"。袁源的研究聚焦于这个"大文本"中的少年人物,考察他们的都市行踪,透析他们的经历和心理,从他们的所见所思反映和解析更大层面的政治、社会、文化现象。这本即将出版的研究著作从本雅明的"都市漫游者"、霍米·巴巴的"第三空间"、巴赫金的狂欢化和约瑟夫·弗兰克与维斯利·科特的空间叙事中寻找理论支持,从而将讨论推向纵深。

多克托罗的作品大多是都市小说。都市越来越成为小说家们热衷于发掘的文学富矿,也越来越成为批评界关注的热点。都市是一个公共空间,一个共时系统,一个庞大复杂的社会网络,也是一个流动的舞台,喧闹、变幻、混乱、多元杂合,既是人性的角斗场,也是民主的平台。都市环境可以将个体淹没,也可以让个体在交集碰撞中不断获得新认识,引向自我的发现。像纽约这样的大都市,是城市化的当代生活最集中的表征。法国文化理论家米歇尔·德塞都谈到纽约时说:"1370英尺的高塔是曼哈顿的船舷,它继续进行虚构,创造读者,使这个复杂的城市可以解读,将它那晦涩的流动性凝固在一个透明文本里。"虽然那个眺望远处的高点——指的是世贸中心双塔——已不复存在,但纽约的"透明文本",尤其是栩栩如生地再现于多克托罗笔端的都市景貌，仍具有巨大的阐释空间，可供我们细细解读。

　　作为研究对象的三部小说中的主人公，都是遭受不幸的犹太少年，或者家遇不测，如《但以理书》中的但以理和《比利·巴斯盖特》中的比利，或者恰逢艰难时世，如《世界博览会》中的埃德加。他们成了都市人流中历险的"少年派"，漂游于城市空间，经历挫折，遭遇丑恶，接受帮助，磨砺心智。他们既是观众又是演员，穿行于都市纵横交错的街道，出没于娱乐、科技、黑道场所，感受人群中的孤独，体验市井百态，经历成长的烦恼。他们心理和精神上时刻处在应变和调整的节奏中，在认识城市的同时，也逐步认识城市环境塑造的自己。漫游是他们城市生活的一部分，经历过程比目的更重要。

　　"漫游者"来自法语"Flaneur"，也译为"浪荡子"，现已是文化和文学研究中一个重要的专用名词。文学中的"漫游者"或"浪荡子"不是无所事事、游手好闲的负面人物，理想的"漫游者"是一个"集侦探的敏锐、诗人的善感、哲学家的深邃为一身的角色"。他们讲述自己的故事，让经历和认识平行发展。多克托罗小说中的"漫游者"略有不同，他们都是未成年的男孩。成年人的感觉和意识往往被习惯所凝滞，被世俗所钝化，被实利所蒙蔽，他们眼中难以发现、心里难以感触的东西，可以在儿童意识中被捕捉，被放大。作家因此将儿童设定为更加单纯无辜、更加敏锐清醒的观察者，借助儿童视角对城市世界进行再审视和再认识，利用儿童叙事层次与成人读者的认识层次之间的落差，迫使读者在阅读过程中进行矫正，参与故事的演绎，从而创造出一种审美距离。

袁源的研究著作中讨论的第一个小小"漫游者"来自小说《但以理书》。这部小说的出版奠定了多克托罗作为重要美国后现代作家的地位。小说以美国近代史上争议不断的罗森堡审判案为背景素材。在麦卡锡时代歇斯底里的政治氛围中，小说主人公但以理的父母被指控犯有间谍罪，双双被送上电椅。成为孤儿的他带着妹妹生活，不得不承受巨大的心理创伤，在都市漫游中既希望找出真相，替父申冤，也试图逃避现实，寻找抚平创伤的慰藉。漫游的过程是他不断矫正自身的异化、走出阴影的过程，最后努力与自己、他人和社会达成了某种程度的和解。

在被誉为多克托罗最佳作品的《比利·巴斯盖特》中，城市"漫游者"比利是个误入歧途的少年，他的叙述展示了都市的另一面。父亲离家出走后，他与疯癫的母亲相依为命，忍受着城市贫民的艰辛。比利是一个被遗弃的精神孤儿。这个天真的犹太少年遭遇黑帮，被犯罪集团招募为"学徒"成员，进入城市的地下社会，行走于各个阶层和各种场合之间，目睹暴力、性、杀戮、敲诈、报复、舞弊等都市的种种丑恶，接受人性的考验，踌躇于善恶边界，在迷惘中寻找出路。在黑暗势力的挟持下，他的城市"漫游""游"进了常人不易涉足的场域，因此小说也更具有冲击力和戏剧性的情节。

《世界博览会》是一部带回忆录色彩的小说，与其他两部略有不同，其中的"漫游者"有作家自己童年的身影。小男孩埃德加讲述了他的城市生活，引领读者穿街走巷，驻足于广场和公园，体验在大萧条中苦撑苦度的纽约人的日常生活。组成他城市漫游经历的是一组组喜忧参半的记忆片段：他遭受过歧视和非难，获得过温情和关爱，看到了城市贫民互济互助、共度艰难岁月的辛劳和真诚，也在游走过程中学会了忍受痛苦，承担责任。尤其是两次参观纽约世界博览会让他记忆犹新。那里展示的工业和科技成果，令他充满对未来的美好想象和期待，忘却了经济危机下的凄风苦雨。

这三部小说让三个不同类型的犹太少年讲述他们在都市成长的故事，一个是"受害者"（《但以理书》），一个是"坏孩子"（《比利·巴斯盖特》），一个是"好孩子"（《世界博览会》）。他们将苦难的过去和不确定的未来一起投射到了都市漫游的旅程之中，而这种"漫游"实际上是他们在困境中寻找精神皈依和生存之路的过程。他们在此过程中摆脱过去的束缚，解放自己，思考人生，走向成熟。关于小说中"漫游者"的特殊功能，汪民安教授曾写道："他既参与事件之中，又能够超然度外；既是主角，又是叙事者；他的视角可近可远，近者能探微，远者能鸟瞰而全知。"这个漫游者异常敏锐，具有局内人和局外人的双重立场，以开放的态度对所见的一切进行掂量，不受偏见的影响。多克托罗是犹太移民的第二代，犹太文化根子里有一种"行者"情结。犹太神话中最著名、最具有象征意义的人物是"流浪的犹太人"（the Wandering Jew），代表了自走出埃及之后该民族在世界各地不断游历，寻找生存之源和上帝的天赐福地的无休无止的旅程。"漫游者"成为一种象征，一种类型，成为犹太人的代表。但作家关注的不仅仅是犹太人，而是生活在城市中面对城市困境的所有人。

多克托罗笔下的城市，与现当代小说中对城市的概念化表现不同，并不是简单的二元对立中代表负面价值的一方：乡村单纯正直，城市狡诈世故；乡村自然淳朴，城市奢靡堕落；乡村光明大度，城市小肚鸡肠。他笔下描述的不是传统的城市肖像——商业化污染下的道德废都，而是具有多面特性的宏大场域，包容了正负善恶阳光阴影。他小说中的人物也不是陷于泥淖等待救赎的失落者，而具有能动性，在都市语境中探索发现，获得认识。作家对都市生活的展现带有批判性，但这种批判并不迷失在后现代文学浓浓的悲观之中。作家创造了一种城市叙事和都市美学，让读者在万木萧疏中发现一棵新苗，在一片阴霾里看到远处云际的光亮。

2015年7月21日，被誉为"20世纪下半叶美国最富才华、最具创新精神和最受人仰慕的作家之一"的多克托罗不幸辞世，让喜爱他小说的读者感到无比惋惜。美国总统奥巴马次日表示哀悼："他的书教会了我很多，世人将永远怀念他。"巨星陨落，但他才艺和智慧的光彩仍然闪烁在20余部作品的书页里，留在人们的记忆中，也将长存于美国和世界文学的经典库，成为文化遗产。袁源博士在多克托罗刚刚谢世不久，适时地推出了这部著作，向作家遥致敬意。她找到了一个很好的切入口，从一个特殊的视角对多克托罗几部重要著作做了具有深度的研读解析，能够帮助我们更多地了解多克托罗，读懂多克托罗。

（2016年10月）

移民作家的文化优势与文化使命[*]

有幸在出版之前阅读了石云龙教授的书稿，收益良多，获得了不少新的认识与启示。这本关于当代英国移民作家的著作，也勾起了我自己20世纪80年代在英国做博士论文的记忆——我的研究对象也是移民作家。虽在英国就读，但论文课题选择了几名美国作家——随着19世纪末第二次移民潮从东欧来到大西洋彼岸的几名犹太移民作家。他们用学来的英语各自书写和出版了自传体小说，虽然难免粗糙，但作品里弥漫着两种文化缠斗的烟尘，也充溢着个人经历和情感中鲜活而生动的片段，记录了跨越文化边界后的奋斗与挫折、焦虑与期待、困惑与洞见。移民作家的第一手艺术化的记载，为文学的文化研究提供了难得的范例。

---

[*] 本文是《全球化语境下的他者书写与生态政治——英国移民作家小说研究》（石云龙著，南京大学出版社，2014年）的序言。

时过境迁,一晃时间已过了近30年,但文学界对移民作家的关注依然热情不减。流散问题、杂糅问题、身份认同问题、文化对抗与对话问题、边缘与中心问题等方方面面的讨论,一直没有中断过。在后殖民理论越来越成为主导话语的近几十年,这些方面更凸显为中心关注和前沿思考,探索越来越理论化,越来越具有深刻性。毫无疑问,讨论还将继续进行。移民作家在出生地文化的滋育下成长,又受到移居国强大主流文化的影响。他们从两个文化源泉汲取吸收,但又不被任何一方完全接纳,是原文化的离弃者,也是新文化的边缘人。这种他者身份带给他们困扰,也赋予他们独特的混合视角。由于他们身上的双文化特性,他们的作品越来越成为文学和文化研究者们偏爱的素材。

石云龙教授的这部专著并不谋求全面、宽泛地介绍英国的移民作家,而是以点见面,选择了奈保尔、莱辛、拉什迪和石黑一雄四位作家,通过个案研究,放大观察他们的代表价值,以折射出更大层面的当代英国文学和文化的状况。这四位作家具有很多共性:他们都是卓有建树的大家,其中两位获得过诺贝尔文学奖,另两位是布克奖得主;他们都来自欠发达地区,流散经历和异质文化塑成了他们特殊的性格和视野;他们都在移居国体验了作为文化另类所遭受的歧视和排斥,而这种边缘化状态强化了他们文化批判的力度;他们进入文化中心后奋斗成名,都带着多元文化意识挑战帝国中心话语。不同的文化身份和观察视角,引向不同的认识和思考,使他们的小说品质独特,与根植于传统的其他英国作家完全不同。当这些作家被放在一起,共同置入后殖民和全球化的语境中,他们作为文化使者的代表价值就得到了充分的显现。我想,这应该就是这部研究著作选题的意义所在。

移民作家和少数族裔作家是两个不同的概念。前者指离开出生地文化而走进另一个文化圈的作家,包括一个断裂、跨越和融入的过程,而后者指出生于某非主流族裔家庭的作家,如美国的华裔作家谭恩美和汤亭亭。他们带着某些来自家庭影响的异文化的视野,但一般不具有移民作家那种强烈、深刻的对比体验。石云龙教授选定为讨论对象的作家,分别来自中美洲、非洲和亚洲,或带着对故国抵触叛逆的心绪,或抱着谋求发展、实现理想的企望,或被一种更光艳的文化所吸引,带着"朝圣"的心态从边缘进入一个更具世界性的文化中心。移民,意味着以原生文化为根基的一种生活的结束和一种以异文化为轴心的新生活的开始。这当然不仅仅是物理意义上的移位和环境的变化,因为由迁徙而造成的文化断层,更深刻地表现在情感和心理方面。

移民不是文化"除根",而是一种文化"移植",不可能与源文化一刀两断,而必然是藕断丝连。源文化失去其中心地位后,会以不同的形式继续顽强地存在,其存在感甚至会由于怀旧式的眷恋而变得强烈,形成难以割舍的文化情结。另一方面,在生活方式、思考方式和认识观念上,新世界不断渗透,施展其主流文化的作用力,将移民作家推向边缘,拉入中心。他们曾从父辈的文化中撤退,希望拥抱新文化和新机遇,内心存在着一种与主流文化共生共荣的愿望。但现实境遇往往又激发出他们内心对抗话语霸权的冲动,因此往往陷入一种文化困境。这种纠结状况最典型地表现在移民作家的小说中。他们游移于携来文化和接受文化、记忆中的过去和现实中的当下之间，在排斥力和吸引力的双重作用下，变成了一个矛盾体，也磨砺成为更深邃的思考者，更敏锐的观察者和更犀利的批判者。碰撞产生灵感的火花，他们充分利用自己擅长的文笔，通过虚构故事表达切身体验到的认识冲突、文化冲突、伦理冲突和价值冲突。

石云龙教授在这本著作中指出，"这些（被米兰·昆德拉称为）'生活在别处'的作家经历不凡，都有着在不同文明、不同文化、不同种族之间游弋的经历，拥有多元文化身份，有从边缘他者进入主流中心的艰难奋斗历程。其次，也是最重要的，他们作为当代英国移民作家的异质文化他者身份、流散经历，决定了其必然突破纯粹的'单一文化'范畴，采用文化多视角性方式创作。他们文化来源的多重性和矛盾性使其文化性格具有多元整合性，因而，其作品具有既不同于出生地民族文学又有异于英国非移民文学的独特内在质素与品格"。也就是说，处在他者地位的移民作家可以借助原有文化之力，通过对接受国文化的批判成就自己的事业。他们在成就自己事业的同时，事实上也承担了某种特殊的文化使命。

记得乔姆斯基说过这样的话：只懂一种语言的人，其实不懂自己的语言。他字面背后的意思是，没有另一种语言的比较，就无法在深刻的层面理解和认识本族语言。我想，这样的道理也适用于文化认识方面。没有异文化的比较性的体验，文化视野也会因缺乏参照性的思考而受到局限。异文化的因子可以填充本土文化的缺失，使之更加丰富多样。在这一层意义上，移民作家的劣势就转变成了优势，不仅具有出生地文化和居住地文化的双重视野，也具有了局外人和局内人的双重意识。双重性是移民生活的标志性特征。身份重叠会产生文化压迫感，导致焦虑，但也会是一种"杂交优势"，可以引向洞见。双重性赋予移民作家文化力量，使他们的批判更具有穿透性，更可能触及问题的根本。

我们正处在一个多元化、多种族的文化生态环境中，文化挪移构成了全球化语境中的"新常态"。以流动性——经济上互为依存和文化上渗透杂糅——为特征的全球化，正在重新描绘着英国文化的景观，在更广泛和深刻的层面进行着文化再造，改变着国家意识和民族认同，也让纯粹、单一的文化构建的意愿越来越成为想象中的过去。迅捷的交通和电子化、网络化的传输技术，冲破了文化壁垒和地理疆界，使每个人不同程度上都成了文化"混血儿"。即便是未出国门的作家，也从不同历史、族裔和文化背景的其他作家的作品中吸收养分，在多文化碰撞和融合中经历着打磨。后殖民时代的多元交汇，不仅在原殖民地发生，也在英国这个殖民魁首本土发生。后殖民时代是边缘包围中心，成为中心的时代。正是在这个意义上，奈保尔、拉什迪、莱辛和石黑一雄的小说引领了新时期文学创作的方向。他们是穿梭于不同世界的"行者"，迁徙的经历和多元文化的背景赋予他们更宽广的国际视野，言说的冲动又让他们将对比中产生的文化思考、身份意识和政治态度付诸文字，成为文学界耀眼的明星，为当代英国文学撑起了半壁江山，对世界文学也产生了重要影响。

与此同时，批评界也出现了风向转变，兴趣点从文内（textual）转向文外（contextual）的关注，从专注于结构、语码、修辞等精致化研究取向走向思索与考察文本与外部世界的关联，强调其社会使命。石云龙教授的研究与时俱进，并非就作家谈作家，就作品论作品，而是将作家和作品置入大文化语境的千丝万缕的关联之中进行考察，解读其文化编码。虽然小说再现是虚构的，不像历史或社会学那样强调科学性，但在心理和文化层面，小说叙说更具有感染力和说服力，其揭示的深刻性也是其他叙事模式所无法比拟的，因为文学通过戏剧化，具体化，象征化，典型化，也通过细节的真实性——一种对事物本真的忠实——来获得力量。社会关系中外部症状相对显而易见，但社会关系中更加重要的成分存在于内心，是那些认识、诉求、情感方面的东西，这些方面往往不易把握、锁定和传递。只有文学作品通过想象，通过个人小叙事，才能鲜活地将现实世界和内心感受共同再现于文本之中。石云龙教授的《全球化语境下的他者书写与生态政治——英国移民作家小说研究》超越了一般作家研究的意义，作者宽广的文化视野，深厚的学术积淀，入微的分析和老到的文笔，使这本著作不同凡响，既能给我们提供具有深度的思考，也能带给我们赏读的愉悦。

（2014年岁末）

朱丽叶·格拉斯和她的获奖小说《三个六月》*

2002年的美国国家图书奖授给了女作家朱丽叶·格拉斯。这是一个相对陌生的名字，因为获奖作品《三个六月》是格拉斯的第一部长篇小说。她初登舞台亮相，就赢得了满堂喝彩。小说获奖是实至名归的。作家约翰·凯西同其他读者一样，对这部小说的出现感到惊喜："《三个六月》具有19世纪小说的优雅，又反映了近十年纽约生活的仓促。小说写得练达老成，让人爱不忍释。这还只是一部处女作，令我惊讶不已。"

格拉斯学习绘画出身。同小说人物芬妮一样，大学艺术系毕业后，获得去法国巴黎进修的奖学金。她回国后落户纽约，从事一些与视觉艺术相关的工作，得过一些小奖。她同时为一家杂志当版面编辑——这是她的主要收入来源。她一直喜欢文学，带着

---

* 本文原刊于《译林》2003年第3期，第185—188页。

一种"不务正业"的负罪感,尝试短篇小说的创作。她曾打算把一些发表过的作品收集成册,但遭到出版社的拒绝,因为她的短篇小说既不"短"也不"小",冗长而复杂。

她写信表示不满,一位编辑毫不客气地冲着她说:"不要埋怨,扔掉那些矫揉造作的东西,改写长篇小说!"格拉斯的自尊心受到了伤害,但内心感激那位编辑一针见血的忠告。"有时我想,"格拉斯后来在一次访谈中说,"要不是让他在我背后踹了一脚,我将永远不会写出《三个六月》。"她反省了自己的固执:以前写的短篇小说,"就好像怀孕的女人拒绝穿孕妇服一样,庞大的身躯都快把衣缝给撑破了"。但是短篇小说的缺点,却成了她写长篇小说的优势。更换了文学体裁后,她感到得心应手,终于一鸣惊人。

顾名思义,小说《三个六月》写的是发生在三个六月份的事情,具体时间是1989、1995和1999年的初夏时节。小说通过麦克里奥德一家两代人在大西洋两岸的生活,以父亲保尔·麦克里奥德和三个儿子凡诺、大卫和丹尼斯为主线,描写和反映夫妻之间、父子之间、兄弟之间、朋友之间、情人之间的感情纠缠。生活将这些家庭成员和他们周围的人们聚到了一起,互相之间磕磕碰碰产生矛盾的摩擦,也产生感情的火花,但最终亲情与友情帮助他们达成体谅与理解,使他们能与过去和平相处,与他人和谐共存。

《三个六月》没有传统小说按情节发展设计的整体故事,但不乏悬念。语言时而幽默,时而伤感,每一行都体现了女作家特有的细腻。格拉斯擅长刻画细节,通过人物的言行举止,反映他们的心境和情绪。读者在细碎平静的描述表层之下,能体察到感情波澜的涌动。小说人物摄影家托尼的话,实际上反映了格拉斯自己对创作的基本认识。他说:"我选择非常细小的东西,将它放大,让它显示力量。"

小说共分三个部分,每部分叙述一个六月,但其中穿插着大量的回忆。格拉斯认为《三个六月》不是三部曲,而是"三联画"(triptych)。"三联画"是中世纪流行的一种宗教绘画艺术形式,多见于教堂,中间是主体形象,如"耶稣蒙难",两侧各一幅略小的图景,对主题画进行渲染。作为艺术家的格拉斯对"三联画"很有研究。《三个六月》的第一部分和第三部分篇幅较小,由作者第三人称叙述,分别主要讲述父亲保尔和青年女画家芬妮的故事,从侧面烘托。由保尔的长子凡诺自述的中间部分,是小说的主体。

1989年6月,保尔在妻子患肺癌去世后,转卖了家传的《自由民》报业产权,退休离开苏格兰乡镇老家,随旅游团来到希腊,躲避"每个人每分钟对他表示的同情",希望将记忆"像石头一样,一块一块地扔进海里"。但逃避并不成功,在那个遥远的地方,他不断回想起过去与妻子一起的日子:结识,结婚,生子,妻子患病和死亡。在希腊期间,他对一个叫芬妮的美国青年女画家产生了好感。朦胧的暗恋在他迷茫失落的心绪中激起了一点小小的水花。后来,保尔又去希腊定居,因心脏病突发客死他乡。

保尔去世那年是1995年的6月。三个已经成年的儿子为参加父亲的葬礼聚到苏格兰老家。他们都已经建立了自己的生活。老大凡诺天资聪颖，获得哥伦比亚大学文学博士学位后，在纽约定居，开了一家书店，在清高又有点颓废的艺术家文化人圈子中，过着自己向往的那种闲散自由的流放知识分子的生活。他的两个弟弟是双胞胎，哥哥大卫，弟弟丹尼斯。大卫与凡诺相反，比较安分守己，大学读兽医专业，毕业后在苏格兰老家附近开了一家兽医院，有了自己的事业。丹尼斯在巴黎无所事事，荒废了几年青春后，学了法国厨艺，当了厨师，娶了个法国太太，生下三个可爱的女儿，生活虽不宽裕，但他感到满足。大卫的妻子莉莲，正是凡诺大学期间暗恋的那个生性活泼的女生，但却嫁给了古板的弟弟，而且婚后辞去自己的职业，心甘情愿地协助大卫在兽医院的工作。

弟兄三人在几周的一起生活和交谈中，加深了互相间的了解，也加深了对父母的了解。他们之间也发生一些冲突。插曲之一是对如何处置父亲的骨灰意见不一。恪守传统的大卫坚持要将父亲安葬在家族的墓园中；浪漫的丹尼斯希望将骨灰撒到希腊附近的海里，因为那是父亲喜欢去的地方；而高傲的凡诺对这种争论表示不屑。骨灰盒突然失踪，引起互相猜疑，但最终发现是小孙女不愿将爷爷"倒进海里"，把骨灰盒藏在阁楼中了。插曲之二是，由于大卫的身体原因，莉莲无法怀孕，没有子女成了这一家最大的痛苦。他们通过丹尼斯的法国妻子向有同性恋倾向的凡诺提出请求，想用他的精子为莉莲做人工授精，以便家族血统和姓氏能够延续。此建议激起了凡诺的强烈反感——但在小说的最后部分我们了解到，由于他的帮助，莉莲生下了一对双胞胎。小说的这一部分中，苏格兰乡镇与大都市纽约交替出现，集中表现凡诺这个既具有反叛性格，又有点自我压制的知识分子的生活和感情经历。

1999年的6月又把芬妮、凡诺和丹尼斯一起带到了纽约的长岛。这是小说的第三部分，以芬妮为主线。此时芬妮的丈夫从高楼上摔下死亡，是否自杀难以定论，但前一天晚上，芬妮确实对他态度蛮横，因此心中充满自责和内疚。在悲伤的日子里，一个名叫斯塔夫洛斯的男子向她伸出了同情的援助之手。她发现怀上了他的孩子，但还没来得及告诉他时，斯塔夫洛斯回希腊老家探亲，从此几个月音讯全无。她怀疑这又是一场感情的恶作剧，但做好了独自抚养孩子的准备。在同凡诺的接触和交谈中，他们两人发现了不少共同语言。

《三个六月》中的众多人物都受过良好教育，衣食无忧，也不必面对饥荒、战争、经济危机等人类灾难，唯一的大事件是背景中的洛克比空难。这些人属于社会上幸运的一批，但幸运不等于幸福。格拉斯在谈到她笔下的人物时说："他们是些几乎什么都不缺的人——此话不假，但'几乎'是个狭小而危险的沟壑，其中充满个人的悲剧。这些人物自知得到命运的眷顾，常常掩饰自己的不幸，掩盖的行为又加深了内心的痛苦。"的确，小说中哪个人物都有自己的遗憾，得到真正的幸福十分困难。

保尔比较富裕，受人尊重，年轻时不顾非议娶了酒店女招待为妻。妻子虽没有什么可指摘的地方，但把一生的兴趣全部投入了饲养纯种牧羊犬上，爱狗几乎胜过爱丈夫和孩子。她临死最后的话，也是在那条最心爱的叫罗杰的狗的耳朵上悄悄说的。儿子们对办报没有兴趣，家族事业到此为止。而且，长子是同性恋，次子不能生育，三儿子有了三个女儿，不想再要孩子，麦克里奥德姓氏传下去的希望落空。妻子亡故后，他更感到迷惘和失落。

凡诺聪明而有学识，但不愿让自己陷于俗套，放弃到大学任职，逃避家庭责任，追求一种闲云野鹤的生活，但他无法超脱，对艾滋病的恐惧、辜负了父母期望的负罪感，以及独自生活的孤独常常困扰着他，使他难以获得真正的精神自由。大卫事业成功，住在麦克里奥德老宅院中，开门见到田野牛羊，星期天到教堂礼拜，平时按部就班，忙忙碌碌，过着充实的传统生活，但因没有子女而苦恼。丹尼斯没有事业，也没有太大的才干，最得意的片刻是为两个哥哥展现烹饪技艺，终日无忧无虑，睡觉时鼾声大作，娶了一个别人看不惯的穿戴过分、行为夸张的法国太太：涂浓郁的香水，穿镶裘皮的丝绸衣服。

老父亲与三兄弟各自选择了不同的人生道路，但哪条路都不通向完美的终点。老大虽有才气但没有成就，老二虽有事业但没有新意，老三虽性格开朗但没有出息。麦克里奥德一家的故事中，没有山盟海誓的浪漫爱情，也没有可歌可泣的英雄业绩。我们在小说中看不到亲密无间的兄弟之情，也看不到相濡以沫的夫妻之情。格拉斯不写传统小说中那种纯洁无私的、利他主义的、难以割舍的亲情、友情和爱情。每个人物都有自己的特点和缺点，都有令人不理解甚至反感的地方。他们的生活中充满大大小小的烦恼，十分平凡，十分细琐，但又十分典型，十分真实。

格拉斯在小说中想说明的是，由于人的志向不同，经历不同，个性不同，认识上存在偏差，关系上出现不协调是十分正常的。她在小说中自始至终提倡的，是一种积极的生活态度：不放弃爱，宽容地对待他人，跨越自己筑起的感情障碍，这样就能冲破隔阂，化解不满，消除悲伤，达到理解和沟通。一个人如果能摆脱"以我为主"的立场——我的认识，我的喜好，我的主张，我的视角，那么他就能发现其他人身上的优点，发现其他人选择他们生活的合理性。比如，凡诺是个同性恋者，但作者并没有把他作为"另类"来描述，而给予了充分的理解，在作者笔下他是个感情丰富，十分可爱的人物。又比如，凡诺最后发现，那位打扮俗艳的法国弟媳，其实是个本性善良，待人真诚的女人。《三个六月》中保尔、凡诺和芬妮等几个主要人物，都是在这种生活态度的指导下，逐渐理解了他们周围的人，发现了藏在每个人身上的各种难以言明的真与善，并在对别人的尊重中，赢得了别人的尊重。

格拉斯谈到，《三个六月》的主要部分是在一次交通阻塞时构思成功的。前面一辆车尾的保险杠上贴着一张标签，上面写着："生活，一个多美的选择。"这句话反反复复在她眼前出现，她从中获得了创作的启示，将选择生活和选择对待生活的态度，作为这部小说的主题。但格拉斯的小说从来不是说教式的，她在事件细节的处理上，在人物内心的反省中，自然地表现这一主

题。下面是第一部分结束的最后一段,作者描述了丧妻后保尔到希腊"感情避难",在游船上的所见所思:

> 两侧的浪花在船尾合拢,将水面抚平,海洋就像往常一样,没有留下船刚刚驶过的一丝痕迹。他感到满足,心想,海水被搅动翻起,活跃起来,然后又回归先前的平静——但并不完全如此:如果你仔细看,一时间那里的水花闪现更耀眼的光点。眼前身后都是一座座岛屿,一个淡去,另一个又在眼前呈现。保尔朝四周望去,将它们尽收眼底。每一个海岛都是个叫人欣喜的秘密,不用什么预言和推测,但都是一个个可以细细掂量的选择。

格拉斯运用抒情的笔调,在保尔触景生情的联想中,表达了"留下悲伤,拥抱生活"的积极的认识态度。格拉斯强调,人们在面对死亡这一"不可逆转的损失"时,特别需要这种生活态度。《三个六月》中的主要人物都经历了最亲近的人的死亡,必须面对失去亲人带来的感情危机:保尔失去妻子,三个儿子先后失去父母,凡诺失去挚友,芬妮失去丈夫。作家在一次访谈中说:"直到小说完成,我才意识到写了多少死亡的事例。"她在做出解释时说:"创作《三个六月》的初始阶段,我自己经历了一系列几乎将我击垮的个人危机。我终于认识到,时间并不能治愈所有的伤痛,有些不幸将伴随我们一生。但我本质上是个乐观的人。我不想让小说的表达含混不清或牵强附会,但我确实希望小说能有个通向幸福的结局。在我看来，小说取得了这样的效果。"

格拉斯言及的"几乎将我击垮的个人危机"，指的是两星期内连续与死亡"擦肩而过"的不幸事件，先是她最亲近的唯一同胞姐妹突然去世，接着她自己被查出患有癌症。虽然是早期发现，但格拉斯不得不在死亡的阴影下生活。治疗过程中，她发现身边都是些临近死亡的患者。她必须从心理上调整对待生活的态度，对人生与死亡进行深刻思考。《三个六月》的故事主线基于作家自己的生活，不可避免地反映了她的认识。她说她有义务向读者，也向她自己六岁的儿子交代清楚她对死亡的态度。她认为现在还没有完全明白死亡的终极意义，希望在下一部小说中能有明确的表达。

《三个六月》中描写最生动的部分往往是临死的场面，面对死亡的人都表现出毫无畏惧的坦然。保尔留给儿子的信，音乐批评家马拉切对挚友凡诺的最后一番话，都非常感人。下面是母亲弥留之际在病床上对儿子凡诺说的话：

"走吧，带着你那个美国朋友到斯维哈特大教堂，到那些游客常去的有特色的地方看看。让他去听听苏格兰风笛！我宁可回家后再看到你，可以让你做些有用的事，而不是看着你在我床脚跟傻笑。去吧，别有什么没当好孩子的内疚。"她以自己特有的那种率直和乐观，提高嗓门大声说话，直到喘不过气来。护士责备她，并为她戴上了氧气罩。

朴实的话语中，闪现出真诚的母爱和内在的坚强。这是作家提倡的面对包括死亡在内的一切人生危机的态度。格拉斯在这方面具有特殊的表现能力，可以让读者在普通的语言和行为背后，发现人间真情。

自60年代以来，后现代主义文学持续地表达着一种对社会、对生活玩世不恭的消极的态度。格拉斯的作品令人耳目一新，可算一种回归。格拉斯认为自己是个现实主义作家，也是个浪漫主义作家。纵观《三个六月》，我们发现小说以现实主义为基调，又有很浓的浪漫主义的抒情笔调，而且还带点现代主义的色彩。小说截取的是现代背景，塑造的是现代人物，但人物的生活复杂地互相纠缠在一起，很像19世纪的英国小说。确实，格拉斯深受英国文学的影响，她喜欢的作家包括E. M. 福斯特、简·奥斯汀和乔治·爱略特。但《三个六月》有自己独到的地方。她将冗长缓慢的传统家世小说形式与尖锐的当代社会问题——不稳定的生活方式和心理状态——有机地结合了起来。但小说又具有现代风格，在叙述当代生活的同时，追叙塑成今天思想和行为模式的过去，让今天与往昔的故事交叠，并同时讲出，就像做心理分析一样，从记忆里的过去事件中，窥测人物当今的心态。

格拉斯说："我从未进过什么小说创作学习班，也许不知不觉中违反了许多规矩。"但这种"违反"正是她独到的创新之处。她说她的创作"从人物出发，而不是从提纲出发"。她不做通盘计划，有了一个人物的模型，让他自然发展，就像种下的树苗一样，先出现不协调的几根零星枝权，然后慢慢自然生长，长成一棵大树。谈到主要人物凡诺的塑造,格拉斯说,他"好像从笔下站起来自己生活,把我这个作家的意图撇在一边。我追赶他跑得几乎喘不过气来"。可见作家完全进入了角色,达到了这种"自发"创作的惯性。她的人物形象一个个跃然纸上,令人过目难忘。此外,格拉斯的语言能力总是令人惊叹,小说语言既深沉凝重,又活泼机智。读她的小说是一种享受。难怪苏珊·拉森在《三个六月》的书评中说:"有些小说像沙发,宽敞而舒适,在其中读者可以得到充分的享受。朱丽叶·格拉斯的处女作《三个六月》就是这样的一部小说。"

(2003年夏于美国杜克大学)

第三辑

美国经典作家评介

经营繁复：福克纳的文字谋略[*]

福克纳让人想起莫言，或者更准确地说，莫言让人想起福克纳。两位相隔半个多世纪的诺贝尔文学奖获得者，都以自己的家乡为蓝本，讲述那里几代人的故事。不管是用真实的地名高密县，还是虚构的约克纳帕塔法县，不管是近代的山东，还是历史上的"边远南地"，他们的小说讲述的都是剧烈颠簸的历史行途中小人物命运的故事，可悲可叹，可歌可泣。两位作家都非常熟悉作为小说场景的那片土地，那里的地貌民俗和历史掌故，了解那里人们的生活习惯和思想方式。两位作家都对叙事策略特别关注。

1929年福克纳发表的重要著作《声音与疯狂》（国内又译为

---

[*] 本文是《福克纳小说叙事修辞艺术》（代晓莉著，中国社会科学出版社，2014年）的序言。

《喧哗与骚动》)被称为"伟大的开端",代表福克纳最高成就的长篇小说作品都发表于其后出现的巅峰阶段。延续七年的"激情爆发"随着集叙事艺术之大成、具有标志性的福氏风格的《押沙龙,押沙龙!》在1936年的发表达到顶点。福克纳青少年时期,美国南方正经历着剧烈的社会变迁和文化震荡。随着蓄奴制的废除和工业化、城市化的开始,南方的农业经济逐渐瓦解,人口开始从乡村向北方城市迁移。这是个传统瓦解、人心浮躁的时期,各种观念、情绪、欲望层见叠出,混杂交织,冲撞对抗,此起彼伏。正是在这样的历史背景中,福克纳敏锐地捕捉纷乱复杂的历史片段,力图在小说中多层次、多侧面地再现事物的多重性。他选择用一种复杂的叙事形式,将小说构筑成意义的迷宫,力求表现深层的思想和难以言说的心境,揭示南方历史和社会变迁造成的文化和心理冲击。于是,读者面对的,是一种令人费解但具有历史深度的小说。

《押沙龙,押沙龙!》的主要部分发生在19世纪,讲述的是托马斯·萨德本创建贵族式"王朝"梦想破灭的故事。故事被福克纳写得极为复杂,由《声音与疯狂》中的昆丁、昆丁的父亲和昆丁的同学从三个不同角度进行叙述,读者听到的是带着不同偏见和感情色彩讲述的同一个故事的零星片段。作家在故事构思方面颇费心思,叙述文字也别具风格,但小说出版后却没有马上得到读者的赏识。多重叙事在当时还处于试验阶段,十分罕见,让人感到迷惑,而读者对佶屈聱牙的表述、晦涩难解的文风、繁复冗长的句式颇多诟病。小说出版后迎来一片批评之声,矛头所向直指福克纳的文体，称其"臃肿浮夸""不堪卒读"。时过境迁，《押沙龙，押沙龙！》今天一般被认为是福克纳最优秀的作品之一，是其叙事艺术成就的典范。这样的反差令人瞠目。

其实福克纳的其他小说基本也都领受了同样的待遇，遭受恶评，然后咸鱼翻身。命运的转折出现在马尔科姆·考利的《袖珍版福克纳文集》的出版。他将这位被冷落的作家隆重推出后，使之成为第二次世界大战后长盛不衰的文学现象。人们终于认识到，这种繁复的叙事风格，映衬着博大丰富的主题。这就像一道复杂艰深的数学题，乍看令人生畏，瞬间抹杀了求解的兴趣。但这样的"难题"挑战耐心，撩拨心智，呼唤踏探，一旦进入其中，就会发现一个奇幻的境界，让人流连忘返，欲罢不能。福克纳用复杂的语言和结构应对复杂的故事，构筑了艺术家自己的想象世界，深宫层叠，曲径通幽。这个想象世界中最玄秘难测的去处，是长篇小说《押沙龙，押沙龙！》。于是，这部作品也恰当地成为代晓丽的选择，作为剖析解读一种复杂叙事艺术的最佳范本。

福克纳在创作小说时，也许不会太多地思考叙事策略，他只是想把故事讲得精彩，讲得到位。像大多数作家一样，他让自己沉浸在故事之中，跟随感觉的牵引和心灵的呼唤，采用他认为最能言而达意的词汇和句子，按照他认为最合适的方式将事件组合起来，不会顾及太多其他方面，就像口若悬河的演说家，振振雄辩时并不会顾及语法和修辞，但语言艺术已经在其中生成。语言学家可以对言说和文字进行科学的拆解，分析其中符号与语义的关系、修辞的功效、语言的内在结构等。福克纳让小说包容了很多层面，牵扯进了各方面的关联，把故事讲得极其复杂。就像语言学家对待生成的话语一样，这样的想象文本也是可以研究的。解析此类文本的叙事结构、策略、手段等，是一门深奥的学问，具有挑战性。这也正是代晓丽这本著作为学界做出的贡献。

福克纳一般被视为美国现代主义文体革新的代表人物。从他为数众多的访谈中我们得知，他虽然知道文学中的现代主义，听说过些许关于现代派奠基人如康拉德、乔伊斯和艾略特等人的信息以及他们的文学创作，也听说过关于弗洛伊德、弗雷泽和柏格森等人的思想理论，但应该说他的了解并不深入，也无意融入和追随现代主义文学。如果说他的作品具有现代派文学的特征，那也是殊途同归。他深切地感受到事物的多面性和真相的复杂性，希望在作品中反映出头绪繁多且互相纠缠的状态。他希望自己的结构和语言能够起到展示这种复杂性的功能。同样的故事，他让不同的叙述者从不同侧面、不同视角进行交代，以展示真相的多面性。叙述人的主观性、认识的矛盾性、事件的不确定性，使文本的意义飘忽难定，而夹带着丰富想象的滚滚而来的长句，像意识流一样在纸面延展，不似顺河道而行的溪流，更似溢出堤坝的洪水，向四处漫开。各种视角转换、穿越，大大加深了阅读的难度，同时大大拓展了表现力。

福克纳的叙事模式，给他的小说留出了巨大的阐释空间，也给各派批评理论和各种解读视角提供了一试身手的对象：人们从历史社会批评、原型批评、文化批评、生态批评、修辞批评、意识形态批评、女性主义批评、新历史主义批评等不同途径进入他的作品世界，挖掘和讨论其中的性别意识、种族问题、历史关联、创伤记忆、现代性主题等。讨论已持续了几十年，涉及甚广，但远没有穷尽，也不会穷尽。莎士比亚研究持续了更长的时间，但历久弥新，现在仍是热议的对象。每个时代、每个读者都有自己的哈姆莱特。福克纳的小说同样已经成为一种文化产品，每一次对写就文本的评述，都是某个特定历史和文化语境中的再阐释。

国内外的学者已经涉足了福克纳研究的众多领域，包括不少对他的叙事风格的研究。但像代晓丽教授那样选取一个样板，进行切片分析，对作家的叙事艺术展开深入、详尽、系统研究的著作，仍是前所未见，难能可贵。在叙事学和修辞叙事学理论的指导下，她抽丝剥茧，刨根问底，精读细解，解剖麻雀。她探讨小说中叙述者、故事与读者三者之间所呈现的多层次的交流动态，从层级结构、叙事视角、叙述声音、叙述场景等诸方面入手，揭示作家的创作理念和叙事动机。这样的个案解析，既可以全面诠释作家的个人风格，也可以超越个别，提供带有普遍意义的关于人类创意书写的典型或非典型的叙事范式。我十分期待这部学术著作的出版。

（2014年元月）

观察乌鸫的又一种方式：
从文化心理层面看福克纳的创作[*]

福克纳曾借用华莱士·史蒂文斯的一首诗《看乌鸫的十三种方式》("Thirteen Ways of Looking at a Blackbird")，来说明自己对小说之"真"的理解："没有人能够直视真理，它明亮得让你睁不开眼睛。我观察它，只看到它的部分。别人观察，看见的是它略有不同的侧面。虽然没有人能够看见完整无缺的全部，但把所有整合起来，真理就是他们所看见的东西。这是观看乌鸫的十三种方式。我倾向于认为，当读者用了看乌鸫的所有十三种方式，真理由此出现，读者就得出了自己的第十四种看乌鸫的方式。"[1]

---

[*] 本文是《在心理美学的平面上——威廉·福克纳小说创作论》（朱振武专著，学林出版社，2004年）的序言。

[1] James B. Meriwether and Michael Millgate eds., *Lion in the Garden: Interviews with William Faulkner, 1926—1962*, New York: Random House, 1968, pp.273—274.

观察乌鸦的又一种方式：从文化心理层面看福克纳的创作

福克纳的论述涉及了观察视角和观察对象之间的关系。如果我们再一次借用福克纳从史蒂文斯那儿借来的比喻，略作别解，那么也可以把福克纳本人比作一只"乌鸦"。它从美国南方飞出，停落在批评家众目睽睽的关注视线之中。它不是一只羽色艳丽的凤凰，而是一只黑不溜秋的凡鸟，没有欢快的鸣唱，叫声中充满哀诉和不悦耳的杂音。人们从各个角度观看它，解读它，希望从这个物种中发现自然的印记、环境的侵蚀、演化的遗痕和生命的信息。

近些年来，福克纳一直吸引着众多学者和批评家的注意力。从深度和广度上讲，福克纳研究已经超过了批评界对马克·吐温和海明威的关注。一种可以称之为"福学"的跨文学的文化研究正在形成建立之中。人们从不同角度观察"乌鸦"，虽然不见全鸟，但也各有发现。福克纳研究论文和著作十分丰富，从马克思、福柯、柏格森、詹姆斯的哲学理论入手的，从结构主义的、解构的、语言学的、美学的、心理的、种族的、女权的、历史的、新历史主义的、文化的、民俗的、生平的、叙事艺术的、主题的、互文的、神话原型的、与圣经和希腊经典进行比较研究的各种视角出发的，讨论涉及了广阔的人文研究领域。朱振武教授的研究独辟蹊径，讨论的是通向各种阐释背后的更加深层、更加本质的东西，即小说创作发生的心理动机：是何种作用于潜意识的心理力量，促使作家提笔作书，写下那些形形色色奇奇怪怪的美国南方人的故事，而那些故事又该如何进行文化解读，才能真正发现其埋藏在深层的含义。这是观察乌鸦的又一种方式，为同类研究提供了一个全新的范例。

福克纳的作品已经超越了时空，超越了文学而成为人类文化遗产的宝贵的一部分。但是谈到福克纳，人们总是联想到美国的南方。福克纳出生在南方，在小说中写的也是南方的人物、背景和事件。是南方的土地滋育他长大，塑造了他的性格。他非常熟悉南方的地貌、历史和人民，他的生活习惯，思想方式和文化视野都与这块不幸的土地相联系。南方地处远离美国政治、经济、文化中心的边远地区；南方的历史是经历过蓄奴制、南北战争和北方工业入侵的灾难深重的历史；南方的人民是受尽屈辱和压迫的"另类"。福克纳青少年时期，美国南方正经历着剧烈的社会变迁和文化震荡。随着蓄奴制的废除和工业化、城市化的开始，南方的农业经济正在瓦解，人口开始从乡村向城镇迁移。这种不可逆转的变化出现的初始时期，这个传统瓦解、人心浮躁的时刻，正是福克纳小说的历史背景。南方这个曾被门肯贬斥为"文学沙漠"的地区[1]，随着福克纳的出现而出现了被人们冠之以"南方文艺复兴"的文学繁荣。

福克纳在他的十几部小说中，创造了代表美国南方的文学王国——位于被称为"边远南地"（the Deep South）的密西西比州境内的"约克纳帕塔法县"，并在这个想象的南方社会中，跟踪几大家族的起起落落和众多成员的坎坷经历，对从南北战争结束

---

[1] 参看 Lothar Honnighausen and Valeria Gennaro Lerda eds., *Rewriting the South: History and Fiction*, Tubingen: Francke, 1993, p.xvi。

到20世纪20年代末这段历史时期进行多侧面的反映，对南方社会变迁造成的文化和心理冲击做了切片观察。福克纳小说的巨大成功，很大程度上来自作者规划自己创作的明智决策：他将小说圈定在一个地理范围和历史时期，集中反映以自己家乡为蓝本的一个区域在近代发生的变迁。福克纳认为，集中写家乡那块"邮票大的小地方"这一想法，为他打开了一个"金矿"，于是他一辈子在其中开采，创造了自己的小说世界。[1]福克纳笔下流出的一个个生动故事，为读者提供了纷繁复杂的南方生活画面，许多片段又共同组成一幅浩大的历史画卷，艺术地再现了历史变迁留下的文化和心理轨迹。

其实，福克纳的整体"规划"并没有严密细致的设计安排，只是一个大框架。他按自己的观察和认识，让故事自然发展。直到去世前三个月，福克纳还重申他的写作目标是"以最打动人的戏剧性方式讲故事"[2]。这确实应该是他的本意。作家只是希望努力再现他熟悉的南方，头脑中没有一个预设的完整的系统概念。他是在写作的过程中逐步形成了自己对南方的认识，是以自己的理解"创造"了文学中的南方。他的小说不是纪实的、具体的、基于历史的，而是原创的、独立的、表达概念的，是对变迁中的南方社会所提供的人生经验中那些最根本的东西加以咀嚼消化，融会贯通后重新整合，以故事形式加以表述的。福克纳的写

---

1 James B. Meriwether and Michael Millgate eds., *Lion in the Garden*, p.255.
2 Joseph L. Fant III and Robert Ashley eds., *Faulkner at West Point*, New York: Random House, 1964, pp.56−57.

作过程是经验领域的感受过程，每一部小说都是这种感受不断发现、更新、发展、深化的过程。是那些"暗藏"在小说之中和"潜伏"在小说之下的东西，使作品具有了主题上的深刻性和一致性。正因如此，朱振武教授的这部著作在福克纳研究领域具有特殊的意义，因为他研究的正是贯穿于作品之间的作家的文化心理结构和积淀于内心深处的心理因素。

谈到福克纳小说创作背后的文化心理因素，就必须涉及南北战争这一近代南方文化形成过程中的重大历史事件。南方是战败方，战败之后，南方人不但在政治上、经济上丧失了抗衡的能力，而且成了道德替罪羊和文化另类。战争的失败使南方退守于自己框定的心理区域，因此文化上更加显示出防御性的、排外的区域特征，已经挤压变形，但自成一体。南方本来就有自己独特的经济模式和文化风格，也有自己的生活方式和道德准则，甚至有自己的语言——南方英语的发音特征明显不同于美国其他地区，南方人一张口就宣布了自己的地区身份。这些共同的区域特征容易激发一种怀旧式的想象力，而这种想象力又由于南北战争的失败而凝固了。于是，战争导致了一个奇怪的矛盾现象：旧南方随着战争"死去"了，但同时又比以往任何时候都更顽固地"存活"着。"死去"的是社会的、经济的南方；"存活"的是文化的、心理的南方。

特殊的文化塑造了福克纳这位南方作家，他的小说底下奔涌着来自创伤性经验的集体潜意识。一种破灭理想的记忆，一种昔日传统的召唤，一种末日将临的危机感，隐隐约约地压迫在人们的心头，不能忍受，难以自拔，又无法抗拒。一方面，战后南北"团聚"的方式是北方资本对南方的渗透和侵吞，南方的经济基础被动摇，南方乡绅贵族的社会构架，以及维护这种构架的传统道德和价值观念开始崩溃。另一方面，昔日前辈们推崇的带宗法封建色彩的庄园家族的梦想，在离现实越来越遥远的时候，却在南方人的头脑中扎下根来。这种虚幻的理想成了挥之不去的精神替代物，成了逃避的去处。想象和现实的两个世界和两种生活，在南方人心理上形成了不寻常的"双重焦点"，形成了一种导致悲剧结果的不和谐。展现南方历史塑成的复杂矛盾的社会多侧面，同情地批判南方人的思想观念、认识态度和思维方式，也就成了福克纳这样的作家必须面对的挑战。

弗洛伊德认为，"由于受创伤的经历动摇了整个生命结构，人有可能处于生活的停顿状态，对现在和未来兴趣全无；但这些不幸的人并不一定是精神病患者"[1]。这是一种文化上、理智上出现的停滞状态，是一种精神瘫痪，一方面剥夺了南方人理性的行为能力，使他们在文化、经济、政治重压下残喘，机械地做出反应，间或爆发出无端的暴力；另一方面，他们又紧紧攀附着与现实格格不入的想象中的过去的奢华与荣耀，以此软化严酷的现实，掩盖矛盾——一切都是战争造成的，不然的话，南方将是个阳光下的伊甸园。南方人成了"过去"的俘虏，在心理上被自己

---

[1] Sigmund Freud, *A General Introduction to Psychoanalysis*, trans. Joan Riviere, New York: Washington Square Press, 1952, p.285.

囚禁了。于是，在福克纳的小说中，我们看到了一批被时间凝固的人。他们不像有血有肉的活体，更像一个个幻影。在以杰斐逊镇为中心的约克纳帕塔法县的整个社会结构中，群体与个人之间，富人与穷人之间，老一代与青年之间，白人与黑人之间，理想与现实之间，社会常规与被压抑的渴望之间，发生了基本的分裂和剧烈的碰撞。这种碰撞常常表现为非理性的极端行为：极端个人主义，极端思想内倾，极端暴力。这是心理结构动荡的外化表现，是瓦解中的旧南方的精神实质的写照。

仔细研读福克纳的小说，我们可以发现，几乎每一个故事都带有悲剧的色调，或者是直接的，或者是暗示的。传统社会的解体，带来了信仰危机和精神压力，迫使那些无法做出合适调节的南方人，要么在极端行为中宣泄，要么在想象的过去中躲藏。福克纳在卷帙浩繁的作品中描写的形形色色的人物，一个个都陷进了感情经历的泥潭，都在挣扎着表达自己。"福克纳一代的南方人总有幽灵缠身的感觉，这使他们感到无能为力。幽灵来自总体的过去社会文化，而不是来自个人经历，但殊途同归。他们都感到无法做出有意义的行为。他们试图构筑历史走廊，通过危险的通道出逃，但大多数情况下仍然找不到出路。"[1] 这些悲剧人物都背着沉重的心理包袱，都被不合时宜的道德和社会观念扭曲了。当这类悲剧一再出现在一个作家的笔下，故事就获得了象

---

1 Richard Gray, *The Life of William Faulkner: a Critical Biography*, Cambridge, Mass.: Blackwell Publishers, 1994, p.24.

征意义，超越了历史时段和南方的特定地域，而指涉人类的生存状况。

　　福克纳是一位富有创新意识的作家，不满足于循规蹈矩的一般叙述。他最初开始发表文学作品时，正是海明威和费茨杰拉德在文坛上大红大紫的时候，但他没有仿效他们的成功经验，决定走自己的道路。他必须找到一种适合于自己的风格，来表达处于精神混乱状态的美国南方世界。福克纳是个地方作家，但又十分现代。他不断进行文体实验，采用时间错位、意识流、多重视角、时空跳跃和拼贴并置等很多新手法。他显然受到了流行于当时的文学现代主义的影响，但又同其他现代派作家保持着谨慎的距离。他写作不守"规矩"，但作品很有分量，令人惊叹。他在叙述层面上描写零零碎碎稀奇古怪的事情，但注重的是人物的意识活动和内心情感。在众多故事和回忆中，福克纳用几乎带象征主义风格的手笔，展示了一幅南方的不幸历史，读者能在阅读中获得一种强烈的文化体验，获得一种笼统而又具体、模糊而又清晰的心理感受：一切都在不可逆转地变化，一切都难逃厄运。

　　美国南方历来与其他地区不同。南方的文化表述总是带着自己的历史烙印和地域特点。在福克纳洋洋洒洒的文学世系中，在他的小说王国中几代人沉浮起落的故事里，作家不仅将近代南方社会艺术化地展现在读者面前，而且敏锐地捕捉了历史变迁带给南方人文化和心理上的影响。小说的历史深度，正是表现在历史在小说人物头脑中留下的深深刻痕，表现在历史铸成的南方人的局限以及历史向他们索讨的精神代价。在福克纳的南方传奇中，读者不仅能浏览这一区域的民俗地貌和历史遗风，更能时时感受到南方人的心理特征、思维方式和伦理传统。福克纳给我们描绘的是正在走向解体的南方乡绅社会，他的每个故事就像一块破碎的历史遗骸的残片，可供细细考究。朱振武教授的《在心理美学的平面上——威廉·福克纳小说创作论》为我们研读福克纳作品提供了文化框架和心理参照。作者学术视野广阔，理论功底深厚，不但见解独到，而且文采横溢，实在难能可贵。这部研究著作的出版，在福克纳研究领域，乃至外国文学和文学文化研究领域都是一件可庆可贺的事。

(2003年初冬)

读解生命年轮的刻记[*]

文如其人。邓天中个性活泼、思维敏捷、言谈洒脱，他的论著亦是如此。加之中西兼及的开阔视野，挥洒自如的文风和结合文本的理论探究，他的著作读来让人耳目一新。他曾在我的名下攻读博士，取得学位不久，就亮出了这本基于博士研究但又有所拓展的新著，让人欣喜。

学界有言：人文研究方面，"能者小题大做，不能者大题小做"。"小题大做"取其字面意思，没有贬义的成分，即以小见大，从微观入手探析宏观，让一滴水折射太阳的存在。而"大题小做"者，则往往流于大而无当的空泛。邓天中的著作讨论的是"老年问题"——一个绝对的"大题"，涉及巨大的社会群体，以及与其相关的社会、文化、经济、生理、心理领域。但他聚焦于

---

[*] 本文是《亢龙有悔的老年》（邓天中著，中国社会科学出版社，2011年）的序言。

海明威小说中再现的几个老年角色，从小处切入，使"大题"变为"小题"，以作家笔下的六个"文本化"的老人形象为考察对象，谋求从中找出具有普适性的东西，而这种抽象层面的提升，便是一种"大做"。讨论的立足点是文学的，但涉及范畴超越了文学本身，而且论述借助空间理论，将海明威笔下的老年角色进行归类细读，解析故事中涵容的对生命的理解以及故事反映的社会现象。通过老年角色这一个侧面，邓天中博士让我们领略了海明威这位20世纪最具影响力的作家的写作深度。

不管是当今文学创作还是文学研究的视域中，边缘成了中心。作家和学者的关注重心落在被现代、后现代社会"边缘化"的个体和群体之上——那些被歧视、被排斥、被挤压、被异化、被肢解、被忽略的人。邓天中的论著指出，在文学中，相对于公认的被主流社会和意识形态边缘化的妇女、移民、少数族裔群体而言，老人才是真正意义上被边缘化的群体。在社会动荡年代，老人往往是首当其冲的受害者；即使在和平岁月，老人也是社会中最大的弱势群体。相对而言，对老年的探讨则在文学中少有真正的关注。如今在我国，在世界，不断加剧的人口老龄化，赫然耸现成为我们都不得不正视的一个全球性的命题，而从某种意义上来说，不管是真实生活中的人际关怀，还是文学中的探索，我们对老年群体的理解一直都还十分欠缺。

老年群体具有多面性和多义性。岁月的沉淀、经验的堆砌、个性的积渐、习惯的凝滞，使他们超于阶级、性别和种族分界，自成一类，十分特殊，十分复杂，难以穿透。对老人而言，他们活跃的生活已成为记忆，伴随着精力的衰退、自助能力的减弱和子女的自立，他们往往会产生无依无助的孤独、天命难抗的消沉、往昔不再的遗憾和缺少理解的痛楚，他们的内心是多种情感纠集的聚合体。而另一方面，人生这一最后阶段代表着经历了甜酸苦辣后的成熟，最能揭示生命和人性的真谛；由于接近旅途的终点，一生的经验更能引向对死亡这一沉重主题的深切思考，因此又最能凸显对生命价值和终极意义的理解。邓天中关注的主题是前沿的，也是重大的。他的论述向我们揭示，海明威利用自己独特的艺术笔触，对老年人生的众生态早就有了深刻而系统的描述和反映。

长期以来，"老年"一直是文学中的传统母题，但是一般文学中的老年人常常被简单化，更多地成为一种象征：历经沧桑，阅尽人生之后被凝固成了雕像，被概念化，成为符号，但却没有得到如实再现、仔细的分析和深入的解读。他们或者被美化，成为智慧的化身，代表了理性、经验、成熟、深沉，虽然时常伴有一种英雄迟暮的苍凉或壮志未酬的失意，但更多的是一种摆脱了功利与欲望，品味了世事炎凉之后的淡定与超脱；或者被丑化，成为迂腐的化身：保守、偏执、落伍，冥顽不化，关闭在自己记忆的小世界里，被社会发展抛在角落里，怨天尤人。不管是褒是贬，这种文学中浪漫化的处理，都将老年人脸谱化、扁平化、程式化，都忽视了老年人的多样性、深刻性和现实性。

在当今的历史和社会大环境中，老年学日益成为显学。我们看到了文学中已经出现的对老年问题越来越多的关注，一个从被忽视到被审视的转变已经悄然出现。但是从理论上对老年进行心理、社会、文化方面深度探讨的依然不多。邓天中博士的著作在这方面做了勇敢的、有益的尝试。他以列斐伏尔的空间三性（时、空、能）和空间三分（感知空间、认知空间和历验空间）出发，把人看成一个多层次空间的产物，结合《周易》的空间隐喻，中西合璧，对海明威小说中的老年人物进行个案解读。在今天空间转向的大潮中，空间批评在文化批评、社会评判等大多数哲学领域都有了长足的适用，邓天中尝试将其应用于微观的文学批评，探讨列氏空间理论的包容性，为海明威小说人物研究提供了一个新的理论框架和不同的认知视角。

老年话题往往是沉重的，其重量来自历史的积淀和记忆的叠加。身体的衰老所剥夺的空间自由，与死亡距离关系造成的时间压迫，与社会主体脱节后产生的内心孤独，容易塑成老年的特殊心理和特殊的思维、行为方式。但这又是人生包蕴最丰富的阶段，小说家可以在这里找到考察人类生存状况的最好素材。邓天中在著作中说："老年作为生命周期的自然总结，就给我们提供了一次反观已逝人生景观的空间视点，如同树的年龄可以通过观察其空间年轮知晓，从一个相对貌似静态的空间构造来观察人的老年，实际上就是为我们提供了一个展现个体人生全景的机会——他终其一生的全部行为、与外部自然界的关系、与他人之间的关联、他毕生向外部世界发出的能量、接收到的能量都应该记录在他的人生年轮之上。"

在世界上很多国家逐渐步入老龄化社会的当下背景中，解读人生年轮的刻记，从典型文学作品中探究老年的行为和心理模式，解开老年的复杂心结，分析老年的隐喻意义，是一个非常值得讨论和研究的大课题。邓天中博士将这样的讨论和研究延伸扩展，引向人生与人性的抽象领域，引向理论的深处。这样的讨论如果能为我们的视域拓宽一点新空间，为我们的认识添加一点新见解，唤起我们对老年问题更多一点的关注，那么这本著作就已不辱使命了。

（2010年秋）

英雄人物的成长和背后的"她"[*]

美国文学中有两位作家以塑造"硬汉"形象著名,一个是海明威,另一个是杰克·伦敦。海明威在作品中描写战争、拳击、狩猎,杰克·伦敦描写淘金、航海、历险,两人笔下都彰显强悍、雄健的男性气质。一般认为,他们的小说世界是男人的世界;对他们而言,女性人物是装饰和道具,与小说主线、主调、主题无甚关联。但是即使在不言之中,组成人类世界两大部分的男性和女性,总是互相纠缠、作用、渗透、影响。在描述和表现人物时,一个作家的性别意识必然在不知不觉中流入他的言辞之间。正是基于这样的认识,在这本即将出版的著作中,杨丽教授独辟蹊径,选择杰克·伦敦几部"成长小说"中的性别关系作为研究课题,从特定视角对作家和作品进行文化解读,讨论和揭示

---

[*] 本文是《杰克·伦敦"成长小说"研究》(杨丽著,外文出版社,2015年)的序言。

一般读者容易忽视的性别关系背后所隐藏的权力政治问题。

尽管学界对"成长小说"有不同定义，但是杰克·伦敦的主要长篇小说被视为"成长小说"，应该无可非议。除了选择作为研究对象的《马丁·伊登》《海狼》和《铁蹄》三部长篇小说外，杰克·伦敦的其他一些作品同样具有"成长小说"的鲜明特征。比如他发表于20世纪开初的第一部长篇小说《雪的女儿》，讲述一个生长于城市环境，衣食无忧、缺少激情的文弱书生，来到天寒地冻的北方荒原经受考验，成长为真正男子汉的故事。此人结识了书名中的"雪的女儿"，在共同的历险过程中改变了观念，培养了勇气，获得了强健的体魄。虽然书名所指是女性人物，但故事主线是男性的成长。这是杰克·伦敦长篇小说的第一次尝试，写得不算成功，但是小说的成长主线、叙事模式和象征性的框架结构，都为后来更成功的作品做出了有益的铺垫。

接下来出版的姐妹篇《野性的呼唤》和《白牙》分别讲的是狗和狼的故事，但我们完全可以把故事当作成长寓言，把两部小说的主角看作"披着兽皮的人"。前者从阳光明媚的加利福尼亚来到北极圈内的荒蛮之地，逐步学会遵从丛林法则，从一条温顺的家犬变为狼群的首领；后者从荒野渐渐走近文明，最后归属文明，从一头狼崽变为忠实的庄园守卫。狼和狗本是同类，听从"野性的呼唤"或"文明的呼唤"，朝着相反的方向演化，但都在渐变过程中遭遇危险，经历磨难，接受教育，最后认识某种生存法则而获得升华。这两部动物小说，基本上都遵循了杰克·伦敦钟爱的成长小说模式。

杰克·伦敦自己的成长经历具有故事性，为他的成长小说提供了第一手的素材。他出身贫寒，从小当童工，自学写作，卓然成家，是人们津津乐道的美国文坛"灰姑娘"。他当过水手，去过北极圈内的克朗代克淘金，也曾热心投身于社会主义运动，他比别的作家更多地将伴随自己成长的各种经历片段和人生感悟融入小说之中，虚构的故事里常常躲藏着作家真实的自我。作为本书研究对象的三部小说，都围绕男性成长展开叙述，故事中也都闪动着作家本人的影子。他浓墨重彩地描写男人的成长故事，笔下的女性人物往往着墨不多，似乎可以忽略不计，其实不然。杨丽教授特别指出："性别关系始终是他关注的焦点问题。女性人物和男性人物之间的关系往往成为推动小说情节发展的动力，同时又是我们洞悉他的阶级观、性别观和婚姻观的窗口。"她将站在幕后的女性人物推到前台的聚光灯下，分析故事中的她们在男性成长中所起的关键的"催化剂"作用。

《海狼》讲述的是一个文弱书生变成真正男子汉的故事；自传色彩较浓的《马丁·伊登》讲述一个下层青年奋斗、成功和幻灭的故事；政治幻想小说《铁蹄》讲述一个献身于事业的大无畏革命领袖的故事。主要人物都是男性，故事主线都是男人的成长。杨丽教授的研究绕开叙述层面的故事主体，努力揭示编码于小说字里行间与男性成长息息相关的性别关系问题——主要是作为陪衬和反衬的女性的角色和功能，以及这种角色和功能暗示和折射的性别政治问题，指出：与《海狼》中男主人公走向成熟的历程逆向而行的，是一位"新女性"回归传统的"反成长"之路;《马丁·伊登》篇名人物的男性主体性的建构伴随着女性主体性的丧失;《铁蹄》女性叙述者陈述的故事中充满内化的男权话语，折射出隐含在爱情和婚姻中根深蒂固的男性霸权思想。三个个案研究引出的结论是：杰克·伦敦小说中的女性形象，不管是被赞美还是被贬低的，都处在被言说、被建构的"他者"地位。

平心而论，杰克·伦敦不是男权思想的卫道士。19世纪末20世纪初他开始文学创作的时候，欧洲女权思想波及北美，轰轰烈烈的女权运动的"第一次浪潮"在美国形成。包括杰克·伦敦在内的不少男性知识分子，视女权运动为时代进步的产物，至少在理论上拥护、支持女权思想，主张男女平权，希望在两性之间建构一种更加合理的社会关系。作为作家，他希望在自己的作品中表现与时俱进的认识，这个意图显而易见。这是事情的一方面。但社会生活中性别角色和性别关系的调整，实质上是权力结构的重组，而作为传统社会模式的既得利益者，像杰克·伦敦这样的男性又会在意识深层进行抵触，为维护男权暗中声辩，最常见的方式是在作品中凸显男性体格、胆魄、毅力和智慧方面的优势，为性别关系上男主女从的传统模式提供合理化基础。内心中相互冲突的认识倾向和情感倾向，流入了杰克·伦敦的几部长篇小说中，体现在小说的人物塑造和故事建构中。

性别概念是意识形态的一部分，其背后暗含着社会的权力操纵。我在一篇有关小说《海狼》的评析文章中，提到过这种不和谐："一方来自作家有意识表达的理念，另一方来自深藏于作家无意识的渴望；一种是表现为性别政治的原则观念，另一种是社会生活的实用主义。两种倾向交织在一起，使小说成为一个矛盾的文本。"杰克·伦敦的其他小说也充满这样的矛盾，但应该说，矛盾的才是真实的。尽管一般处于失声和被凝视、被书写的地位，伦敦笔下的女性在男性成长历程中从未缺席。在比较、反衬中，杰克·伦敦写下了一篇篇故事，也留下了可供分析解读的潜文本。因此，杨丽教授认为："我们可以通过分析小说文本中男女关系的模式，'读出'伦敦在性别观念上的矛盾，而这种矛盾也典型地存在于变迁时代的美国意识形态中。"

在19和20世纪之交，杰克·伦敦曾经是美国读者最多的作家。他的很多小说都被翻译成中文，在我国同样有众多读者。他的故事充满动感，叙述畅快淋漓，文风大刀阔斧。但随着新批评理论的兴起，那些精雕细琢、晦涩多义的作品成为批评界的宠儿，像杰克·伦敦这样的作家被冷落忽视，被边缘化。但是他的小说作品是值得深入解读的。他的故事的确包容了矛盾的各方面，但他努力反映各种时兴观念，注重思想哲理，作品具有阐释深度和艺术张力。他经历丰富，又把多彩的亲身经历和切身体验和感受融入作品之中，使自己成为那个时代重要的文化符号。如果把他作为一种文化现象进行解读，我们能够感受到时代的脉动。杨丽教授的研究为我们了解这位不同凡响的作家和他所处的时代提供了一个新视角。

（2014年初春）

从政治审美到文化审美：
赫斯顿小说中的民俗因素*

  自从20世纪70年代被"重新发现"之后，如今佐拉·尼尔·赫斯顿的文学声誉已如日中天，被公认为20世纪的伟人作家之一，并被许多战后非裔美国女作家视为她们的"文学母亲"。她的小说影响了包括艾丽斯·沃克和诺贝尔文学奖获得者托妮·莫里森人等在内的一批著名作家。这位传奇作家值得好好品味研读，而张玉红博士这本关于赫斯顿的研究著作的出版，为我们深入认识这位非裔美国女作家提供了一个解读的新视角和认识的新路径。

  美国的历史一直与非洲民族纠缠在一起：奴隶劳动支撑了

---

* 本文是《佐拉·尼尔·赫斯顿小说中的民俗文化研究》（张玉红著，河南大学出版社，2010年）的序言。

早期的种植园经济；蓄奴和反蓄奴之争导致了一场大规模的国内战争；黑人的权利问题又触发了席卷全国的民权运动。而20世纪的美国新文化，从爵士乐到说唱到街头舞蹈，越来越浓重地染上了黑人民族的色彩。在美国的政治、文化建构中，黑人总是其中特别显眼的组成部分。黑人文学也是美国文学史中浓墨重彩的一章。在当代美国文学史中，有两个举足轻重的事件与黑人作家相关：一是赫斯顿在70年代的"复活"，二是托妮·莫里森1993年荣膺诺贝尔文学奖。莫里森获奖标志着美国黑人文学登顶世界文坛，但前者影响了后者。

要了解赫斯顿的小说，我们需要回溯一下历史。以弗雷德里克·道格拉斯为代表的早期美国黑人作家，早在19世纪就已在美国文学中留下了墨迹。他们的文学多以自传的形式呈现，讲述"我"的经历和故事，用现实主义的笔调，叙述个人经历代表的种族压迫，呼唤同情，表达抗议。政治诉求是首要目标，黑人作者们并不太在意作品的艺术性。但是那些不加修饰却打动人心的真实细节，那种直抒胸臆的悲愤，本身具有强大的艺术感染力。

赫斯顿在20世纪20年代开始的"哈莱姆文艺复兴"运动中崭露头角。当时许多黑人的政治和文学刊物如《火》《哈莱姆》《危机》《机遇》《信使》和《黑人世界》等如雨后春笋般出现，此前个别的呼声渐渐汇成一个响亮的被压迫民族之声。1925年标志性的文集《新黑人》出版，造就和影响了一大批青年黑人作家。文集突破了"个人诉苦"的模式，强调艺术创新，推出了黑人文学的新风格。哈莱姆作家已经开始关注文学主题和艺术性两方面的问题，十分重视从黑人口头文学和民间文学中汲取养分。"哈莱姆文艺复兴"运动推出了一批黑人作家，包括文学主题和风格与主流美国黑人文学略显不合拍的赫斯顿。人们记住了很多黑人文学先驱者的名字，而赫斯顿渐渐被淡忘。

原因之一是以理查德·赖特为代表的"抗议文学"以其强大的冲击力占据了文坛，一度成为美国黑人文学的不二范式。赖特式的"抗议文学"与早期黑人"呐喊文学"不同："呐喊文学"的受众大多是白人读者，作家期待让他们了解黑人的苦衷，打动他们的同情心，希望他们主持正义，改变黑人的社会地位。"抗议文学"主要是写给黑人同胞看的，希望他们通过小说人物和故事认识自己的处境，在政治上有所觉醒，加入到反对种族主义和资本主义的阵线中来，为自己的命运抗争。包括30年代的大萧条、60年代的民权运动在内，社会大气候使得黑人"抗议文学"经久不衰，却将赫斯顿这位哈莱姆才女埋没了几十年。

"呐喊文学"和"抗议文学"这两类小说有共同之处。作品大多采用直陈式的现实主义或自然主义，注重文学的社会功效更胜于艺术品质。作家刻意反映社会底层黑人的生存状况，表达黑人知识分子对美国种族状况的不满。正因如此，作品常常无法跨出种族题材的框架，人物缺少生命力，成了思想表达的傀儡。这不是因为黑人作家缺少艺术才能——哈莱姆的作家们已经展示了这方面的天赋，而是特殊的历史和社会环境令他们左右为难：身为黑人知识分子，他们必须拿起文艺武器，向种族主义宣战，责无旁贷；但作为艺术家，他们不能受到种族题材的束缚，需要探究人性中一些更具普遍性的东西。

赫斯顿似乎是个例外。她的长篇小说创作始于30年代中期。经济大萧条为"抗议文学"提供了理想的气候，也很快使理查德·赖特的小说风靡美国。但赫斯顿坚持自己的创作理念，不让小说成为直接抗诉的文本，而怀着强烈的民族自豪感，转向黑人的语言和民间习俗，从黑人的文化传统中寻找力量的源泉。在创作技巧上，她运用鲜活的黑人民间语言，讲究叙述视角的变化，大量使用民俗文化素材，注重象征想象，避免说教。在主题上，她仍然反映种族问题，但不愿被"政治审美"捆住手脚，而努力探索支配人的行为的深层因素，尤其是文化因素。在人物塑造上，她笔下的黑人多数是有缺点的真实人物，敢于揭示和抨击黑人性格中的弱点，探讨人与人之间扭曲的社会关系。他们是黑人，是一个受到不公正待遇的群体；但他们也是人，是个体，与所有人一样面对现实生活中的各种问题。他们肤色不同，在白人社会中境遇不同，感受不同；但他们都同样被生活环境和经历所塑造，同样有自己的个性、追求和人生观，有各自的喜怒哀乐。赫斯顿的表现客体从"美国黑人"过渡到了定义更加宽泛的"美国人"，在这方面取得了不凡的成就和可喜的突破。这一转折可以说是美国黑人文学走向成熟的标志。

赫斯顿拒绝迎合黑人社会对"抗议之声"的期待，表达的是发自心灵深处的感受，主要着墨于人物的心路历程，如对主流价值观念的认同与扬弃，成长的烦恼，宗教和文化意识方面的冲突等，超越了种族文学的边界。正因如此，她遭到批判和谴责，被说成为放弃黑人艺术家的社会责任，作品缺乏政治性和现实感。赫斯顿的作品当然也表达了反种族主义的政治态度，但艺术家的表现方式不同。她避开直接抗诉，但在作品中凸显有别于白人文化的黑人自身的民族文化特征，传播一种种族自豪感和认同感。她与艾丽斯·沃克和托妮·莫里森一样，从任何角度来讲都是优秀的美国作家，而不仅仅是优秀的非裔美国作家。

我们有幸看到张玉红博士对赫斯顿做出的深入研究。她把赫斯顿的文学研究与赫斯顿笔下美国黑人民俗研究结合起来，找到了有趣的契合点。赫斯顿毕业于民俗学/人类学专业，后又投身于文学创作。她的《骡子与人》是第一部由黑人撰写的黑人民俗学著作，已成为这一领域的经典；她的《他们的眼睛望着上苍》被誉为"黑人文学的经典"。作为一位民俗学家出身的作家，她很自然地将自己专业很多方面结合于小说创作之中，如张玉红在著作中所言："正如作为民俗学家的赫斯顿把文学的叙事策略移植于自己的民俗学著作一样，作为文学家的赫斯顿同样把民俗学的元素糅进了自己的文学创作之中。"张玉红对赫斯顿小说中民俗文化成分的研究，不仅为赫斯顿研究提供了新认识，也能帮助我们更好地读解美国黑人文学。我相信这本著作的出版，将为我国外国文学界增添新的色彩。

（2009年6月）

凯特·肖邦：女性意识的觉醒[*]

每次遇到万雪梅，总见她笑意灿烂。即使遭遇学术困惑或研究障碍，前来探讨求解时亦不见愁眉，仍然笑容可掬，让人误以为她并无真正的焦虑和负担。这是她抹不去的性格特征。不管教书、撰文如何辛苦，她似乎总能发现有趣的话、开心的事。如果你把视线从她脸上转至她书写的文本，你会发现，她做学问是严肃的，思考问题是深刻的，学术追求非常执着。她的笑脸带有迷惑性，掩蔽了背后熬夜苦读、伏案笔耕的艰辛甚至痛苦。

她的成果很能说明问题。博士毕业没多少年，她除了把博士论文《美在爱和死——凯特·肖邦作品研究》整理修订出版之外，又对这位在世界文学中具有特殊意义的女作家进行了不同视

---

[*] 本文是《觉醒——凯特·肖邦作品新论》（万雪梅著，江苏大学出版社，2019年）的序言。

角的研究，主撰第二部凯特·肖邦研究著作《觉醒——凯特·肖邦作品新论》，聚焦于这位美国女作家笔下觉醒主题和觉醒的女性形象，进行了重新探究与定位。万雪梅没有就此停步，进而承担了国家社科基金资助项目"凯特·肖邦的经典接受与中华文化阐释研究"，展开了又一项凯特·肖邦研究。这是一项带跨文化性质的研究，有难度，也有新意，因此非常期待能够早日读到这部实施中的研究专著。这三本书可谓连台好戏，为已成热门的国内肖邦研究增加了额外的热度。

如今，《觉醒——凯特·肖邦作品新论》已经完稿，即将付梓。我注意到了书名中的两个关键词。第一个是"觉醒"。"觉醒"指长期迷蒙状态之后的顿悟，犹如昏然长睡之中一"觉""醒"来。"觉悟"强调过程，"觉醒"强调结果，具有瞬间性，也暗示醒悟之后具有关联性的行动。这两个字来自凯特·肖邦的小说代表作《觉醒》，其中的女主人公曾满足于顺从丈夫、牺牲自我的贤妻良母的角色，但自我意识被唤醒之后，她挣脱束缚，离经叛道，开始追求自己作为平等个人的生活。小说家本人"觉醒"于女权运动之前，是反叛传统男权统治的先驱者，曾遭受了强大的舆论打压。但后来出现女权主义运动，女权主义批评家们把凯特·肖邦作为文化旗帜，高高举起。一度被贬为异端的《觉醒》，也被视为女权主义的先行之作。

这部肖邦新论也以小说中女性人物的"觉醒"为主线，但范围拓展到了更多的作品。万雪梅既回溯和反映百年来国内外学界对凯特·肖邦及其作品《觉醒》等的研究情况，也讨论肖邦小说文本中女性意识觉醒的主题和觉醒的女性人物形象。书稿作者联系肖邦的生平和创作思想，讨论作家本人通向"觉醒"的心路历程，也讨论表现主题的艺术手法，即作家的女性主体性意识如何化作笔端一个个"觉醒"的女性人物，这些人物又如何代表了某些引领社会思潮的新观念。

第二个关键词是"新论"。顾名思义，"新论"必有其不同于以往研究成果的新成色和新特点，必定对"旧论"有所超越。首先当然是论述观点之新，专著中的讨论引向对肖邦的重新定位和对她创作的女性形象的新认识。同时，讨论的外延也涉及了身心健康、婚姻和谐、教育成长、族裔伦理和自然生态等更加广阔的社会层面，这些方面也都能给人以启迪。其次，论证方法上也有创新。除了与社会语境相结合的讨论之外，万雪梅还运用了语言学方面的相关理论，比如第二章第四节，就是运用语言学中功能文体学理论来阐释《一双长筒丝袜》中的女性消费意识的觉醒；又比如第一章第三节和第四章第一节，则分别运用了认知语言学中的相关理论，如概念整合理论和意象图式理论等，对凯特·肖邦的《过错》和《智胜神明》两个文本进行阐释。这样，细微的文本分析有了理论的支撑，讨论就更具有说服力。值得一提的是，本书的研究对象是外国作家和作品，但立足于中国视角，融入了很多现实的思考。

美国女作家凯特·肖邦在美国文学史上的经典地位已无可争议，她的主要作品在我国都有译介和研究，在外国文学研究界甚至普通读者中颇有影响。但国内关于肖邦研究的专著尚不多见。

万雪梅能在较短期内出版又一本关于凯特·肖邦其人其作的研究著作,实在难能可贵,我由衷地为她高兴。多年来她一直不断求索,不断进取,相信她还会有更好的成果奉献给学界。

(2018年12月29日)

走近文学大师，走进文学大师*

我们有幸将《剑桥美国文学名家指南》系列丛书推荐给我国有关专业的本科生、研究生和外国文学爱好者。这一套著名大学出版社的英文原版文学丛书，以普及、介绍和导读为宗旨，集权威性和可读性于一身，原汁原味但又浅近易懂，特色鲜明，十分难得。丛书是开放式的，我们首先推出第一系列共七册，包括诗人惠特曼、狄金森、庞德，作家霍桑、梅尔维尔、马克·吐温和菲茨杰拉德。这些美国作家和诗人都是我国知识界和文化青年熟知的名字——至少是应该知道的名字。他们都是美国主流文学的台柱子，作品影响巨大，反映和折射了当时的历史和社会，并仍然能给今天的我们带来启示。他们是世界文化遗产的一部分，属

---

* 本文是上海外语教育出版社的《剑桥美国文学名家指南》系列丛书的总序，略经改写也刊于《中华读书报》（2008年7月9日）第10版。

于美国，也属于全世界。

自从人类有了语言，有了表达的需要和欲望，围坐在篝火边的洞穴人就开始了某种定义的文学活动。从口承叙事发展到文字书写，从部落传奇到英雄史诗，文学伴随了我们的所有历史。到了当今科技高度发达的信息社会，我们仍然能在文学中看到活生生的过往历史的演绎，同性格各异的人物进行心灵交往，从文学中汲取引发思考的启迪和洞见，增添生活的诗意与激情，获得处世的智慧和心怀。从某种意义上讲，文学读本是最好的教科书。文学不是实用的工具，但可以引向无比广阔的认识天地。我们平常往往强调学习的"致用"方面，即通过学习了解掌握应用原理和技能，但除了"求职"需要外，我们的学习更多是一种"求知"过程：知晓、理解、辨识，获得对我们生存于其中的世界更加宽阔的视野，对人性和自我更加深透的理解。作家以特殊叙事模式对他人故事的呈现，常常涵容了广博的、多面的、错综复杂的人生经验，可供我们体悟、借鉴和反思。

文学不是历史。它不仅仅局限于"记录"事件，进行冷冰冰的梳理归纳，而着力"再现"民族发展过程中或个人生活认识中典型的、生动的实例，这些个案可供放大观察，分析阐释，了解其背后的人文环境，解读出编码于其中的社会信息。文学无疆界，这是因为不同的民族、历史、个体的发展或成长经历中有许多带有共性的东西，超越时空和文化，可以在中国读者心灵上唤起共鸣。人类生活的许多体验往往处于一种模糊散乱的"悬浮"

状态，是我们的语言所不足以表达的。文学作品，尤其是经过时间考验的文学经典，可以为我们提供经验的拐杖，通过了解他人的体验，更加深刻地认识我们自己，认识生活。我们希望《剑桥美国文学名家指南》系列能带您走近文学大师，了解他们的创作动因与思想情感，进而更多地去阅读他们的作品。

在经济全球化、文化互相渗透的今天，学习外国文学、了解外国文化对于跨文化沟通和交流也显得尤其重要。本套系列丛书的作者都是文学研究领域的专门家，厚积薄发，各自从多年的知识积累和研究心得中提取精要，用通俗易懂的文字加以表述，深入浅出，勾画出清晰明了的整体概貌。本指南系列以简明、浅近为特色，没有玄奥高深的理论，也没有引经据典的学究气，其最高宗旨是清清楚楚地把问题讲得明明白白。每册指南的作者更像一位知识丰富、信息全面的老练讲解员，扼要而精炼地侃侃而谈，向您介绍和引荐一位文学名家，让您在不多的时间内了解他的生活，他的思想，他作品的主要关注和产生造就这位作家的文化语境，从而激发您的兴趣，打开您的视野。

《剑桥美国文学名家指南》系列中的每一册都将包括如下几个主要方面：影响作家（诗人）思想与创作的简要生平；产生造就作家和作品的历史要素和文化气候；作品的风格与主题；作家在文学界的影响和接受情况；以及进一步学习阅读的重要书目单。每一本名家指南既是自足的浓缩的作家评介，又是进一步深入学习和研究的第一个台阶。我们还邀请了国内美国文学研究的知名专家教授,为每一册名家指南撰写导读,并为每个章节设计指导性的思考题,帮助和引导正确阅读和理解。希望这套丛书能引领您从启蒙走向无尽的深处,让您获得阅读的愉悦,领略文学的美妙。

（2008年春）

"美国歌手"：沃尔特·惠特曼[*]

一 惠特曼与19世纪的美国

要了解美国文学，尤其是19世纪的美国文学，沃尔特·惠特曼是一个观察窗口，因为在他身上最集中地体现了当时美国的文化特征和民族的心理状态——一种咄咄逼人的张扬个性，一种肆无忌惮的粗犷，一种置传统于不顾的叛逆精神，一种接近天真的乐观情绪。而这些方面捏合起来，大致就形成了可以被称之为"19世纪美国精神"的东西。

美国文学、美国文化和意识形态的形成、确立和发展，其过程与民族身份的认同、民族特性的确立、民族意识的生成并行。

---

[*] 本文是《沃尔特·惠特曼》(*The Cambridge Introduction to Walt Whitman*，剑桥文学名家研习系列之一，杰米·基林华斯 [M. Jimmie Killingsworth] 著，上海外语教育出版社，2008年) 的导读。

正因为传承的渊源是强势的欧洲文化，政治独立以后，美国作家从一开始就致力于建立新的民族文学，表达一种集体归属感和使命感，力图摆脱欧洲的影响，拉开距离，渲染特殊的历史与地理环境，凸显民族精神与特性。惠特曼经历成长的年代，独立的民族概念正处于形成过程之中。作为诗人，他热情讴歌美国精神，表达新民族的政治和文化态度，并努力为民族文学做出贡献。

惠特曼进行诗歌创作的19世纪中叶，是一个非常特殊的历史时期。首先，被称之为"美国文艺复兴"背后的超验主义，从19世纪三四十年代开始形成思潮。以爱默生为代表的超验主义者提倡发现自我，解放个性，反对权威，崇尚直觉，与更早期的以本杰明·富兰克林为代表的实用主义共同组成了"美国思想"核心的两股主线，形成了美国文化的基础。惠特曼深受超验主义思潮的影响，诗歌中弥漫着超验主义所倡导的精神。其次，美国的工业化和城市化刚刚开始，社会发展欣欣向荣；而与此同时，边疆不断向西部推进，广阔的疆域展现了无限的可能性。展望未来，美国人充满了乐观的期待。这种乐观情绪在惠特曼的诗歌中处处可见。但紧接着，城市化和工业化的弊端开始显现，种族、性别、阶级和文化冲突加剧；再接着，由工业经济和种植园经济之间的矛盾引发的以废奴为焦点的南北战争爆发，又给满怀希望的新民族蒙上了阴影。所有这些或多或少都在惠特曼的诗歌中得到了体现。

惠特曼不仅体验了历史演进中的亢奋，也见证了其过程中的诸多矛盾。他更是重要的参与者和代言人。他以杰斐逊的民主主义为自己的理想,衷心拥护以宪法为权威的共和制,反对南方的分裂主义,支持废奴运动。他为自己的民族和建构这个民族的先进理念感到无比自豪,自觉承当了民族"歌手"的角色,努力在诗歌中塑造一个典型的美国人,并通过这个第一人称的歌者"我",唱出美国精神。他的诗歌理想主义色彩较浓,总体基调比较乐观,但30多年的创作也呈现一个演变过程,中后期的诗作中时常流露出失落的情绪。他总是大言不惭,将自己与荷马、莎士比亚进行比较,宣称自己就是"美国诗人",在当时遭人耻笑。但今天,文学界似乎已有共识,"美国歌手"的美名非惠特曼莫属。

19世纪中叶的美国小说已经成就斐然,以霍桑的《红字》和梅尔维尔的《白鲸》为代表的长篇小说达到了相当高的艺术境界。但诗歌领域仍被因循守旧的势力把持着。继承了英国诗歌传统的学院派,如朗费罗、罗威尔和霍姆斯等人受到热情拥戴。除了爱默生等少数"慧眼",惠特曼的诗作一直为同代人所不屑。惠特曼以一个彻底反传统的角色亮相,大张旗鼓地凸显自己的与众不同。他认为从欧洲舶来的诗歌传统已经跟不上民主时代的步伐,无法表达新民族的独立个性,应该完全摒弃,自立标准。通过与传统的抗衡,惠特曼在创作实践中建立自己的诗学理念,并不管别人如何批评嘲笑,一意孤行,坚持不懈。他呼唤人们的关注,但在有生之年收效甚微,直到1892年去世,一直没有得到同胞们的赏识和充分的认可。

二 《草叶集》与《我自己的歌》

惠特曼的代表作是《草叶集》。自1855年推出初版之后，诗集在接下来的30多年中不断修正，不断扩充，不断整编，到1881年的第七版才基本定型。在这一过程中，惠特曼不断发展自己的主题和技艺，《草叶集》也越来越厚实，到了1892年的"临终版"，已从最初12首诗的小册子，发展成了收集401首诗歌的洋洋大卷。他也写过不少小说和其他文体的作品，但一般不为人们所提及。《草叶集》是凝聚了诗人毕生心血的集大成之作，惠特曼也因这本诗集而名垂美国文学史册。

"草叶"在英语中又是"书页""纸页"的意思。惠特曼用双关语将自己的诗稿比作生生不息的青草。草是自然界最普通、最朴素，也是最有生命力的东西，代表着人民大众的精神和情操。它容易被忽略、被轻视，但具有令人敬佩的品质。白居易的诗中就有"野火烧不尽，春风吹又生"这样对小草进行赞美的千古绝句。惠特曼在草叶中看到了艺术的生命，看到了基层民主的力量。他在诗中对草叶的多种寓意进行了阐发：

> 一个孩子说：草是什么呢？他两手捧一大把递给我；
> 我怎么回答这孩子呀？我知道的并不比他多。
> 我猜想它是性格的旗帜，由充满希望的绿色质料织成。
> 我猜想它是上帝的手帕，
> 一件故意丢下的芳香礼物和纪念品，
> ……

> 我猜想或者草本身就是个孩子,使植物产下的婴儿。
> 我猜想或者它是一种统一的象形文字,……[1]

草叶的多义性给诗集带来了巨大的阐释空间。但整部诗集的基调在集子第一首《我自己的歌》头一行中就已经定下:"我赞美我自己,歌唱我自己"。"我"是一片草叶,芸芸众生之一员,十分平常,但值得赞颂。不管后来多少次修订再版,《我自己的歌》一直是《草叶集》的主体,也是诗人一生创作中最具有代表性的作品。惠特曼诗歌中的"我"是一个美国人,一个从传统束缚下解放了的自由人,是肉体和灵魂彼此同一的个体。这个个体包括,但绝不仅限于名叫沃尔特·惠特曼的"歌者"。诗中写道:"我博大宽广,我包罗万象"——说明这个"我"具有很大的涵容量。诗人从个别的"我"出发,由具体到抽象,由感觉到精神,诗歌涉及身体、意识、情感、道德等多方面。同时,诗人又从多方面复杂的社会和历史的联系中,综合美国人的经验,通过歌唱自我为民族代言,抒发美国理想,由小及大,逐渐与社会、与联邦、与人类乃至永恒世界相融合,赞美人生,赞美民族,赞美未来,构成了一组庞杂浩大的狂想曲式的新民族史诗。

惠特曼的诗在体现时代精神和民族个性方面,的确是卓尔不群的。他的诗歌具有美国后期浪漫主义文学的主题特征,相信每一个人都是神圣的,与超验主义的精神内核十分合拍。《草叶集》

---

[1] 惠特曼:《草叶集》,李野光译,人民文学出版社,1994年,第48页。

从一开始就建立了典型的惠特曼式的诗歌风格，并从一开始就聚焦于一大堆复杂矛盾的观念，如人是什么、意识是什么、我是什么等，将哲理探讨与情感的抒发，与政治观点的表达，与日常生活的感悟组合在一起，散漫杂乱，但真情激荡，形成了与以往任何诗人都不同的鲜明特色。惠特曼在《过去历程的回顾》一文中，特别提到德国文艺理论家赫尔德的话："真正伟大的诗（如荷马或圣经中的赞美诗）永远是一种民族精神的产物，而不是少数有教养的卓越人物的特权。"

惠特曼一辈子没有改变过对共和国未来的信仰、对民主和民众的热爱。他不是个激进的改革派或革命者，但在《草叶集》中表达了许多进步思想，提倡民主政治，提倡种族、阶级、男女、上下之间的平等，提倡人类的和谐共存，提倡宗教自由和思想言论自由。在他创作的前期，他热情为一种他认为可以在美国得到实现的带乌托邦色彩的理想社会大唱赞歌，但从19世纪60年代开始，部分地由于政治上的幻灭，惠特曼的乐观激情有所减退。但他对自由、民主、平等、博爱的理想始终不渝。《草叶集》表达的正是19世纪中后期典型的美国精神和心态。如果说诗人有时表现出政治上的幼稚，或者观念上的矛盾，这些方面同样也具有典型的时代特征和美国特征。

三　惠特曼的诗歌风格

在有生之年，惠特曼受到的抨击远远多于褒扬。很多人认为他的文字是对"诗歌"概念的亵渎。从表面来看，他的诗可以用一个字进行描述，那就是"粗"，是"粗人"之作：粗砺，粗放，粗犷，粗俗。即使后来称赞他的评论家也认为他"局部粗浅，整体伟大"。但"粗"也正是惠特曼诗歌的特点和力量所在。英国诗歌传统源远流长，当时大多美国诗人亦步亦趋。比如朗费罗写下了众多音律悠扬、文辞谐美的诗歌作品，但读者耳边荡溢的是欧洲诗韵。惠特曼采取"彻底颠覆，从头开始"的反叛策略，摒弃传统，自成一家。他的诗歌风格，让读惯典雅优美的英国田园诗的美国文艺界不知所措。陌生导致了受挫感，受挫感煽起一片批判和谩骂之声。惠特曼对批评置若罔闻，我行我素，用豪放的、但不太规范的语言和独一无二的诗歌形式，赞美自我、自由、民主、多元，咄咄逼人地表达了美国人有别于他人的声音与情感。

的确，惠特曼的诗不是娇美的花朵，而是草叶。他的文字非常普通，但又有顽强的生命力。或者换一个比喻，如果说他同代诗人朗费罗的作品是玉雕，那么惠特曼的诗就是根雕，不事雕琢的粗朴、原始和自然，正是其美感的来源。他使用自由体，置所有音律规则于不顾，用滚滚而来的长句，不断重复，让各种意象陈列铺展，大量使用第一人称的"我"，直接把读者称为"你"，用民众口语向读者面对面进行诉说。诗人在创作时好像随兴所至，宣泄情绪常常多于表达思想，跟着散漫的思绪忽东忽西，将描写、叙述、议论、随想糅合在一起，煮成一锅杂烩汤，让受过正规烹调训练的"厨师们"看得目瞪口呆，直摇脑袋。但历史做出了鉴定，浓郁的乡土味最终得到广泛认可，成为特色，成为品牌。

惠特曼说他要写的是"自由的诗"，不受任何现存模式的限定："我只要成为一个按照我自己的标准的大师，写激情的诗，不管它消失也好，流行也好。"他几乎全面否定了以音节和重音为基础的英诗格律，将既定的韵律格式斥为"机械的、外表的规律与统一"，认为通过意象之间的关联表达思想、表达精神才是最主要的。因此，他代之以一种散文式的自由体长句，如叙如说，像奔泻的意识流。如果抛弃偏见，读者不难发现，惠特曼的诗歌读起来朗朗上口，涌动着一股磅礴的气势和自发的激情，随着情绪的起伏自然而然地形成自己内在的节奏。这种惠特曼式的风格，后来被文艺理论家称为"内在韵律"或"有机韵律"，并一致公认惠特曼为这种新诗体的开创者。其实，惠特曼的诗风受到了两方面的影响，一是他喜爱的意大利歌剧，二是美国民众口语的节奏。所以，他的诗更像是可以"唱"的"歌"。这一点惠特曼有意识地在一些著名诗篇标题中表达得十分清楚，如《我自己的歌》《我歌唱带电的肉身》《暴风雨的壮丽乐曲》《红杉树之歌》等。

四 "美国歌手"：惠特曼的贡献

自《草叶集》发表以后，美国诗歌经历了巨大而深刻的变化，尽管这种变化不是马上产生的。也许美国人曾因文化根基浅薄而自惭形秽,最初几十年对惠特曼式的"下里巴人"十分反感,普遍抵制。《草叶集》的大多数版本都是诗人自己掏钱印刷的。反倒是英国文坛首先喜欢上了这种狂放不羁的诗体。今天,惠特曼已经成为19世纪美国诗歌的旗帜,他的很多诗作进入学校的课本,广为传诵,除了《我自己的歌》外,还有如《从那永远摇荡的摇篮里》《穿越布鲁克林渡口》《当我与生命之海一起退潮》《啊,船长,我的船长》《当紫丁香上次在庭院开放》等。批评家们在他的诗歌中看到了现代性,说他是"意象派"和"意识流"诗歌的先驱。后来的诗人,如艾伦·金斯伯格,在诗歌艺术上继承了惠特曼的风格,我们能在他的代表作《嚎叫》中又听到惠特曼的声音,大胆、雄浑、激昂、一泻千里。

惠特曼对美国诗歌的贡献主要在两方面。第一,它断然同英诗传统决裂,创造了前无古人的全新的诗歌形式,成为土生土长的美国诗歌传统的最初来源。当他的同代人,甚至包括爱默生在内,接过英国田园诗的风格表现新大陆生活时,惠特曼高高举起了反叛的大旗,用一种可以说仍然相对粗放但充满原始力量和内在激情的新文体,挑战诗坛中舶来的绅士传统,代表民众喊出了新民族的声音。在《草叶集》多次再版的30多年中,惠特曼在创作实践中走向成熟,不断完善自己的诗歌技艺,提高表现力,建立了独树一帜的诗歌流派。

第二,惠特曼在诗歌中一如既往地表达着对自我、对生活、对自由、对民众的信念。尽管在后期的诗作中他流露出茫然与悲观,但他的核心思想始终如一。惠特曼也许没有哲学家的深邃,也不善于探讨诸如生命的意义之类的终极问题，但他绝对相信人生是崇高的，民族的前景是美好的。他相信人在尊崇自然法则的原则之下，可以企及相当宽度的自由，而人无高下之分，都拥有神圣的自我。这些是惠特曼文艺思想的核心成分，在今天看来仍是积极的、健康的、向上的。

也许，本书作者杰米·基林华斯在书中引用的惠特曼本人的话，最能说明诗人的创作动机和对美国文学的贡献。惠特曼在《过去历程的回顾》中谈到他最初目的时说：他要"以文学或诗歌的形式忠实地、毫不妥协地在记录当前美国重大精神和史实的同时，再现和表达我自己身体的、情感的、道德的、理智的和美学的个性"。正是在对19世纪后半叶美国精神的记录，对一个"复合"的美国公民个性的再现中，惠特曼的诗歌体现了它们永恒的价值。

（2008年冬）

第四辑
文学、文化主题探究

归属感，民族意识和文学的本土化
——读《美国小说本土化的多元因素》*

除了印第安人的口头文学和殖民时期的一些零散诗歌外，狭义的美国文学不足200年的历史。但这200年见证了美国文学从无到强的长足发展，而这一过程，按照朱振武教授在《美国小说本土化的多元因素》中的归纳，也是文学本土化的过程。本土化是一条主线，串联了美国文学、美国文化和意识形态，其过程与民族身份的认同、民族特性的确立、民族意识的生成并行。

美国移民主体来自欧洲，语言来自欧洲，最初形成的文学传统也带有明显的欧洲色彩。美国文学不是一棵土生土长的苗木，而是移栽的植株，是当地的土壤、气候和环境让它渐渐发展为新的品系。正因为传承的渊源是强势欧洲文化，政治独立以后，美国作家从一开始就致力于建构新的民族文学，力图摆脱欧洲的影

---

* 此述评文章发表于《文汇报》(2007年4月14日)第7版。

响，拉开距离，渲染特殊的历史语境与地理环境凸显的民族精神与文化特性。美国文学的本土化，实际上表达的是一种集体归属感和使命感，主要表现在欧洲理想的本土化、文化环境的本土化和族裔身份的本土化三个方面。

建构美国民族特性的很多观念，其实早已在欧洲知识分子中酝酿而成，只是旧大陆强大的传统抑制了这些新思想，使之难以付诸实践。那些欧洲观念移植到美国的土壤中，获得了生长发展的机会。比如，早期清教主义的宗教理想和《独立宣言》中的民主理想，在欧洲宗教界、知识界都已见雏形，但未成气候。对早期移民美洲的欧洲人而言，新大陆是一片处女地，可以卸下传统的负担，依照心意构想家园设计；是一个实验室，可以大胆进行社会改革的实践。

但是到了美洲大陆，欧洲理想不得不面对本土化改造，演变成了具有本土特色的东西。杰斐逊的农业理想、富兰克林的实用主义哲学、爱默生的超验主义认识观，概莫例外。但是在表现民族和个人的理想中，主流美国文学一直秉持一种批判态度，与民族理想相反相成。于是就出现了一些美国小说特有的文类：揭丑小说、城市暴露小说、乡村批判小说、"迷惘的一代"、"垮掉的一代"等等。海明威和菲茨杰拉德的小说人物，一边沉浸在物质享受的狂欢中，一边对"美国梦"进行冷静的反思与批判，表达的是求索过程中典型的美国式的矛盾心态。

美国小说特别突出地域与历史塑造的本土文化特征与语言特征。华盛顿·欧文首先采集广泛流传于哈德逊河谷一带的传说和乡土素材，创作了《瑞普·凡·温克尔》(1819)，讲一个乔治三世的臣民一觉醒来成为美利坚合众国自由公民的故事，率先探讨了民族性的问题。库珀开创的西部小说、福克纳的南方小说都强调历史语境和地域文化。马克·吐温的密西西比河流域、安德森的中西部村镇、后现代作家的大都市背景，都具有鲜明的美国特色。有时候人们会感到，在美国小说中，似乎背景比主题更为重要。语言也是文学自立的重要组成部分。正因如此，美国人宁可赞美语言粗犷但感情自发的惠特曼，而对音律优美、诗意盎然的朗费罗表示不屑，因为前者咄咄逼人地表达了美国人有别于他人的声音与情感，而后者则让人想起成熟的欧洲诗韵。也正因如此，霍桑再三强调他的作品是罗曼司，而不是长篇小说（一般定义中后者涵盖前者），以示区别，因为长篇小说这个新兴文类在当时几乎已成为英国文学的注册商标。同样因为如此，第一次世界大战后"迷惘的一代"作家纷纷到法国进行文化朝圣，疏远与文化宗主国英国的亲缘关系。有意识或无意识中，美国作家都在为文学的本土化进行着努力。

身份的认同，情感归属的确定，民族文化的多元融合，是文学本土化的精神基础，也一直是美国小说探讨和表达的重要主题。在新民族文化的走向这个问题上，出现过一个"认识三部曲"：早先鼓吹"英伦正统论"(Anglo-conformism)，旨在以英国文化为楷模对其他文化进行改造；然后是"大熔炉"(melting pot)的比喻，期待来源不同的文化在新大陆熔化掺和，变为新"合金品种"；再后是"杂拌色拉"(mixed salad)的比喻，由当代民权领袖杰西·杰克逊提出，强调保持组成文化各自鲜明的原有特质。这一认识过程勾画出了从狭隘的英国中心论到多元共存文化理论的发展。

不同文化的冲突和融合、民族身份的建构与确立等方面，是长期以来美国小说热议的主题，而探讨的过程又是民族意识培育和表达的过程。美国少数裔小说家对此尤其做了深刻集中的讨论。他们常被视为"边缘"作家，但表达的其实是典型的美国正题。于是第二次世界大战之后，犹太文学、黑人文学、以华裔作家为主的亚裔文学、西裔文学、印第安本土文学走到了文坛的前沿，构成了美国文学的一道独特风景线，而20世纪70年代以后，获诺贝尔文学奖的美国人都是少数裔作家：索尔·贝娄、辛格、莫里森等。

在短短的200年的历史中，美国崛起为世界头号军事强国和经济大国，而文化自信又引导着美国小说从本土化走向世界，表现为对多元文化的包容，在更宽泛的领域对人类主题的关注和对世界文学走向的领导能力。从古典主义到现代主义，所有的文学运动都始于欧洲，但后现代主义文学的司令部转移到了美国。著名作家弗兰克·诺里斯早在20世纪初的《小说家的责任》中就宣称："今天是小说的时代，任何一个时代或者任何一种表达手段，都不能像小说那样充分地表现出时代的生活；为了发掘我们的特点，22世纪的批评家在回看我们的时代、力求重建我们的文明的时候，他们所关注的将不是画家、建筑师，也不是剧作家，而是小说家。"朱振武教授对美国小说本土化历史的阐释，其实超越了文学范畴，涉及的是养育和造就美国作家的文化渊源、民族意识和内在精神。

重提战争话题：昔日的阴影和今天的焦虑[*]

在美国小说界，刚刚过去的2007年与"战争"二字关系特殊。两名以描写反映第二次世界大战而著名的小说大家诺曼·梅勒和库尔特·冯内古特在这一年相继去世；而该年获得美国国内文学最高奖之一的国家图书奖的三个主要奖项的作家，都与越南战争有关：丹尼斯·约翰逊（Denis Johnson，1949— ）以越战为背景的长篇小说《烟树》（*Tree of Smoke*，2007）获小说奖；当年以描写反映越战综合征著名的女作家琼·迪迪昂（Joan Didion，1934— ）获终身成就奖；获得非小说奖的是蒂姆·韦纳（Tim Weiner，1956— ）的《过失的遗产：中情局史话》（*Legacy of Ashes: The History of the CIA*，2007），其中很大一部分描写美国中央情报局在越战期间的屡次失误。

---

[*] 本文原刊于《英美文学研究论丛》2008年秋季号。

值得注意的是,《烟树》的作者约翰逊本人没有出席颁奖大会,因为他正在战火中的伊拉克进行采访报道,为下一部小说准备素材。期待中的新小说还是与美国卷入其中的战争有关。约翰逊不是众人瞩目的大牌作家,《烟树》赢得大奖也许不能简单地说明战争题材小说走红,但至少说明在伊拉克战争成为美国心头之痛的今天,文化界对战争话题特别关注。如果我们略朝后推几年,就会发现,获得国家图书奖和普利策奖两大文学奖中最有分量的小说奖的,战争题材作品占了不小比例:荣获2006年普利策奖小说奖的是杰拉尔丁·布鲁克斯(Geraldine Brooks,1955—)的《马奇》(*March*,2005),小说以美国的南北战争为背景;2005年的国家图书奖小说奖授予了威廉·沃尔曼(William Vollmann,1959—),他描写"二战"期间纳粹德国和苏联错综复杂关系的历史小说《欧洲中心》(*Europe Central*,2005)力压E. L. 多克托罗(E. L. Doctorow,1931—)关于美国内战的历史小说《行军》(*The March*,2005),最终胜出;2003年的国家图书奖小说奖由女作家雪莉·赫扎德(Shirley Hazzard,1931—)的《大火》(*The Great Fire*,2003)一书赢得,书名"大火"指的是燃烧在欧亚战区的第二次世界大战,虽然故事发生在战争结束后两年,但主要人物仍然生活在刚刚结束的战争的阴影中。

战争题材小说屡屡揽得大奖,也许不完全是巧合。伊拉克战争已经持续五年多,美国政府消耗了大量资金和年轻人的生命,激起了国内大多数人的强烈不满。美国似乎将自己日益孤立于世界大家庭之外,进退维谷,所获甚微。无论是文艺界的日常交谈，还是下一届总统竞选，伊拉克战争都是不能回避的话题。就像"二战"后其他两次大规模战争，即朝鲜战争和越南战争一样，美国人在伊拉克战争中同样无法获得真正意义上的胜利。现代媒体则日复一日将恐怖的战争场面和死亡信息带进千家万户，使血腥的杀戮、被入侵国百姓遭遇的磨难、美国大兵承受的巨大精神和心理压力，成为美国普通民众日常生活必须面对的一部分。由于战争事件的不断重复，反思战争也就越来越成为作家们的关注焦点。因此很大程度上，以小说形式重述往昔的战争，反映的往往是弥漫于当代文坛的普遍焦虑。作家们希望在过去付出的代价中，找到今天的教训。

刚刚谢世的诺曼·梅勒和库尔特·冯内古特成了文化英雄。他们站在坚定的批判立场上描写战争，开创了美国文学中半个多世纪的"反战"传统。他们的作品已经成为美国战争小说的经典，留下的文学遗产被继承并发扬光大。我们可以从很多方面看到他们对后来者产生的巨大影响。

诺曼·梅勒的代表作《裸者与死者》（*The Naked and the Dead*，1948）是负面表现战争的先驱之作。这是作家25岁时写下的第一部小说，发表于"二战"结束后不久，被认为是"二战"题材最伟大的小说之一。梅勒用自然主义的手法表现战争的恐怖和摧毁力量，以及战争压力造成的士兵的心理病态。在梅勒的小说中，战争是政治游戏，军队中强权打倒理智，野蛮压制人性，因此战争中没有英雄，只有失败者和受害者。小说扫除了所有浪漫色彩和英雄主义，确立了基调，成为新战争小说的"范本"。从此往后，以战争为题材的美国主流小说，万变不离其宗，其批判态度都是从这一基点出发的。

梅勒在20世纪60年代反越战风潮中，再次站到前沿，出版小说《我们为什么在越南》(*Why Are We in Vietnam?*, 1967)。他关于1967年反战人士进军五角大楼游行抗议的长篇纪实报道《黑夜的军队》(*Armies of the Night*, 1968)同时获得美国国家图书奖和普利策奖两大奖项。2005年美国国家图书奖评委将杰出贡献奖章授予这位以小说不断对战争提出质疑和反思的作家。但诺曼·梅勒还在努力，于2007年初，即生命的最后一年，出版了小说《林中城堡》(*The Castle in the Forest*, 2007)，描写希特勒的童年，探讨善与恶的问题。《纽约时报》评论说："梅勒将这本没有城堡的书起名为《林中城堡》，其中包含了辛辣的讽刺：那些被偏执观念扭曲头脑的人有意无意地建筑了通向奥斯维辛的道路。"[1] 今天的美国作家们也许不得不提出同样的疑问：伊拉克战争是否是那些"被偏执观念扭曲头脑的人"导演的又一场人类灾难？

冯内古特的风格截然不同，是战争小说另一股潮流的引领人。作家亲历了第二次世界大战中的德累斯顿大轰炸，而他的代表作《五号屠场》(*Slaughterhouse Five*, 1969)又成稿于全美抗议越南战争的浪潮中。他发现传统的现实主义细节虽可以反映战争的血腥和恐怖，但似乎已经很难唤醒麻木的心灵，因此决定另辟蹊径，推出了被称之为"黑色幽默"或"后现代主义"的新类型

---

[1] Lee Siegel, "Maestro If the Ego", New York Times, Jan. 21, 2007, p.11.

战争小说，使人耳目一新。彼得·弗里斯在评论《五号屠场》时指出："以传统的方式叙述关于德累斯顿大轰炸的小说会遭遇这样的问题：使大屠杀事件具有前因后果，不知不觉中让恐怖事件具有可阐释性。冯内古特极力避免出现这样的效果，因为他的小说要传递的信息正好相反，也就是说：'关于一场大屠杀没有什么顺乎理智的话可说。'"[1] 引号中的最后一句话是冯内古特在小说开头中自己说的，强调在表现手法上他必须超越传统。尽管风格不同，但有一方面冯内古特与诺曼·梅勒一脉相承，那就是表现战争的态度：没有英雄，只有受害者。他在书中说："故事中几乎没有真正的人物，也几乎没有戏剧性的冲突，因为书中的大多数人病弱无助，成了被难以抗拒的势力抛上抛下的玩物。"[2]

70年代后的30余年被称为"后越战美国文明"。越南战争及其后果理所当然地成了当代美国作家的重要素材。与越战直接或间接相关的题材，总是凸现出一种强烈的"当代性"。迈克尔·赫尔（Michael Herr，1940— ）的《快件》（*Dispatches*，1978）以全新的手法描写了越南战争给美国士兵和越南人民带来的巨大灾难。肯尼斯·米勒德（Kenneth Millard）的《当代美国小说：1970年以来的美国小说介绍》（*Contemporary American Fiction, An Introduction to American Fiction Since*，1970）用相当的篇幅讨论了蒂姆·奥布赖恩（Tim O'Brien，1946— ）的《北方之光》

---

[1] Peter Freese, "Kurt Vonnegut's *Slaughterhouse Five*, How to Storify an Atrocity", in Harold Bloom ed., *Modern Critical Views: Kurt Vonnegut*, New York: Chelsea House, 2000, p.81.

[2] Kurt Vonnegut Jr., *Slaughterhouse Five*, New York: Delacorte/Seymour Lawrence, 1969, p.110.

(*Northern Lights*，1975)、简·安妮·菲力普斯(Jayne Anne Phillips，1952—)的《机器梦》(*Machine Dreams*，1984)和简·斯迈利(Jane Smiley，1949—)的《一千英亩》(*A Thousand Acres*，1991)，这些小说作品中的主要人物，都卷入了越战——或者家庭成员在越战中阵亡，或者是从越战归来的退伍士兵。

他们不幸的个人生活的局部细节，融入了背景灰暗的整体历史构图中。这些小说中总是弥漫着一种深深的危机意识，一种当代生活中的无形的精神压迫，使人忧心忡忡，难以安生。[1]越战使一部分美国作家更加富有自省精神，更富有政治、文化上鲜明的批判态度；也使另一部分美国作家陷入一种玩世不恭的"后现代"态度。作家们在近期出版的众多重述过去战争灾难的小说中，表达的是伊拉克战争阴影下年轻一代在今天的感受。因为新的创痛，美国作家不断舔着过去的老伤口。他们回首历史，在南北战争、第二次世界大战和越南战争中发现了许多值得记取、值得反思、值得告诫国民的东西。这种对历史、对政治、对人类命运的高度关注，是当代美国文学的一个亮点。

---

[1] Kenneth Millard, *Contemporary American Fiction, An Introduction to American Fiction Since 1970*, Oxford: Oxford University Press, 2000, pp.54-70, 104-108.

文化渊源与情感归属：汤亭亭的小说[*]

在撰写这篇序言的时候，消息传来，美国声望最高的两个文学大奖之一——2008年美国国家图书奖评选尘埃落定，其中分量最重的"杰出文学贡献奖"，亦称"终身成就奖"，授给了作家汤亭亭。各大报纸都刊登了这位白发飘逸的美籍华裔女性的照片。这是汤亭亭，也是美国华裔文学取得的一个不凡的成就。此时我们能读到黄芙蓉对这位令人尊敬的老作家的研究著作，真是十分荣幸。

我国的外国文学研究中，华裔作家，尤其是美国华裔作家历来颇受关注。由于华裔作家与我们的文化渊源，也由于他们的双重身份所体现和代表的文化融合和文化冲突，他们的作品具有特

---

[*] 本文是《记忆、传承与重构：论汤亭亭小说中族裔身份构建》（黄芙蓉著，哈尔滨工业大学出版社，2009年）的序言。

殊的阐释价值。他们得到双重文化的滋育，但又受到双重归属的困扰，常常面临情感挣扎，既有融入主流社会的愿望和需要，也有文化对抗与寻根的冲动。但是文化负担可以成为文化财富，对于美籍华裔作家来说，他们独特的情感经历和漫长的文化苦旅，可以积淀和转化为丰富的文学想象的资源。由于中西文化之间的巨大差异，在表现文化身份的矛盾性、复杂性和典型性方面，华裔作家具有得天独厚的优势。落差愈大，碰撞愈烈，体验愈深，愈能产生出具有深刻意义的文学作品。

今天的美国文坛倡导文化多元和价值多元，这为少数族裔文学的迅速滋长提供了良好的气候条件。人们更期待听到长期受到压制的主流话语之外的声音，于是配角走到了前台的强光灯下，边缘变成了中心，华裔文学与黑人文学、犹太文学等一起，共同组成了当代美国文学中亮丽，进而最值得关注的一部分。美国的华裔文学值得关注，是因为在某些特定表现领域，它具有不可替代的代表意义和广阔的阐释空间。华裔作家的作品为文学和文化研究者提供了有趣而值得深入考究的个案。

在美国华裔作家群中，汤亭亭是佼佼者。她的主要作品，比如关于文化冲突的《女勇士》、叙述华裔历史的《中国佬》和表达"多元主义"理想的《孙行者》，在美国赢得了众多的读者和主流文学中的地位。这些作品都已有中文译本，也受到我国读者的欢迎和评论界的热议。但此前对汤亭亭作品的研究，大多没有突破文化冲突和女性主义两个方面的讨论。其实，汤亭亭的文学作品包含丰富，可以从更多方面进行解读。黄芙蓉的研究独辟蹊径，主要从两方面入手：一方面讨论汤亭亭作品中美国华人历史与身份问题，另一方面讨论其作品的叙事策略与手段，而这两部分，即表现主题与表现形式，又融合成为有机的一体。

汤亭亭在作品中让华裔先辈"复活"，讲述他们建设美国的故事，强调他们的历史贡献，重写被主流历史刻意忽略的篇章，以此补正美国主流叙事中对华裔的抹杀与歪曲。说到底，历史学家和小说家的目标，都是试图理解过去的经验，做出自己的表达。不管素材是确实发生的事件，还是想象的，不管写的是历史还是小说，一个作者的目标是通过对过去的阐释，与当前、与自己、与他周围的环境达成和谐。历史存在于文献，以及文献与文献的关联之中。这种关联并不是文献固有的，而是由作者构想产生。这方面，史学家和小说作家的制作过程是相似的，都是通过排除、选择和串联，形成意义，形成自圆其说的文本。历史和小说作者都是"作""者"，在法语中，小说和历史是同一个单词。因此，我们说汤亭亭的小说具有主流话语的颠覆功能，能够重新表述华裔历史。

黄芙蓉充分注意到汤亭亭的小说对华裔历史和历史塑成的美国华人身份的关注，特别强调三个方面：第一，小说中美国华裔的历史是通过个人小叙事进行反映的，同时这种表述也常常是象征性的，比如让某一家族的遭际和境遇折射出的族裔历史某个特征；第二，小说中非文字记载的历史文本，在建构和解构历史方面具有重要作用，比如，照片、电影和其他传播载体曾经如何与主流话语"合作共谋"，又是如何被作家用来重新解读华裔的历史和身份的；第三，中国传统文化渊源，包括中华古代经典弘扬的精神和采用的叙事模式，对作家本人与小说人物的直接影响，以及汤亭亭是如何将章回小说和以"说书"为代表的口承叙事的成分，借用来叙说自己故事的。

黄芙蓉的研究避开讨论直接的文化冲撞，一方面集中讨论受主流话语操控的辅助的、间接的文化系统，详细解析其中的政治编码，观察其对族裔群体产生的同化作用；另一方面讨论汤亭亭如何在小说中通过对家藏照片的阐释、对主流电影中的华人形象的分析，道出了不同版本的华裔历史。作家对美国华裔生活经验领域感受到的那些最根本的东西加以咀嚼消化，融会贯通后重新整合，通过想象性的写作，揭示了种族与文化平等口号背后的现实。

黄芙蓉的研究从新角度更加深入地挖掘了汤亭亭作品的社会和历史意义。她在文中指出："对于汤亭亭来说，书写家族历史并将其与整个族裔历史联系起来，是构建少数族裔话语、对抗主流话语的一种方式。她的写作代表了少数族裔女性作家在两个世界、两种文化中间寻求生存空间的挣扎和困惑。"黄芙蓉的研究充分吸收和借鉴了前人研究的成果，进行了深入细致的文本分析，借助文化研究的方法，对汤亭亭的小说作品进行视角独特的评价，提出了自己独到的观点，帮助我们加深对这位重要作家的理解，并通过她，更深刻地理解整个美国华裔文学中带共性的主要特征。

（2008年初秋）

经历成长，书写成长，见证成长*

美国是一个年轻的民族。从1776年建国至今200余年的历史，是一个经历成长的历史：政治上走向成熟，经济上走向强盛，文化上走向自立，认识上走向多元。早期移民带着新生活的梦想，也带着欧洲的文化传统和价值观念，来到北美新大陆，开启了新的历史，摸索着走上了追求、实践和革新的路程，遭遇了成功、挫折和幻灭。威廉·凡·奥康纳在《美国小说思潮》中谈到历史塑成的美国民族性的一个重要方面，指出："美国与其他国家不同之点，在于这个国家建筑在某种观念之上。"如果我们将"某种观念"具体化，所指应该是某一类理想的社会形态和生存模式。没有历史负担和传统牵挂的美国人，大胆建构未来，相信实践的力

---

* 本文是《美国成长小说艺术与文化表达研究》（孙胜忠著，安徽人民出版社，2008年）的序言。

量，跃跃欲试，希望欧洲无法成就的构想在这里付诸实现；或者至少将欧洲受到制约的某种冲动或欲望，在这里得到尽情的释放。

于是，在这张白纸上，美国人描绘了通向不同方向的纵横交错的线路图。杰斐逊设计了民主的农业共和社会；富兰克林演绎了非常具有美国色彩的实用主义思想；爱默生构建了旨在重新阐述人与自然、人与上帝关系的超验主义认识观；激进的文人们迫不及待地开辟了诸如布鲁克林农场之类的乌托邦试验公社；而更多的普通美国公民则掀起了以追逐实利主义为核心的"美国梦"的狂潮。这个新民族像个踌躇满志但涉世未深的青年，带着年轻人特有的鲁莽，无所顾忌，登上了历险探索之路，去寻找想望之地。一种浪漫的印记，从一开始就深深打烙在美国特性之中。著名诗人卡尔·桑德堡生动描述了青年美国的特征，他说："我是个理想主义者，虽然还不知去向何方，但我已经上路了。"

诗人代表的"我"既具体又抽象。首先他是个美国青年，抱定信念，义无反顾，必须向着某个目标进发，去经历成长。他仓促上路，急切地希望发现自己，证明自己，确定自己的身份和价值，但在成长的路途中，他难免要遇到来自现实的多重阻拦。于是，在美国作家的笔下，这位青年的身影不断出现，为我们演绎了一个民族成长的故事。美利坚民族的主体从欧洲移植而来，新大陆的土壤、气候和环境使它发育成为一个新的品系。在这个渐进的"成型"过程中，民族需要定义，"美国人"的概念需要界定。对于群体或个体，身份意识的生成从来是理智成长的一个重要组成部分。美国的成长小说通过鲜活的个案，书写和见证了作为个体的美国人和作为群体的美利坚民族成长的心路历程。

所谓"成长小说",一言以蔽之,就是叙述人物成长过程的小说。德国作家歌德的《威廉·麦斯特的学习时代》一般被认为是成长小说最早的范例。其他如狄更斯的《大卫·科波菲尔德》《远大前程》,高尔基的《童年》《在人间》和《我的大学》,乔伊斯的《一个青年艺术家的画像》等,都是成长小说著名的范本。这些作品历久不衰,常读常新,不仅因为它们或多或少呼应了每个读者自己的成长故事,容易唤起心灵的共鸣;而且也因为成长小说是对生活的反思,读者可以在参照中获得教益。苏格拉底说过:"未经反思的生活是没有价值的生活。"作家通过再现触动人生根本认识的事件和经历,以故事的形式将他人的成长经历"陌生化",激发被日常经验麻木的思维和情感,使之变得敏锐。文学作品的功效正是将我们通常看待事物的习惯方式进行"陌生化"而取得的。艺术借助艺术家的特殊视角,迫使人们站在特定的角度重新审视、看待人生经验,获得认识和感觉上的新体验。

青年人走向成熟的成长故事,是美国作家们钟爱的母题。我们发现,美国作家笔下深受读者喜爱的主人公大多是青少年。早期文学中的霍桑、梅尔维尔、马克·吐温等,20世纪前期的德莱塞、海明威、菲茨杰拉德和福克纳等,"二战"以后的塞林格、马拉默德、索尔·贝娄和菲利普·罗斯等,都塑造了活生生的成长中的青年人物。他们的作品广义上都是成长小说。这些不同类型作家的不同作品中,都潜伏着一条类似的发展主线:小说主人公总是不安于现状,希望逃避业已建立的规范,另寻出路。他们常常登上一次具有象征意义的旅程，在浓缩的人生旅途中遭遇正面或负面的碰撞，最后接近甚至触及生活真谛，达到某种程度的悟识。他们在经历过程中掂量生活，获得经验；也常常遭遇挫折，在现实面前碰壁，不得不面对社会责任和道德后果。

相似性说明小说背后作家们的共同关注。美国人内心都有向自由逃亡的冲动，都担心社会规范扼杀个人的神圣性，都强调实践获取经验和真知的重要性。就像美国文化的其他方面一样，美国的成长小说在欧洲成长小说的旧瓶子里，注入了新的文化内涵，使它成为风格迥异的变体。孙胜忠教授指出了两者间最明显的不同：在民族的、个人的理想追求过程中，一种批判精神贯穿于美国成长小说的始终，与民族理想相反相成。美国人为实践"某种观念"身体力行，但对既定目标所代表的真正价值持有戒心；他们敢于为追求付出代价，但对自己的行为是否值得不敢肯定；他们追求经验，但留恋童真；渴望成熟，但拒绝长大。这种典型的美国式的矛盾心态，表现在美国成长小说中，就显现为求索过程中的一种认识悖论，或者成长悖论。

悖论源于作家们共享的充满美国色彩的文化个性。这种文化个性由三方面的基本因素组成——一种追求自由美好的执着，一种怀疑论的态度和一种批判精神。这些因素三位一体，共同造就了美国成长小说的矛盾性、复杂性和多义性。从另一个角度来看，我们可以从成长小说中了解到特定的历史文化塑成的美国民族性的很多方面。因此，孙胜忠的《美国成长小说艺术与文化表达研究》是个极富意义的选题。作者梳理了欧洲成长小说的传统，在参照之中勾勒出美国成长小说的发展脉络，描绘了培植这一小说类型美国变体的历史文化语境，并提供实例，进行详细的文本分析，从个别观照整体。本书的研究重点在于揭示美国成长小说有别于其欧洲先行者的不同之处，强调其自身独特的发展规律、构成特色和审美价值，指出两者之间在成长主体和成长过程等方面的观念上存在着深刻的差异，而正是这种差异体现和反映了美国文化的典型特性。

孙胜忠的研究运用文化和心理批评等理论，穿透故事表层，企及对美国成长小说更深刻的理解和认识。作为桥墩式的支撑，作者选择了马克·吐温的《哈克贝利·费恩历险记》、福克纳的《熊》和塞林格的《麦田里的守望者》进行细读分析。三部小说来自不同阶段不同风格的作家，讲述三个不同类型的主人公的成长故事，反映了不同发展阶段对于"成长"主题的不同关注，最后指向一种当代文学中被称之为"反成长小说"的变体，讨论后现代主义对"成长叙事"进行的颠覆。孙胜忠强调："小说中的每一个人物都是一个个案；文学在一定程度上来说是对促使它生成的社会和文化的反应。"也就是说，在个人的成长故事背后，我们可以发现小说涵容的巨大的阐释空间。

"成长小说"是个弹性概念，伸缩性很大，可以比较宽泛地包括描述主人公经历人生、积累经验、获得新知为过程的作品，覆盖广泛；也可以相对比较狭窄地专指具有如下特征的某一文类：小说主人公经历某一有深刻性、产生根本影响的事件，改变认识观，从而摆脱童年的幼稚、无知、单纯、浪漫和天真，变得成熟、世故、现实和理智。成长小说强调学习过程，一般是从挫折中学习，学会现实地看待世界、学会与人相处、与社会融合、完成个人的定位等。这个学习的过程也是被社会捏塑的过程，可以十分漫长，需要一辈子来完成；也可以十分突然，出现"顿悟"，达到认识上的某种飞跃。

在传统成长小说中，主人公一般都有"迈过门槛"的关键一步，甚至经历象征的死亡和再生，从此从幻想世界走出，生理心理上步入成熟，走进一个认识的新天地。美国成长小说是对传统欧洲成长小说的继承、超越和反拨。孙胜忠的研究强调指出了美国成长小说的重要不同：主人公虽也经历成长的磨砺，但要么发现无法跨过"成年"的门槛，要么跨入后获得一种泛泛的幻灭感。也就是说，他们无法走向成熟，在精神上夭折了。19世纪马克·吐温笔下的哈克和"二战"后塞林格笔下的霍尔顿两个不同时代的少年，在密西西比河流域的乡野和现代纽约这个"都市丛林"中经过一番历险后，都拒绝跨出融入社会、踏上生活的一步，而都希望保存一份童真，不与成年人的社会同流合污。这种态度寄托了作家内心浪漫的渴望，也表达了非常强烈的社会批判的态度。通过对小说的主题、主人公和情节等方面的对比研究，孙胜忠的研究指出了经典成长小说和美国成长小说二者之间的主要差异："前者呈现成长主体的道德和精神发展，由耽于幻想到肯定实际行动，最后融入社会——喜剧性结局；后者描述的主人公驻足于通向成人世界的门槛上，未能进入现实生活和客观世界，徘徊在社会之外，通常走向不可知的未来——悲剧性结局；前者线形的文本结构勾勒出主人公走向既定目标的清晰路径，而后者环状的文本结构消解了对一个明确的、可达到的目标的预设。"

小说是观察社会的窗口。著名作家弗兰克·诺里斯早在20世纪初的《小说家的责任》中就宣称："今天是小说的时代，任何一个时代或者任何一种表达手段，都不能像小说那样充分地表现出时代的生活；为了发掘我们的特点，22世纪的批评家在回顾我们的时代、力求重建我们的文明的时候，他们所注意的将不是画家、建筑师，也不是剧作家，而是小说家。"小说家比历史学家更能为后来人提供生动翔实、真实可靠的时代的记载。在概括、总结、提炼和用语言重建现实的过程中，历史学家对史实进行选择、淘洗、串联，置入预设的框架，进行理性化的重组，使之产生"意义"，从而或多或少有意无意地歪曲了现实。小说从不试图企及历史之真，而告诉读者，文本是想象的产物，是故事。小说家以某一种语气——写实的、夸张的、讽刺的，或者客观的、无知的、低调的——重述事件，再现经验，塑造人物，因此更具包容性和可阐释性，在与读者的交流呼应中体现了真实。民族的成长可以在个人的成长经历中找到缩影，象征的成长也能在现实的成长故事中得到表达。美国的成长小说从一个侧面为我们提供了认识美国的生动文本，而孙胜忠对美国成长小说的研究，帮助我们读解编码于文本之中的深刻的意识形态层面的信息，找到通向更充分了解美国文化与美国民族的途径。

（2007年夏）

透视"等待"背后的文坛巨变*

赵淑洁的新书就要出版了,我十分期待。这本书基于她在上海外国语大学的博士论文"等待不在场的他者——三部'等待'主题戏剧比较研究",当时我们共同探讨过这个选题,都感到找到了一个很好的切入口:以"等待"为主线,讨论英美文学中三位著名剧作家的三部代表作,通过比较同一主题在不同时期表现出来的共性和特性,以及表现形式从现实主义到荒诞派的演变过程,以小见大,勾画出串联20世纪30年代到50年代戏剧界乃至整个西方文学发生的巨变。赵淑洁运用荣格、弗莱和尼采等人的哲学和文学理论,透过表层的相似性,对文本背后深刻的历史、政治和文化意义进行了发掘和解读。

---

* 本文是《等待不在场的他者——三部"等待"主题戏剧比较研究》(赵淑洁著,北京燕山出版社,2011年)的序言。

三位剧作家我都十分喜欢，而且看过其中克利夫德·奥德茨的《等待老左》和塞缪尔·贝克特的《等待戈多》这两部戏的演出。两部作品剧名相仿，框架类似，主人公们都在"等待"一个未出场的主角，反差却极其强烈，联想比较，让人回味无穷。贝克特是否读过发表于更早时期的奥德茨的剧作，我无法考证。但即使受到过影响，这种相似性也不是学习借鉴，而是某种戏仿——接过原作的某些部分，进行颠覆性的重写。文学中的"等待"主题古已有之，贝克特的这种重写通过互文性取得意义，在颠覆中超越，让明确的意义消释于一种游戏式的散漫之中。

三部剧作发表的时间值得注意：分别是第二次世界大战之前，之中和之后。《等待老左》创作和发表于美国左翼文学达到高潮的1934年。那年奥德茨加入美国共产党，积极投身社会革命，借助文学的武器，为一个明确的政治理想摇旗呐喊，成了20世纪30年代社会抗议剧的代表作家。《等待老左》的故事发生在大萧条期间，出租车司机工会的会员们等待着他们的代表"老左"的到来，以便投票决定是否举行罢工。等待期间，在一系列小插曲中，司机们一个个诉说了遭受生活磨难的不幸故事，请求罢工。但是"老左"迟迟不来。后来消息传来，"老左"在路上遇刺，很可能是资本家走狗所为。此时工会会员们群情激昂，演出在工人们声声高呼"罢工！罢工！"中落幕。《等待老左》为30年代经济危机中的人们提供了宣泄积怨的机会，成功地在舞台上将艺术和政治结合起来，刻着深深的红色印记。但作品构思巧妙，艺术上十分成功，是催生30年代左翼戏剧的滥觞之作。

尤金·奥尼尔的《送冰人来了》上演于1939年，遍及全球的经济危机刚刚过去，战争灾难接踵而来，复苏萌生的希望被前所未有的疯狂浇灭。战争的乌云笼罩了全世界，人们看到的不是希望而是极端和疯狂。奥尼尔的剧本故事发生在一个叫霍普（Hope，即"希望"）旅馆的酒吧中，主角是一群借酒度日的人生失败者。他们也在"等待"：一边无聊闲扯，一边盼望惯于搞笑的希基到来，给他们百无聊赖的生活带来欢乐。希基终于来了，但一反往常，劝说他们不要再沉迷于幻觉。最后房客们了解到，要他们清醒过来的希基，刚刚做出疯狂的举动，亲手杀死了妻子。"等待"的主题暗含在剧作的标题之中。圣经·马太福音写到女童等待新郎的故事，其中有"看，新郎来了"的句子，显然"新郎"指的是救世主耶稣。而剧中人等待的是代表希望、快乐和打破一成不变局面的人，但等来的却是死亡布道。奥尼尔深受德国表现主义戏剧大师斯特林堡的影响，在戏剧内容和技巧上都进行了大量的实验和探索，将传统的现实主义手法和现代派的表现主义技巧结合起来，透视现代人心灵深处的困惑，关注环境压迫下人性的扭曲和人格的分裂。

上演和发表于"二战"结束后的《等待戈多》（1953），在三部"等待"剧中影响最大、最持久。第二次世界大战这场人类历史上最残酷的战争，改变了很多文学家看待世界的态度。贝克特是犹太人，战争中600万犹太同胞遭到屠杀，迫使剧作家对理性的能量和生存的本质进行拷问。战后的西方社会持续动荡，核威胁依然存在，冷战开始，人们道德混乱，精神空虚，对未来失去信心。贝克特将这种无奈和绝望的心态出神入化地表现在他那部划时代的作品之中。剧中人物主要是两个不知为何活着的流浪汉，一直在等待一位叫戈多的神秘人物。他们不确定戈多是否会出现，不清楚等待的目的，但似乎希望戈多能为他们解释人生的意义。在等待的两天时间里，他们吃、睡、闲聊、争吵、做游戏，寻思自杀，最后既没有等到戈多，也没有解决任何问题，戏剧在不了了之中落幕。贝克特终于倒向了虚无主义，通过毫无意义也毫无希望的等待，象征性地表现了世界的荒诞和人们希望改变而又无能为力的一种无奈的生存状态。《等待戈多》成了荒诞派戏剧的开山之作，也被认为是"20世纪最具有影响的英语剧作"。

这三部剧作都代表了各自时代的特征，每剧都有一个代表"救赎者"的未出场的期待中的人物。其中《送冰人来了》中的希基虽然最后登场，但他已不是"等待者"心目中原来的那个希基，因此期待中的"救赎者"仍然是个缺场人物。不论是老左，还是希基，或是戈多，这个缺场的人物既是剧作的中心，又游离于场景之外。他存在于他人的言谈之中，是一种语言建构，是个象征符号。正是由于这个核心人物的缺场，他的代表价值得到凸显；也正是由于人物缺场所留下的想象空间，这几部剧作自上演以来，引发了许多不同的解读。

奥德茨在《等待老左》中将革命主题与创新的表现手法熔于一炉，成为现实主义文学的典范。《送冰人来了》是奥尼尔回归现实主义的作品，但其中已经有了明显的荒诞派成色。这样，我们可以把时间上居于中间的这部剧作看作一个过渡。贝克特的《等待戈多》则求助荒诞，消解意义，成为荒诞派戏剧的始祖和后现代文学起始的重要标志。荒诞派戏剧的哲学根源是加缪的荒诞派哲学，属于存在主义哲学的一支，传达了消极悲观的认识观念：由于终极意义的缺失，人类不得不面对生存的荒诞性。第二次世界大战瓦解了许多西方人基督教的或者理性主义的思辨基础，使得这种"荒诞"意象获得了滋生的气候。这样，三位剧作家在主题上和表现形式上，一个比一个远离传统；三部剧作一个比一个更走向抽象，走向概念。

这三部"等待"剧就像三座里程碑，为文学发展史描绘了一条急速演变的曲线。奥德茨的现实主义戏剧强调关注社会问题，强调文学的教育启迪作用，《等待老左》中的人物最终在"等待"中爆发；奥尼尔兼具现实主义、现代和后现代风格的表现手法，对孤独、异化等人心的深层进行了深刻揭示，在《送冰人来了》中让他的人物在"等待"中沉沦；贝克特的后现代主义抽去理性支架，放弃对明确意义的追求，《等待戈多》中的"等待"呈现为一种荒诞行为。就这样在30年间，可以理解、模拟生活的故事，发展到了几乎完全符号化的文字游戏。这三部剧作很大程度上反映出从"二战"前到"二战"后西方文坛上出现的一种意识形态的急剧转向，从大萧条时期的社会激情滑落到"二战"后的悲观和虚无主义态度。

将三位剧作家串联起来，对其进行历时的社会考察和共时的主题解读，就构成了赵淑洁这一研究课题的美妙之处。作者在文本的基础上，从理论层面对这种等待与缺场进行探讨，为更深刻地理解这几部英语戏剧名作提供了新见解和新思考。赵淑洁在上海外国语大学攻读硕士和博士期间，她的刻苦勤奋成为研究生中的美谈。我也时常诧异：在她瘦小的身体内，竟然容纳如此巨大的能量和如此充沛的精力。她的努力换来的是扎实的文学研究功底，开阔的学术视野和简洁明快的语言表述能力。春播秋实，这本书的出版使我们都能分享收获的快乐。

（2010年岁末）

浩瀚学海中的理论探索之旅*

谈到文学理论，我们会想起从20世纪90年代开始席卷中国、外国文学研究领域的理论热。铺天盖地的西方文论大潮，几乎将开放历史不长、文化视野有限的中国学界的声音淹没，使他们中的大多数成了观潮者。戚涛博士是个不多见的弄潮儿。他敢于跳进潮中击水，敢于潜入水底跃出水面看个究竟，敢于建构自己的船筏，如书名所言，努力"找寻坐标"，渡向某个认识的岸滩。他让我想起与猛虎同筏渡海的"少年派"，面对大洋猛兽没有畏惧，却表现出足够的毅力、坚韧和信念。也许这样的联想有点牵强，缺少可比性，因为"少年派"的漂流带有很多"奇幻"色彩，而戚涛的学海苦旅中没有神奇与天佑，只有实实在在的

---

* 本文是《找寻话语的坐标——一种复杂性文学话语理论》（戚涛著，安徽大学出版社，2013年）的序言。

付出。

汹涌的文学理论大潮近几年逐渐退却，文学批评开始进入一个所谓的"后理论时代"。戚涛对文学理论的反思正合时宜，但他的关注始于许多年前。从2004年进入上海外国语大学攻读文学博士学位之前，他已阅读和学习了各派西方文论；博士研究过程中，谙熟文学批评理论的他，开始分析与总结一些现有理论存在的缺陷，产生了尝试构建一种新的批评理论模式的想法，并以此完成博士学位论文，得到了参加答辩专家们的鼓励、肯定和诸多好评。完成博士学业后，他又在博士论文的基础上，添入了更加成熟的新思考，让原来的想法更加丰满、完善，于是就有了今天的这部专著。

在这部著作中，戚涛首先对几个主要批评理论进行深入的剖析，找出后结构主义之前和之后两大批评体系共同的症结；然后介绍新兴的方法论体系——包括系统论、自组织理论等复杂性思维模式；在复杂性思维模式基础上，尝试初步搭建起一种具备一定操作性的新型文学理论——复杂性文学话语理论的基本框架模型；最后，以新的方法论为指导，去研究文学话语发生、演化的规律，也将此理论运用于具体批评实践，示范其可操作性。我认为戚涛并无意提出一种文学批评的最终理论解决方案，他的复杂性话语理论是分析性的，也是开放性的。

学术研究贵在问题意识，贵在创新。如果是为了学位，那么在读博期间四平八稳地做一个作家研究，按部就班地走常规，也许更保险，也相对更容易。他选择关于复杂性文学话语理论这一研究课题作为博士论文，是有一定风险的，因为这是他自己的理论，在多大程度上首先能让答辩委员会的教授们接受，仍是个不确定因素。我知道戚涛的理论功底和阐述能力，加之他个性沉稳，做事深思熟虑，绝非轻举妄动之人。文学理论并不是我的专长，因此指导主要是经验层面的，或者说名义上的。但我支持这个选题，认为只要能自圆其说，论文就超脱了平庸，就有可能产生非同一般的价值。

戚涛博士敢于联想，敢于借鉴，敢于质疑，敢于尝试表达自己的观点，但我不喜欢用"初生牛犊不怕虎"这一现成表达来描述一个勇于挑战权威的青年学子，因为这一成语的逻辑潜台词是一种无知者无畏的鲁莽。戚涛博士是做足功课的，他的学术胆魄来自于扎实的理论功底，刻苦的阅读和敏锐的学术嗅觉。他一直以涉猎广博，思考缜密，见解独到而为教授们所称道，为同行们所看重。他在《找寻话语的坐标———一种复杂性文学话语理论》中的"找寻"，可以说仍是一个起点，是一个不断认识和破旧立新的过程。相信这本著作的出版，可以提供一个不同的视角，可以活跃学术气氛，激发文学研究界对批评理论的反思与进一步的探讨。

（2013年春）

新议程：全球化语境下的文化研究[*]

《文化研究新议程：财产、审美化和全球化》在诸多学者和译者的积极参与合作下，在上海外语教育出版社的大力协助支持下，行将问世。这令我们兴奋，也让我们对这本著作可能产生的辐射作用和带来的影响充满期待。论集的书名指向三个关键词：财产、审美化和全球化。这三个方面都是重大议题，但这里的讨论并非就财产论财产，或局限于审美领域谈审美化，或在整体概念上讨论全球化。论文大多讨论的是三者间某个方面互相交叠、覆盖、衔接和碰撞产生的文化意义，连接了许多学科的边界，并首次将财产与美学置入全球化语境下的文化研究，把我们引向文化研究的新议程。议程是开放性的，讨论刚刚开始，从这里可以

---

[*] 本文是《文化研究新议程：财产、审美与全球文化研究》（虞建华、金惠敏主编，上海外语教育出版社，2014年）的绪言。

走进一个无限宽阔的领域。

书名直接来自2011年9月22至24日在上海外国语大学召开的"财产、审美化与全球文化研究"国际研讨会，集子收录的大多论文也是该次研讨会上宣读的文章[1]。研讨会由上海外国语大学文学研究院与新闻学院主办，英国诺丁汉特伦特大学理论、文化和社会研究中心以及奥地利克拉根福大学传媒系协办，规模不算大，但名家云集，高朋满座，称得上是一次思想的盛宴。国际研讨会的邀请对象是国内外研究所/中心、高等院校和文化刊物的学者，包括英国著名学者兼《理论、文化与社会》杂志主编迈克·费瑟斯通教授、奥地利著名学者赖纳·温特教授、加拿大著名学者兼《空间与文化》主编罗伯·希尔兹教授、美国著名学者肯尼斯·苏林教授、日本学者兼《身体与社会》执行主编玉利智子博士，德国著名学者卡斯滕·温特教授等，以及高建平、金惠敏、殷企平等来自中国社会科学院和各高等院校的国内著名学者。

学者们从各个视角——政治学、经济学、社会学、文艺学、传播学、文学和哲学，对文化理论和文化问题进行了探讨，而这样的讨论又与当今全球化态势紧密相连。学者们参与的热情和思想碰撞产生的火花和高热，让这个夏意未消的金秋天气更显得"热气腾腾"。迈克·费瑟斯通教授的主题发言聚焦于奢侈品这一消费社会全球性的现象，从文化理论上对其进行解剖和阐释；赖

---

[1] 本论集在会议论文的基础上，增选了若干篇与会议主题密切相关的非会议论文。

纳·温特教授通过一个走红电视连续剧的个案,从全球文化研究、传媒经济学理论的角度解析当下欧美电视剧的受众结构、经济美学和日常生活之间的相互联系;高建平研究员通过人们熟知的商业现象,引出对两种不同性质的艺术及两种不同的"艺术终结观"的思考;东道主虞建华教授通过一部"自传体"小说的文化解读,讨论后版税时代的文学市场化的问题;金惠敏教授为会议做了学术总结,特别强调了美学与社会生活之间广泛而深刻的关联,呼吁文化研究中对审美问题的关注。研讨会的几位主题发言人,各自提出了引发深思的见解和问题,都密切关注"文化全球化"趋势带来的革命性或颠覆性的变化,为未来的理论研究提供了新的思考和对策。

一般认为,文化研究始于文学,是对以形式主义、新批评、结构主义和符号学为主导的一度成为行业运作规则的文学精致化研究取向的一种反拨,从专注于结构、语码、修辞、对话等方面技巧性的"文内"研究走向"文外"研究更加宽广的天地,重新强调文学的社会生命。它不是突然出现的,而如王宁教授所言,是"有着一段漫长历史的一个潜概念在当代的复苏"[1]。尤其是当文学专业出身的詹姆逊,从理论上把文学后现代主义的概念推向了文化之后,"复苏"呈现一种强势崛起的态势,成就了今天文化研究的火热场面。如今文化研究的范围早已大大超出了文学的领地,跨越了学科边界又与众多学科相衔接,进入到了探讨人

---

[1] 王宁:《后现代主义之后》,中国文学出版社,1998年,第186页。

类一切精神文化现象的境地,尤其是那些为传统文学研究所不屑的亚文化和与日常生活实践息息相关的消费文化和大众传媒的领域,而且其范围仍然有继续扩大的势头。这种伸展和蔓延可以说是必然的,因为文化的概念本身涵容了社会生活的各个方面。

马尔科姆·布莱德伯里曾把第一次世界大战结束后大步跨进"现代社会"的转型期的美国,描述为一种"文化沸腾"状态[1]。时代变迁与人的意识、文化重构与传统之间的各种矛盾剧烈摩擦碰撞,产生高温,几乎完全重塑了一代人的文化态度和日常行为模式。可以说,我们正处于又一个"文化沸腾"的时代。詹姆逊20年前在《后现代主义:或后期资本主义的文化逻辑》中对快速变幻的当代文化风景的描述,仍然让人感同身受:整个文化正经历着一次从语言中心朝视觉中心转向的革命性变化,一切事物都只有短暂的呈现,都不会有长时间的重大的停留。他把视觉文化的盛行视为后现代社会的重要特征,把文化研究视为一种对当代社会反省和思索的一个批判性的认识活动,视为透视资本主义社会的一个窗口:"只有透过'文化主导'的概念来掌握后现代主义,才能更全面地了解这个历史时期的总体文化特质。"[2] 文化的"视觉转向",改变了人们的感受和经验方式,从而改变人们的思维方式。解读充斥着各种各样视觉符号的日常生活中所蕴含的文化意义,从理论上更深刻地认识我们这个讲究"视觉快感"的时

---

[1] Malcolm Bradbury, "Preface", in Malcolm Bradbury and David Palmer eds., *The American Novel and the Nineteen Twenties*, London: Edward Arnold, 1971, p.6.

[2] 詹明信:《晚期资本主义的文化逻辑》,陈清侨等译,三联书店,2003年,第427页。

代，因此也是今天学界面对的一个意义深远的巨大课题。

  文化研究尚没有界定明确的方法论，也没有划分清晰的专属领域。它的跨界性和包容性，正是它的潜能和力量所在，指向文化研究广阔的前景。它异军突起，大大拓展了人文学科研究的视野，增强了研究的活力。论文集的作者来自世界各地，各自的研究领域侧重不同，但对当代文化的共同关注——即使，比如说，是对老子财产观的讨论，也必然是一种当下性的再思考——把大家聚拢到了一起。各国文化研究学者之间的这种跨文化交流，让我们获得了更多的异文化体验和认识，对全球文化研究中融入中国学者的声音，对推动中国文化研究走向国际，具有重大意义。在此我们特别感谢所有为这本文化研究论集贡献文章的学者以及为国外论文翻译奉献辛勤劳动的译者，正是你们的智慧、才识和卓见，才使得这本论集的出版成为可能。我们相信它是有生命力的，相信它能给学界带来启迪和促动。

（2013年初夏）

第五辑

文学翻译与译著序言

读者的梦园，译家的摇篮＊

30年前我开始攻读当时还十分稀少的外国文学硕士研究生时，正逢《译林》杂志创刊。那时"文革"结束不久，国内外国文学刊物屈指可数，《译林》成了我的必读书刊，每每一册在手，不忍释卷，徜徉于新发现的文学天地中，感叹外面世界的精彩。从这个意义上讲，我与译林一同起步，一道成长：先是杂志的忠实读者，后加入书评作者和译者的队伍，又蒙承厚爱被聘为最近两届杂志编委会成员，有幸始终成为译林的一部分。

真正加入译林作者队伍是最近十年的事情。在21世纪到来的时候，我接杂志社的邀请写了一篇20世纪新西兰文学概观，作为系列国别文学综述中的一篇：回顾该国文学的百年进程，陈列重

＊ 此文刊于《书为媒：我与译林》（译林出版社成立30周年"我与译林"回忆文章系列），译林出版社，2010年9月。

大事件和成果，勾画一幅简明扼要的图景。这是我为《译林》杂志写的第一篇文章，不久后又为桑德拉·布朗的长篇小说《替换》和朱丽叶·格拉斯的《三个六月》写了书评。这两部长篇小说分别由张廷佺和刘珠还教授译成中文。前者是美国悬疑小说界人气颇高的多产作家，但介绍到我国还是第一次；后者是身患癌症的女作家的处女作，获得2002年美国国家图书奖。此后，我应译林之邀，还为王家湘教授的著作《20世纪美国黑人小说史》和乔纳森·弗兰岑的获奖小说《纠正》写了书评，为刘珠还教授翻译的康拉德的长篇小说《诺斯托罗莫》写了译序等。《译林》杂志和译林出版社的众多读物，是我与国内其他读者进行交流沟通的渠道之一，也是我不断学习思考的园地。

译林出版社成立以后，出版社与杂志形成互补，齐头并进，迅速在外国文学领域中做大做强。不仅杂志刊登的长篇小说能以单行本出版，走进千家万户，而且业务空间大大拓宽，从通俗小说到名家名作，从经典到当代，从文学欣赏到文学研究，在品种、质量和销售覆盖面上大有独占鳌头之势。在这30年的迅猛发展中，我们看到了译林人的胆略和智慧，也能够想象到其中的艰辛和汗水。

我作为译者与译林出版社的首次合作，是翻译美国当代著名作家库尔特·冯内古特的后现代长篇小说《时震》。小说于1997年刚刚出版，被年逾七旬的老作家宣布为"封笔作"，尤其显得重要。此前我译过长篇文学研究著作，也译过短篇小说和诗歌，但《时震》是我的第一次长篇小说翻译尝试，因此翻译的过程也是我学习的过程——不仅学习翻译，而且原先对我而言仅是一种概念的"后现代主义"，在翻译此书的过程中变得具体，在理解和认识上得到了深化。书稿交到现已是译林社主编的当时的责任编辑刘锋先生手中，他读后表示担忧：这样的作品完全颠覆了传统的阅读期待，读者能否接受？我们商定了解决方案，由我写一篇篇幅较长的"译者序"，对后现代小说的产生背景、创作理念、文体风格等诸方面进行引介。

刘锋编辑一再强调要面向更广大的读者层面，译者序一定不能学究气太重。幸好我本人追求简洁的文风，即使撰写学术论文也力求易读易懂。就这样，有了"译者序"的铺垫，译林社在大多数读者还没有做好接受后现代作品的心理准备的时候，较早地把一部从形式到内容与传统小说截然不同的后现代名作介绍给了我国的读者，产生了很不错的效果。此后我再次有机会为译林社翻译了冯内古特的代表作《五号屠场》，于2008年出版。

与译林合作交往的这些年月中，最让我感到骄傲的有两件事。其一是我参与翻译《爱的讲述》。这本书的特殊意义在于，它是由诺贝尔文学奖获得者南非作家戈迪默主编的当代世界名家的作品集，世界各地21名大作家贡献出他们最好的作品，各国翻译家贡献他们的才智，所有收入捐献给防艾滋病事业。在我国，译林出版社接受了这项光荣的任务，邀请我参加翻译，告诉我这是公益活动，没有稿费。有幸能与众多译界名家一起参与这件十分有意义的工作，我感到这是译林社对我的信任和关爱，同时我也感到了义不容辞的责任。我比平常花了更大的功夫，翻译了苏珊·桑塔格后现代风格的小说《书简情景》。贡献微不足道，但我深深感受到了参与的荣耀。

另一件使我感到荣幸的事，是我参加了五卷本《20世纪外国文学史》的撰写工作。这套获得国家哲学社会科学重大项目立项的规模浩大的文化工程，在吴元迈先生的主持下，历时10年，终于于2005年由译林出版社推出，并且一举获得首届中国出版政府奖，成为译林社标志性的成果之一。这项工程，从设计初始到完成出版，历经许多坎坷，体现了译林几代领导的胆略与远见，也体现了译林人和周围的作者群团结合作的能量。这套外国文学史的出版，是我国外国文学界可庆可贺的大事。我参与了从第二至第五卷的部分撰写，分量不是太大，但能够成为作者队伍中的一分子，我感到十分自豪。

译林是外国文学爱好者的梦园，是译家的摇篮。译林"三十而立"，已站在我国外国文学译介的高地，正向着更高处腾身起飞。与译林为伍是我们的骄傲，我们衷心祝愿《译林》杂志和译林出版社的明天更加美好，创造出更大的辉煌。

（2009年秋）

后现代漩涡里的舞蹈*

20世纪90年代,来自欧美的后现代主义小说成了我国文学界热议的中心话题之一。不少后现代小说代表作陆续被翻译介绍给了我国的读者,较早的汉译作品中包括本人翻译的美国著名作家库尔特·冯内古特的《时震》。译稿交到责任编辑的手中,他读后表示诧异:这样的小说如何面对读者?《时震》完全颠覆了传统的阅读期待,没有连贯的故事,缺少片段间的逻辑联系,让读者摸不着头脑。作为"补救"措施,我们约定由我在"译者序"中先做一些"启蒙"式的铺垫,也就是对后现代主义文学进行一番通俗化的推介,好让读者有点思想准备。于是就有了"译者序"开头谈到的1990年在英国与作家冯内古特的一次见面。

那日我作陪与我导师同冯内古特先生一起在校园小餐馆喝咖

---

* 本文是为《外国文艺》"译家之言"栏目写的文章,刊于《外国文艺》2010年第4期。

啡，听说我70年代末就读了他的小说《五号屠场》，他拿出两本文集——出版于1976年的《打闹剧，或不再孤独》和1981年出版的《棕榈树星期天》——签名相赠。龙飞凤舞的字母组合中凸显出一个"米"字符。后来我在阅读《棕榈树星期天》时发现了签名中的奥秘。他写道："我把自己的肛门画在签名中。"作家的玩笑让我惊诧，但细想起来，这种玩世不恭的自嘲和对一切既定规范的不屑和调侃，正是后现代小说家骨子里的基本态度。

这样的"引见"有点粗俗，但比较形象。从这个切入口出发，我谈及了后现代小说产生的历史、社会和文化原因，以及小说的文本特征等。这是翻译之外的任务，我觉得自己在扮演"媒妁"的角色，在读者和小说之间做一些牵线搭桥的工作。让读者一见钟情是困难的，但我想至少不要让读者看到对方的模样扭头便走。我试图告诉读者：对象的模样虽然怪异，但如果你能耐心接触和交谈，或许会发现甚至喜欢其独特的个性和品位；"此人"受过创伤，反应偏激，有点癫狂，需要理解，但其实十分敏感，十分幽默，很有思想。不少与我进行交流的读者都对我说，后现代作品其实十分耐读，也十分深刻。当然，关键是如何阅读。作为译者，我尤其必须对翻译对象逐字逐句反复掂量，咀嚼品味。这样的细读更让我看到了嬉笑怒骂中间的真知灼见，发现了散漫和荒诞背后作家的冷观的清醒。

有了第一次翻译后现代小说的经历之后，我继而又翻译了冯内古特的长篇小说代表作《五号屠场》、短篇小说集《回首大决战》。我翻译的一些其他作品如唐纳德·巴塞尔姆的《白雪公主后传》和苏珊·桑塔格的短篇小说《书简情景》等，也都是可以被贴上"后现代"标签的当代经典作品。翻译后现代作品是享受，也是折磨。说是享受，因为翻译过程包含了更大程度的再创作，让人兴奋；说是折磨，因为以前很少涉及的问题会在翻译过程中凸显出来，全然不同的文本对传统翻译的概念、原则、技巧等形成了挑战。

20世纪初现代主义文学在欧洲出现时，人们通俗地用"标新立异"（make it new）来归纳这个以表现技巧创新为特征的文学新流派。人们给后现代主义的归纳是"匪夷所思"（make it strange）。小说的叙事特征的确会给人以怪诞、随意、混乱、无中心、非逻辑的感觉，像许多"残片"的"拼贴"，支离破碎。作家故意造成失真、片段、脱节、残缺的效果，带给读者强烈的视觉和心理冲击。后现代小说叛离传统，拒绝与客观世界形成呼应，作家以漫画的手法表现生存处境的荒唐，对现实中不合理的方面进行夸张，使之变形。这样的小说无意交代明明白白的意思，不在乎前因后果，不提供理性解读的途径，作家玩起了文字游戏。于是，后现代小说引出了"拒绝阐释"一说。但是，翻译本身就是另一种语言对小说的"阐释"。读者也许可以暂且不顾逻辑，不顾因果，跟着感觉走，随着作家的奇思怪想在小说的疯狂世界里穿行，但译者没有这样的自由，必须在漩涡里舞蹈，拒绝"被拒绝"。

译文对原文的忠实，应该包括对原文情调与风格的忠实，这点不容置疑。后现代作家常把胡话、脏话、蠢话、疯话糅合在煞有介事的叙述或一本正经的高谈阔论中间，创造黑色幽默和闹剧效果。但是要在译文中保持后现代小说的文风——那种随心所欲的散漫和恣行无忌的怪诞，却是一件颇费心思的工作。更重要的，译者必须传递弥漫于小说之中的情感基调：那种涌动心头的愤怒，看破红尘的世故，戏谑人生的态度。这些都是后现代小说的一部分，就像橘子的香味，榴莲的臭味，不管你喜欢还是不喜欢，都是组成水果特色的"原味"。我认为，拿捏和把握这种文风和心态，传递文字背后的强烈情绪，常常是翻译成败的关键。

文学翻译的优劣，有各种评判的尺度。用我自己也许过于简单化的二分法，可将译作粗略地分为"译出内容"和"译出味道"两大类。这是两个不同的境界。不能否认，目前很多文学译本其实只译出了内容，读起来味同嚼蜡，给读者充分的机会去体验阅读的艰辛，而不是享受阅读的愉悦。我总是希望自己的译文能较多地保留原作本来的味道，那种弥漫于字里行间难以捉摸但确确实实存在的东西：作家精心构建的或严谨或散漫、或严肃或调侃、或刻板或俏皮的语言气氛，以及作家在文字背后流露的情绪和态度。我的译文多大程度上达到了这个目标，自不敢妄言，要由读者来评判。但我希望能将不是文字本身指涉的，但由文字"携带"的"超文本"的部分带到译文中来。

后现代小说与传统小说的不同，决定了后现代小说翻译与一般小说翻译的不同。其标志性的特征，比如怪诞、杜撰、思维跳跃和文字游戏等，也正是这类小说翻译的困难之处。比如冯内古特小说《猫的摇篮》中有一个主要概念"foma"，是作家新造的词汇,政治性很强,从上下文推测,意思是"无害的谎言"。它是概念的基本单元,若用形容词加名词的意译,就失去了原来仿讽的力量。可以音译为"弗玛",让读者在上下文中逐渐揣摩其正确的定义。但我认为干脆也生造一个词,如"善谬",或是更好的选择。尽管也是复合而成,但比"无害的谎言"简练有力得多,而且至少部分地保存了原文新与奇的特点。此类问题是传统小说翻译中不常遇到的。

后现代小说中带调侃的文字游戏成分很多。举两个小例子。巴塞尔姆的《白雪公主后传》中,白雪公主和七个小矮人的故事被搬到了当代纽约。白雪公主为七个没有出息的男人操持家务,满心不悦,抱怨说:"当家庭主妇让我感到厌烦!"但小说中故意将"housewife"(家庭主妇)写成"horsewife",白雪公主把自己比作牛马,表达不满。经过反复推敲,我将这一词译为"家庭煮妇",以"主"和"煮"之间的"音似"取代house(家庭)和horse(马匹)之间的"形似",虽然不是严丝合缝的对应,但表达的仍是一种自我贬损的抱怨,而且保留了原文的游戏效果。这样的一道小坎,有时灵光闪现,一跃而过;有时一整天的苦思冥想仍然难以找到对策。

另一个例子。法庭要找个莫须有的罪名,以便将七个小矮人之一的比尔判以绞刑。小说中庭审场面的最后,法官说:"还有一个问题:在1月16日晚上当你卷入长年的私人恩怨时,你让食品大锅下面的火熄灭了,是否属实?"比尔回答:"是这样。"法官正颜厉色道:"灭锅(国)罪,罪中之罪。"判处死刑的罪名是"vatricide"。英语中vat是"大锅",cite意为"杀死",形成字面上把锅火弄灭的意思。但英语有"vaticide"一词,意思是"杀圣,杀先知",就如圣经中把耶稣钉上十字架一样,罪大恶极。法庭玩弄文字,无中生有,将无足轻重的小事套上重大罪名。我在译文中用同音的"灭锅"和"灭国"创造双关效果,解决这一翻译难题。但是,不是所有努力都会产生结果,面对这类的文字游戏,作为译者的我,也有不得不缴械投降的时候。

比如同样在《白雪公主后传》中,有这样一句:"当然我们曾希望他举起刀枪,参加总统发起的向诗歌的宣战。"英语"war against poetry"译成汉语"向诗歌宣战"没有问题。但问题是,当时的真实社会背景中,林登·约翰逊总统在美国提出"向贫困宣战"(war against poverty)的口号。"贫困"(poverty)和"诗歌"(poetry)在拼写和读音上都近似,是作家的故意调侃,既对时政进行讽刺,又表达文人的自嘲。但如何能在译文中传递这种文外的暗示呢?这句话的翻译让我绞尽脑汁,搔破头皮,最后无功而返,不得不在译文上加个注,引向页尾,说明其指涉。我把译文加注的行为看作走投无路时举起的白旗。翻译有时就是智力游戏,你不能指望每次胜出。

在我看来,即使是最好的小说译文,也难以做到每句丝丝相扣。译文天成,妙手偶得。真正的"完美再现"有时是一种理想,一种奢求。既然译出和译入两种语言不可能完全对等对应,翻译难免会造成某些方面的缺失。译者的努力是将损失最小化。翻译过程中,译者一直处于各种取舍的抉择之中,但译者的严谨态度则永远是不能缺失的。《五号屠场》的翻译中，我遇到一处普通的描述：一座"frehouse"之上装有一个警报器。"Frehouse"无疑是房屋建筑，但具体是何种房屋呢？查了最厚的辞典，在网络上进行了搜索，也在"fre"与"house"之间做了很多推想，都没有结果。我可以含糊地译成"建筑"或"房屋"，不会伤及要害，但心有不甘。虽是枝节，无足轻重，但感觉就像明知蚂蚁爬进了衣服，无法置之不理。于是使出最后一招，发了三个电子邮件给老外朋友，附上上下文，向他们求助。很快收到回复：两个说不知道，另一个告诉我"消防所（firehouse）是驻扎消防队和停泊消防车的地方"。我皱起眉头，心中责备此人的粗心，连文字都没看清，但瞬间恍然大悟：应该就是firehouse，很可能是手中原版小说印刷有错，漏了字母"i"！验证后果然如此。他歪打正着，帮我解决了问题。费了这么多的周折，最后发现自己在为出版社的印刷错误埋单，不免有一丝被戏弄的委屈。但主要的感觉是欣慰，毕竟"蚂蚁"被捉，而且我做了译者应该做的事：没有放过翻译中哪怕一个微小的细节，问心无愧，对得起自己和读者。

我曾在刊发于《中国翻译》（2001年第1期）的一篇文章《关于后现代主义小说翻译的思考》中，谈到后现代小说翻译的一些体会，引来作为此文的总结："译者面对小说，打的不是一场常规战，而常常是遭遇战，对手是个变幻无常、捉摸不定的家伙。由于故事的消失，译者难以借助上下文进行合乎逻辑的推理思考；由于语言的变化——时而斯文高雅，时而土得掉渣——译者必须在不同层次搜索合适的表达语言；由于内容混杂，指涉无定，译者更需要旁骛杂学；由于文本离奇荒诞，译者也必须更多地依凭想象力。总之，后现代主义小说文本给译者带来了挑战，但也留出了更大的创造发挥的空间。"

《五号屠场》：用另一种方法表现灾难*

库尔特·冯内古特是第二次世界大战后重要的美国作家，出生于1922年，2007年刚刚过世。美国和中国各相关报刊上都刊登了很多纪念文章，赞美他为美国文学和当代世界文学做出的杰出贡献。他著述颇丰，《五号屠场》是其代表作，也是现当代美国文学中必读经典之一。

冯内古特本人参加过第二次世界大战，在1944年12月的巴尔奇战役中被德军俘虏，送到德累斯顿当劳工。德累斯顿到处是刻录着欧洲文化传统的古建筑，没有驻军和军事工业，因此也成了战争中德国难民云集的地方。1945年2月13至14日，美英空军对这座不设防的城市进行了狂轰滥炸，投下以燃烧弹为主的3000吨炸药，杀死了数万平民。这一场人类大灾难，将这座"欧洲最美丽

---

* 本文是《五号屠场》(冯内古特著，虞建华译，译林出版社，2008年）的译者序。

的"文化古城变为废墟。年仅22岁的冯内古特身处德累斯顿屠宰场地下库房,幸免于难,见证了一场"欧洲历史上最大的杀戮",深受震撼。长期以来,美国官方封锁德累斯顿轰炸的信息,让曾经身临其境的冯内古特耿耿于怀。他一直怀有写一部以德累斯顿为主题的重大小说的想法,但直到24年以后,才终于消化了震撼带给他的冲击,找到了表达语言,推出了《五号屠场》这部引起美国文坛震动的小说。

《五号屠场》成稿于全美抗议越南战争的浪潮中。这是又一场旷日持久的大规模战争。日复一日,大众媒体播送着美国士兵和越南军民的死亡数字,人们似乎对战争暴行渐渐习以为常。冯内古特明白,传统的现实主义细节虽然可以反映战争的血腥和恐怖,但似乎已经很难唤醒被暴力麻木的心灵,因此他必须另辟蹊径,求助其他策略。最后,冯内古特推出了这部与众不同的作品,使人耳目一新。《五号屠场》很快成为作家文学声誉的奠基石,成为一种被称之为"黑色幽默"或"后现代主义"的新类型小说的范本。小说最成功、最有特色的地方,是它创新的叙事模式。这种精心策划但看似随意散漫的叙事模式,给传统阅读习惯带来了冲击,但同时大大拓展了想象空间,给故事带来了深度。

小说共分十章,第一章和最后一章更像前言和后语,真正的故事是第二至九章中间一块。第一章是纪实的,为进入故事做了铺垫;以虚构为主体的第二至九章的故事结束后,最后一章重新回到纪实层面,以纪实开始,渐渐与虚构融合,最后现实世界在虚构层面结束。冯内古特在第一章中零星谈到了写作的艰难历程:"至少写过五千页,都撕掉了。"原因只有一个:对于这种战争灾难,对于亲眼见证过的场面,作家患了"失语症",文字的表达能力失效了。作家努力寻找一种新的表现途径,最终写成了一部截然不同于传统定义的小说。作家在故事开篇之前先给读者打"预防针",用一种调侃式的自我贬损的语气告诉他们,传统的阅读期待可能无法得到满足:"书不长,杂乱无章,胡言乱语,因为关于一场大屠杀没有什么顺乎理智的话可说。可以说每个人都已经死了,永远不再说任何话,不再需要任何东西。大屠杀以后一切都趋于无声,永久沉默,只有鸟儿还在啼叫。"任何对历史事件的文本重构,都不可避免地需要经过书写者的选择和价值判断,因此本质上是一种"创造意义"的过程。彼得·弗里斯在评论《五号屠场》时指出:"以传统的方式叙述关于德累斯顿大轰炸的小说会遭遇这样的问题:使大屠杀事件具有前因后果,不知不觉中让恐怖事件具有可阐释性。冯内古特极力避免出现这样的效果,因为他的小说要传递的信息正好相反,也就是说:'关于一场大屠杀没有什么顺乎理智的话可说。'"

《五号屠场》的中间部分讲述第二次世界大战中一个叫比利·皮尔格林的美国青年在欧洲战场的短暂经历。他是个非战斗人员,当随军牧师助理,部队被打散后落入敌军后方,被俘后送至战俘营,再后送到德累斯顿的屠宰场当劳工,见证了德累斯顿的大轰炸。比利一生的故事由一些间断性的经历片段组成,难以抹除的战争记忆中间穿插了很多战后生活的零碎场面和小说主人公由于精神受刺激和脑部受创伤之后出现的幻觉:遭飞碟绑架,被送到一个叫特拉法玛多的星球的动物园中进行展出。小说不按时间顺序交代故事，没有跌宕起伏的情节，也没有英雄。正如冯内古特在书中所说："故事中几乎没有真正的人物，也几乎没有戏剧性的冲突，因为书中的大多数人病弱无助，成了被难以抗拒的势力抛上抛下的玩物。"几个主要人物中，比利是个受虐型的小丑，"既没有打击敌人的实力，也没有帮助朋友的能量"；罗兰·韦利热衷于扮演《三个火枪手》中的角色，沉迷于想象中的英雄主义；拉扎罗对酷刑和谋杀津津乐道，在其中获得变态的满足。只有老埃德加·德比是个有同情心、正义感和胆魄的人，但因德累斯顿轰炸后拿了一把茶壶，违反了非常时期的禁令而以"抢劫"罪被执行枪决。真正的战争故事不会有太多逻辑，但充满了黑色幽默。

在冯内古特的笔下，战争是一场闹剧，没有英雄业绩，也没有胜利者，只有受害者和牺牲品。作家似乎并不站在交战两方中某一方的立场上，强调的是：不管是哪一方，送去当炮灰的，包括美国兵和德国兵，很多都是"处于童年末端"的涉世未深的孩子；而蒙受战争灾难的主要是平民百姓。正因如此，冯内古特给这部小说起的另一个书名是《童子军圣战》。小说主人公比利在回叙"二战"往事的时候，他的儿子罗伯特正在越南打仗。就这样，从中世纪的童子十字军开始，到德累斯顿轰炸，再到越南战争，作家将人类不断重复的愚行排列出来，把历史的惨痛记录和当时的美国大事件联系到了一起，并让比利在"幻觉"片段中仍然苦苦求索答案。他在特拉法玛多动物园向外星人请求说："我来的星球上，有史以来一直纠缠在疯狂的屠杀中。……把和平秘籍告诉我,让我带回地球,拯救我们所有人:一个星球上怎样才能和平相处?"这也许是小说背后的作家最想探讨的问题。

谈到《五号屠场》,我们不得不比较详细地讨论一下作家标志性的叙事形式。这种形式是反传统的,拼贴式的,具有十分鲜明的后现代小说的特征。作家在第一章中就告诉读者,故事将如何开头,如何结尾,小说的高潮将在哪里出现。这种创作手法抛弃了传统的起承转合,却将作者从情节、逻辑和故事发展的时间顺序的束缚中解放出来。小说中冯内古特假借特拉法玛多星球人之口,总结了自己这部小说的叙事特征与意图。外星人向比利介绍,他们的书用一簇簇的象征符号进行表现:"每一簇象征符号是一个简明、紧急的信息——描述一个情景,一个场面。我们特拉法玛多人同时阅读这些信息,而不是一个接一个地看。所有这些信息之间没有任何特殊关联,但作家小心翼翼地将它们裁剪下来,这样,当你同时看到所有这一切时,他们会产生一种美丽的、出人意料的、深奥的生活意象。小说没有开头,没有中间,没有结尾,没有悬念,没有道德说教,没有起因,没有后果。我们喜欢我们的书,是因为能够同时看见许多美妙瞬间的深处。"

冯内古特主要通过"时间旅行"的方式,跳跃于各个片段之间,将"许多美妙瞬间"并置。自从英国作家威尔斯的《时间机器》出版后,"时间旅行"已经成为很多科幻小说的陈套。冯内古特借用这种科幻小说的手段,放在德累斯顿大轰炸这个极为严肃的主题之中,看似很不协调,但效果出人意料。有了"时间旅行"这一手法,作家就能在叙述中进出自如,在历史、现实和想象之间架起贯通的桥梁。像比利这样战争中的小人物,由于无法面对恐怖，只能寄予幻想，试图与现实拉开距离，"创造他们自己和他们的宇宙"。他在"二战"中经历了难以承受的磨难，在战俘营第一次精神失常；战后在专科学校毕业前又一次精神崩溃；再后飞机失事损伤了头部，出院后"一条可怕的疤痕划过脑壳"。他沉默了几天之后开始宣讲特拉法玛多"福音"。比利在想象中的特拉法玛多星球上享受到了幸福，那里的生活与纳粹集中营和德累斯顿大轰炸的现实形成了鲜明的对照。于是，战争主题和科幻小说手法携手合作，共同构筑了一个不同寻常的故事。

但是作者的叙述煞有介事，一本正经，因此读者开始可能不易判定哪些是故事的主体部分，哪些是小说主人公头脑中的幻觉。读完全书之后读者才明白，叙述中很多部分出自一个受到刺激和创伤的头脑，而特拉法玛多的经历与比利曾阅读过的一本科幻小说《大屏幕》故事十分相似。作家故意把记忆、现状和狂念错综复杂地纠缠在一起，将愤怒的控诉、黑色幽默和痴人呓语混进同一个文本之中。但如果我们仔细清理，就能发现小说中有四个不同层面的平行话语。一是故事外作家冷静犀利的评述，这是对现实的批判之声，充满愤怒，并常常像不速之客"侵入"到故事里面；二是受到战争刺激又不想让过去继续困扰今天生活的叙述者的声音，不愿深究悲剧的根源，用了一百多次"事情就是这样"把话题打住；三是小说主人公比利的声音，此人对周围发生事情的真正意涵浑然不知，抱着一种宿命论的态度得过且过；四是一种理想主义的祈望，由想象中的特拉法玛多星球社会代表。这样，多层话语构成一个立体的表述空间，大大拓宽了小说的参照域，让历史、现实、故事和愿望几个方面互相交错，互相碰撞，互相渗透，互相折射。读者能在参照比对中，通过自己意识的加工和消化，看到冯内古特所说的"美丽的、出人意料的、深奥的生活意象"。也就是说，这部小说让读者承担了一项相当艰巨的任务，读者必须在纷繁复杂、纵横交错的叙事迷宫中，找到自己的路径，得出自己的理解。看似随意的残片拼贴背后，我们能够发现作家精心布局的叙事体系。

小说是多声道的，甚至包含了相反的观点，比如不同历史学家对轰炸德累斯顿的不同理解。作家不对任何个别进行谴责，不提供历史的或道德的教训，但将不同的视角和不同的态度平行排列出来，让读者在其中找到关联，得出自己的结论。后现代小说的特征之一是抹除历史文本和虚构文本的界限，《五号屠场》也是如此。小说中有大量历史记载，如歌德对德累斯顿的赞美，美国军事史学家对大轰炸的辩护，杜鲁门总统对广岛核轰炸的冷酷申明，等等，这些文献的引述与虚构的小说故事相映成趣，引导读者通过想象解构历史、重构历史。而小说中的有些人物，如基尔戈·特劳特、艾略特·罗斯沃特和霍华德·坎贝尔等人，也出现在冯内古特的其他小说中。这样，《五号屠场》不仅与历史记载，也与其他小说文本形成了互文性的观照，阐释空间陡然增大。这是一部十分耐读的现代经典，它比传统小说少了很多东西，但同时又多了很多东西：少了完整的故事，少了前因后果的逻辑发展，但多了想象的空间，多了各种不同解读的可能性。

（2008初春）

公主和七个小矮人走出森林
——巴塞尔姆的小说《白雪公主后传》*

神话"实施控制"的作用

《白雪公主后传》是后现代小说家唐纳德·巴塞尔姆的第一部长篇小说,也是他的代表作,发表于1967年。在小说中,作家把白雪公主和七个小矮人"搬进"20世纪60年代的纽约,让他们的故事在混乱的美国城市社会继续演绎。他身后出版的最后一部长篇小说《国王》(1990)与《白雪公主后传》遥相呼应,也是通过改写大众文化经典,讽刺当代社会,将亚瑟王和他的骑士们放入核战争威胁下的当今世界中。文学进入后现代时期后,"重写经典"渐渐成为后现代作家们热衷的课题。巴塞尔姆通过这两部

---

* 此文是《白雪公主后传》(唐纳德·巴塞尔姆著,虞建华译,上海译文出版社,2005年)的译者序,略经改写后以现标题发表于《文艺报》(2005年8月2日)第2版。

长篇小说和诸如《玻璃山》等短篇小说，重新讲述和解读那些广为人知的童话故事，表达颠覆性的认识。他是改变文学方向的开拓者之一，影响了整个西方的年轻一代作家。

格林童话《白雪公主和七个小矮人》是家喻户晓的故事。人们喜欢故事中的一切——喜欢其中的人物：纯情美丽的白雪公主、英俊勇敢的王子、丑恶凶险的女巫和滑稽善良的小矮人；喜欢故事的叙事模式：常规被打破，遭遇险情，危机时刻英雄出现，扭转局势；喜欢故事的结局：王子救出公主，终成眷属，从此幸福地生活在一起；也乐意接受故事的说教：善良最终能够战胜邪恶，善者善报，恶者恶报。童话之所以能够为民众所喜闻乐见，主要是因为它们表达了人们内心深处对生活的美好愿望。但后现代小说家们认为，这种一厢情愿的向往，与生活现实落差巨大。久而久之，大众文化中这类潜移默化的"灌输"，逐渐在人们的意识中积淀甚至固定下来，取代了对社会现实的批判。荣格曾说，神话（广义的神话应该包括童话、传奇等大众幻想文学形式）"提供一种新的方式实施控制，建立秩序，使处于全无益处的、无政府状态的、荒谬的现代历史得到某种形态和意义"。神话或童话中"建立"起来的"秩序"是愿望的表达，而不是现实的反映，因此它们具有对人的意识"实施控制"的作用。

巴塞尔姆等后现代作家敏锐地注意到了大众文化的麻痹作用。在他们看来，"二战"后的西方世界中，童话般美好的愿望已被彻底粉碎，人们面对的是垄断、两极分化、冷战、核军备竞赛，是信仰的失落、秩序的崩溃和传统的瓦解，是越来越浓烈的自我中心主义和越来越冷淡的人际关系。在他们的笔下，整个社会的生存状态和人的认识观念都可以用"荒诞"和"混乱"二词进行概括。但是，人们受到诸如《白雪公主》这类故事的思维定式的影响，潜意识中存在着一种幼稚的浪漫期望，对现实缺乏足够的警觉，容易在不知不觉中为传统大众文化预设的内涵所左右。于是，"重写"神话，颠覆大众幻觉，推翻预置的大众文学形象，重新设定故事的走向，成了后现代小说家的任务之一。

《白雪公主后传》

巴塞尔姆的小说《白雪公主后传》与格林童话有着许多"互文性"的观照。作者利用《白雪公主》这个广为流传的童话故事，对它进行再加工，把"童话"色彩抹除得干干净净，使故事不再朝人们期待的方向发展。他把白雪公主和七个小矮人带出神秘的森林，让他们在大都市中陷进生存的迷茫，从而实现颠覆大众文学传统的意图。读者只有在原故事先入为主的定式不断被打破的过程中，才能逐渐领略其中涵容的寓意。

童话中的白雪公主和七个小矮人在小说中变成了现代社会中的普通人，与现实拉近了距离。白雪公主仍然保留着她的名字，而且外表依然美丽："肤色雪白如白雪，头发乌黑赛乌檀"，但除了称呼和外貌，她的身份、个性、态度和命运各方面都变了，不再像她的名字那样纯洁可爱，也不再那么天真无辜。她接受过高等教育（三流大学人文专业），也受到当代女权主义思潮的影响，有一种朦胧的冲动，希望改变现状，实现自我价值，但又无所作为，只是空等着梦想中的"王子"的到来。她与七个男人同住，组合成一个现代"家庭"，日复一日地过着一成不变的生活，为他们做家务，成了他们的家庭"煮妇"。她郁郁寡欢，却无法从平庸中得到解脱。绝望中，她甚至盼望能有一次带性丑闻的冒险，来打破单调乏味的生活。她为此采取的行为十分荒唐：将长长的黑发抛在窗外，以期吸引异性的注意，引来某个"王子"，顺着长发爬上窗台，将她带出困境。一个梦求女性解放的朦胧愿望，却陷落在依附男人的俗套中。

七个小矮人——我们不知道他们是否身高不足，但肯定都是精神上的"矮子"——靠生产中式儿童食品和为大楼做保洁谋生，每天搅拌蒸煮锅里的食物，冲洗大楼。他们喜欢跟白雪公主住在一起。她漂亮、性感，虽有怨言但仍为他们做家务，也让他们轮流在淋浴室同她一起洗澡。这八个人都感到生活中缺少了什么，都有点烦躁不安，都有点怨气怒气，对个人前途十分茫然。他们都有点神经质甚至歇斯底里，徒然地想从生活中找到意义，但最后只是多受了几份"窝囊气"。小说中的七个男人谁也无法满足对方的感情需要。他们既没有改变现状的能力，也没有表达自己情感的有效办法，唯一的行动是买一条红色的浴巾和浴帘，试图通过这一行为使"家庭"生活增色，博得白雪公主的欢心，从而改变已经出现裂痕的人际关系。他们没有发现生活中问题的根本所在，采取的只是无关痛痒的举措。他们对自己的处境缺少认识，把怨气出在他们的头儿比尔身上，最后将他绞死，然后又接纳了街头流氓霍戈。这样，直到故事结束，白雪公主与七个小矮人仍然在以60年代的纽约为背景的疯狂世界中生活着。

小说中充当"王子"角色的保尔没有一点值得让人等待的品质，也根本没有能力担当"拯救者"的角色，最后遁入修道院。穿上修士的道袍后，他又成了观淫癖。但在他被毒死后，白雪公主仍然常常去他的墓地，撒上几朵菊花。她很伤心，也很无奈，世界上已经没有"白马王子"能把她从低俗无聊、庸碌无为的生活中带走，向着想象中的"崇高"升华，"但是毛病在什么地方呢，是人们不再具有'王子'的品质，还是'期待'这个行为本身"？批评家克林科维兹提出了这个问题，并指出，进入后现代社会，失去了"崇高"之后，人们的传统期待已不合时宜。

巴塞尔姆的妻子证实，《白雪公主后传》中的七个小矮人是作者根据他熟悉的莱斯大学七名男生的性格特点塑造的，他们的原型都是感到与社会格格不入的现代美国青年，怨言连篇，牢骚满腹。尽管如此，巴塞尔姆的人物塑造并不依赖现实生活细节的描写。他抽去这七个人物的血肉，将他们的性格特征抽象化，使他们成为丧失意义的后现代生活的象征。他们不断地用语言证明自己的存在，发表一段段古怪的宣言式的道白，对某些无足轻重的事件表达带点哲理而又不着边际的奇谈怪论，然后很快淡出。除了空洞的教条，他们并不知道如何改变自己的命运。

碎片背后涌动的真实情绪

用传统的眼光来看，《白雪公主后传》的组合安排显得非常怪异。小说中的人物、对话和事件没有连贯性，脱节错位，作家没有用逻辑的线条将片段串联成一个整体。我们在小说中看到杂合在一起的各种态度和情绪——暴力的，柔情的，激进的，陈腐的，怪诞的，平庸的——共同组成一幅超现实的画面。在文风方面，总体的讽刺调侃语气中，各领域各层次的话语交错组合成一组杂乱喧闹的后现代生活交响曲：戏剧式的、哲理性的、讲道般的、学究气的各种腔调，法律的、商界的、街头的各种语言交替出现，一会儿严肃，一会儿庸俗，一会儿夸张，一会儿平直，一会儿文雅，一会儿下流。作家不断建立话语典型，进行仿讽，又不断推翻，进行消解。小说中还常用一些标题式的句子和词语，使叙述节奏出现变化，对小说进行评述，同时又对故事进行干扰。小说叙述的故事会突然朝某一方向启动，然后又被多种思绪和插曲打断，不断停顿，不断改变走向，最后不了了之。

《白雪公主后传》里的人物喋喋不休地高谈阔论，但是他们的语言中没有确切的、实质性的内容，没有值得一提的见解和认识，只是语言的声音，像伏天的知了，对难熬的酷暑做出的机械反应就是使劲地鼓噪。合乎常规的清晰的叙述被瓦解，互相矛盾而又含混不清的嘈杂语言，将读者闹得晕头转向。从这种疯狂的表达中流露出的，是一种玩世不恭的讥诮。巴塞尔姆让他那些离奇的表述，来反映当代人滑稽无奈的众生相，让读者了解他们的畸形心理。

小说《白雪公主后传》没有章节序列和标题，不到200页的篇幅被切割为100余块类似章节的片段，以换页和篇首字母大写为标记。作者以克制的低调进行叙述，将经过裁剪的片段一幕幕地迅速交替。每一片段有它自己的中心：一个特殊的行为，一个场景，或某一人物的一番表白。片段之间有些无规则的联系，合成一个七零八落的故事，其中也朦胧出现一个间断性的、跳跃的故事发展。很多琐碎的细节，很多想象和扭曲的感受，由不同的叙述者从不同的角度进行讲述。这样的文本也许会让读者和批评界恼火，因为它不符合传统的阅读心理期盼，离人们熟悉的小说模式和定义相距太远，读起来只见零散的文字碎片，让人感到逻辑的缺失、思维的跳跃。

其实，采用连续的"片刻展示"技巧，不让故事朝纵深发展，正是巴塞尔姆小说实践最显著的特点，也可以说是他小说创作最成功之处。在他手中，文字被当作建筑材料，而不是概念的承载工具。但在零零碎碎的片段背后，却涌动着一股强烈真实的情绪，始终如一地主导着小说的叙述。这便是作者对待现实的后现代态度。巴塞尔姆将各种奇特的、相关或无关的事物或对话进行并置，让它们在碰撞中发出火花，夸张地表现当代西方社会普遍存在的荒诞。他具有滑稽模仿、创造黑色幽默的出色才能，既能逗读者发笑，又能把他们引向洞见。他的代表作《白雪公主后传》为我们了解后现代主义作家的文化态度和表达技艺提供了极好的范本。

回首冷观：人性与疯狂的决战*

我与作家冯内古特似乎略有渊源。30多年前的1980年，"文革"动乱刚刚结束不久，全国拨乱反正，高校开始研究生培养，我有幸加入这一行列，在秦小孟教授布置的阅读书单中，发现了冯内古特的《五号屠场》。这是我第一次接触到这位不同凡响的美国作家。书不厚，同以前读过的所有作品完全不一样，颠覆了头脑中原有的长篇小说的概念。当时我似懂非懂地看完小说，对作家全新的叙事方式既感到兴奋，又有些困惑。

20年前的1989年，我在英国的东英格兰大学攻读博士学位，期间参加由我导师负责的阿瑟·米勒研究会。研究会邀请冯内古特前来做讲座，我第一次见到作家本人，也与他进行了近距离的交流，并得到了我保存至今的他的两本签名赠书。十年前的1999

---

* 本文是《回首大决战》（冯内古特著，虞建华译，人民文学出版社，2013年）的译者序。

年，我接到译林出版社编辑、现已是出版社主编的刘锋先生的邀请，翻译被冯内古特自称为"封笔作"的《时震》，开始逐字逐句细细摆弄他的作品，在翻译的过程中继续熟悉、了解和品味这位作家。《时震》是较早被译介给我国读者的后现代小说之一。2007年冯内古特不幸去世时，我正在翻译他的代表作《五号屠场》，此书的中译本2008年由译林出版社推出。《回首大决战》是我翻译的第三部冯内古特的作品，我依然战战兢兢，不敢懈怠。能把这位作家更多地介绍给我国读者，承担这样的任务我深感荣幸。

冯内古特被认为是表现第二次世界大战题材最伟大的作家之一。代表作《五号屠场》已是公认的当代经典。小说之所以伟大，是因为它扫除了所有浪漫色彩，表现战争的疯狂、恐怖和巨大的摧毁力量，也表现士兵承受的不堪承受的压力，以及压力下扭曲变形的病态心理。这本书成了负面表现战争的先驱之作，成为新战争小说的一种"范本"。作家的批判态度成为从此往后美国战争小说的基调：没有英雄，只有受害者。在冯内古特的小说中，敌方我方的阵线变得模糊，正义非正义的界定也常常被置之一边，但作家把焦距对准卷入战争的小人物，捕捉和放大他们的生存困境。作家采用黑色幽默的手法，把被政治、军事力量玩弄于股掌的士兵的命运表现得栩栩如生。《回首大决战》在主题上与《五号屠场》一脉相承，风格上继续沿用"冷幽默"，重现战争的疯狂，回首不堪回首之往事，表达对人类的前途、文明的未来和理性的地位的无比关注。

冯内古特本人参加了第二次世界大战,到欧洲战场后不久在一次战役中被德军俘虏,然后送到德累斯顿当劳工,在那里亲历了英美空军对这座不设防古城的狂轰滥炸。他的战争体验主要是在战俘营里和那场大轰炸中获得的。尽管如此,他仍然看够了不想看到的那一切:战争对生命的漠视,对人性的践踏,对道德的挑战,对常规的嘲弄。他把战争看作一幕荒诞剧,看成涤荡文明、摧折理智的自残。他无法将耳闻目睹的一切从记忆中抹除,一直有话要说。他的这两部小说出版时间相隔40年,但两者之间的呼应显而易见:不管是发表于美国人民反越战运动高潮中的《五号屠场》,还是身后出版的《回首大决战》,字里行间都渗透着对压迫力量的强烈愤怒,也充满对普通人的深切的人文关怀。

中国读者相对熟悉冯内古特的长篇小说。他的短篇小说别具风味,同样精彩。《回首大决战》中的前三篇不属于小说门类,但具有文献的价值:一篇是第二次世界大战结束时年轻的冯内古特从欧洲写回的家信,其中丝毫没有表现出战争幸存者的欢欣,但在文字间流露出一种以后弥漫在他小说中的态度:暗藏在冷峻、俏皮、玩世不恭背后的无奈和愤怒;一篇是为他家乡印第安纳波利斯市"冯内古特年"启动仪式准备的演讲稿,但他在演讲之前突然不幸去世;《满城哀号》是对德累斯顿轰炸的回顾,类似的谴责与声讨在《五号屠场》和其他作品中出现过多次,是来自作家心灵伤口的血滴,他舔了又舔,说了还说,非说不可。其余都是短篇小说,大多都与战争有关。

《回首大决战》收录了十篇此前从未发表过的短篇小说。《大日子》将时间设定在未来，虚拟战争替代了真实战争，但战场依然是疯子表演的舞台。《大棒先于黄油》以第二次世界大战德国战俘营为背景，描写饥饿的战俘通过回忆各种美食食谱，"画饼充饥"，想象战争结束后的美好生活。《生日快乐，1951》讲述延续到和平时代的战争的负面影响，这种影响在一个无辜的六岁战争孤儿的扭曲心灵中折射出来。《想开点》的故事仍然发生在战俘营，战争颠倒了原来认同的道德标准：战前积极向上的青年举步维艰，曾经游手好闲的二混子则左右逢源。《捕独角兽陷阱》回到"征服者威廉"占领英伦时期的历史的过去，讲述小人物反抗强权和暴力的故事。表现同样主题的还有《司令的办公桌》，故事发生在一个相继被纳粹占领、被俄国和美国"解放"的东欧小国，尽管"城头变幻大王旗"，但压迫犹在，反抗犹在。《无名战士》在一场荒唐的竞赛与过去的战争之间建立起了联想。《战利品》和《就咱俩，山姆》的故事都发生在战争刚刚结束时的一片混乱之中，前者通过一件小事反映战胜军给战败国民众带来的伤害，并表达了普通士兵内心深深的忏悔；后者是卷入战争的两名德裔美国青年在硝烟散去时的不同遭遇。几乎每篇小说都与战争有染，唯有书名篇《回首大决战》偏偏是个例外。这是一则半闹剧、半寓言式的道德故事，讽刺异常犀利。篇名所指是圣经中提到的将发生于世界末日的善恶大决战。当然，如果我们把道德交锋也称为战争的话，或者反过来，把战争也看作展现人性冲突的战场的话，那么书名对收录的每一篇都有所关联，很好地覆盖了全书的内容。

集子中每一篇小说都聚焦于人的行为和人的感受，而避开直接描写战争。读者看不到腥风血雨的作战场面，听不到可歌可泣的英雄业绩，但却能跟随作家走进阴云笼罩、浊浪翻滚的灾难世界，身临其境去体验悲剧，去接近那些被他们无法理解的势力抛上抛下的身不由己的小人物。冯内古特用文学的镜头捕捉了他们挣扎求生的瞬间，展示他们无奈而又无助、滑稽而又可怜的众生相。文学作品的力量在于，它可以让人从个别联想到普遍，从具体推演出概念，领悟到故事为人类生存提供的经验与警示。冯内古特的作品是一种批判文学，也是警世文学。《回首大决战》展现的是作家一贯的态度与风格：洞察敏锐，文笔幽默，批判犀利，洋溢着一位人文主义者不甘于沉默、不屈于权势的正义之声。他一直是中国读者喜爱的作家。希望这部小说集的翻译出版，可以让我们更多地领略这位大家的风采。

（2009年春）

第六辑

文学史与辞书编纂

谈肯尼斯·米拉德的《当代美国小说》*

如果你站在一幅巨大的油画跟前,你可以把局部细节看得十分真切;但如果要欣赏油画的全部,你就必须向后退,留出足够的距离,才能获得理想的整体视野。当代文学之所以难写,因为作者与素材之间缺乏这样的时间距离,难以对现阶段文学的全貌做出梳理、总结和适当的评判。正因如此,今天我们讨论当代美国文学,一般讲到20世纪80年代为止,留出20来年的"观测距离"。对于"当代"的起点,长期以来争议不多,大多以1945年为标界,即第二次世界大战结束之时。以种族屠杀和核轰炸为标志的这一场大灾难,在人类历史上清晰地画出一道界线,从此人们的社会生活模式以及认识、心理和思维模式,都出现了根本的

---

* 本文是《当代美国小说》(肯尼斯·米拉德著,外语教学与研究出版社,2006年)的导读,后以现篇名发表于《复旦外国语言文学论丛》(2006年12月)。

变化。

但"当代"一词的定义是流动的，指这一词的使用者本身所处的时代。历史还在不断推进，反法西斯战争结束至今已经有60多个年头了。"当代"一词所包含的当下性，不允许年逾半百的人将关注继续拴在他出生之前的事情上。对"当代文学"的范围进行重新划定，事在必然。肯尼斯·米拉德的《当代美国小说》将"当代"的起点放在20世纪70年代，覆盖从70年代初到世纪末这30年的历史时期，将焦距拉近了许多。同时，小说史编写的难度也增大了不少，对编写者的学术视野以及领悟文学发展走向的敏锐性提出了更高的要求。但当代读者往往会对同时代的作家和作品更感兴趣，因为这些作家，不管想象力多么狂放不羁，表现的内核是当代生活，是近期共同经历过或感受到的事情。即使写的是遥远过去的故事，当代作家也必然在其中倾注着当代人的关注。

20世纪70年代是美国历史上一个标志性的时期。著名作家约翰·厄普代克（John Updike）的长篇小说《福特执政期的回忆》（*Memories of the Ford Administration*，1992）中，故事的叙述者阿尔弗雷德·克雷顿谈到70年代美国的特征时说："一个总统被枪杀，一场战争被打败，我们被看成是一个邪恶的帝国，我们得天独厚的国家地位不复存在。庆祝游行的气球泄了气，我们仍然跌跌撞撞前行，如同1865年，步履蹒跚，像被赶出了伊甸园，孤独地朝前走。"这里提到的1865年指的是南北战争的开始，而美国走进70年代的两个标志性的事件，一是1963年约翰·肯尼迪总统被刺；二是从1965到1975年的十年越战的失败。但是，颠覆美国社会现状、文化价值和信仰体系的何止这些？60年代首先就是个多事之秋，古巴导弹危机、黑人民权运动、垮掉派反文化运动、马丁·路德·金遇刺、参选总统罗伯特·肯尼迪遇刺等事件，为美国进入70年代做了不祥的铺垫。踏进70年代之后，"水门事件"、学生潮、加剧的核军备竞赛，使新时代为"文明危机"所笼罩。"阿波罗11号"成功登月，使不少美国人一阵欢欣鼓舞，但技术的进步是祸是福，美国知识分子忧心忡忡。

正是在这样的背景中，米拉德划定了当代美国小说的起端，讨论从70年代初开始直到90年代末美国小说创作的成就。作者选定七个主题领域，对29名当代作家的34部当代小说代表作品进行详细的分析，既提供近期美国小说发展概况，又有文本解析。读者能够透过这些实例，具体地，而不是概念性地，了解当今美国作家的关注及其表现手法。34部作品中，三部是有影响的短篇小说集，其余均为长篇小说。29名入选作家中，有六七十年代就牢牢建立了文学声誉，至今仍勤于笔耕，新作不断的老一代作家，如约翰·厄普代克、菲利普·罗斯和托妮·莫里森等；也有近十余年崭露头角，已得到广泛认可，而且发展势头强劲的相对年轻的作家，如路易丝·厄德里克、安妮·普鲁、谢尔曼·阿列克谢和任碧莲等。

但不管来自老一代作家还是年轻作家，所选作品在当代美国文坛都极具活力，都受到当今批评界的密切关注。很难说入选作品理所当然地"代表"了当代美国文学，但它们都对某一主题领域提出了深刻的思考。米拉德在作品选择上不拘一格、兼收并蓄、博采众长，集各种创作流派于一册，不从一种观察视角或评判标准去反映一个既定的观点，如女权批评或心理分析，而综合采用各种批评手段，努力接近文学本体的价值。作者努力要做的，是将文学文本和社会文本叠加在一起，然后提交给读者。正如本书前言所说，其基本目的是"对一些主要文本进行详尽细致的分析，提供讨论这些小说的社会文化框架"，因为"一种文化生成的文本，在某种程度上必然是社会现实的反映，因为这些文本的作者本身是他们文化的产物"。

当代美国文化以商业文化为主要特征，这种文化不可避免地影响着包括作家在内的每一个人。商业集团、媒体、好莱坞成为巨大的社会势力，无处不在、无所不能、无孔不入，主导着美国人的选择和思想，向他们灌输着一种与现实脱节的"集体梦想"。物质主义、浪漫主义继续成为当代作家的攻击对象。作家们哀叹商业文化使人沦落为商品，使个人价值丧失、感情生活缺乏、家庭观念崩溃。他们笔下是一批当代的"霍尔顿们"，迷失在以混乱、暴力和荒诞为特征的高科技工业社会中。他们的故事中很难找到爱和和谐的人际关系。

70年代后的30余年，被称为"后越战美国文明"时期。越南战争及其后果理所当然地成了当代美国作家的重要素材。与越战直接或间接相关的题材，总是凸现出一种强烈的"当代性"。蒂姆·奥布赖恩（Tim O'Brien）的《北方之光》（*Northern Lights*，1975）、简妮·安·菲利普斯（Jayne Anne Phillips）的《机器梦》

（*Machine Dreams*，1984）和简·斯迈利（Jane Smiley）的《一千英亩》（*A Thousand Acres*，1991）中的主要人物，都与越战有所牵连——或者家庭成员在越战中阵亡，或者本人是从越战归来的退伍士兵。他们不幸的个人生活的局部细节，融入了背景灰暗的整体历史构图中。这些小说中总是弥漫着一种深深的失落感和危机意识，一种当代生活中的无形的压迫，使人忧心忡忡、难以安生。越战使一部分美国作家更加富有自省精神和政治、文化上鲜明的批判态度；也使另一部分美国作家陷入一种玩世不恭的"后现代"态度。当然，当代美国小说涉及的还有美国生活的其他许多方面，米拉德所做的，是归纳出几个主要的关注领域。

早在一个世纪以前，著名作家弗兰克·诺里斯（Frank Norris）在《小说家的责任》中就断言："今天是小说的时代，任何一个时代或者任何一种传达手段，都不能像小说那样充分地表现出时代的生活；为了发掘我们的特点，22世纪的批评家在回顾我们的时代、力求重建我们的文明的时候，他们所注意的将不是画家、建筑师，也不是剧作家，而是小说家。"可以毫不夸张地说，"小说的时代"延续至今——当代美国文学舞台，仍然由小说"领衔主演"。但今天的小说与19世纪末20世纪初的现实主义已不可同日而语。在当代社会，文化走向多元，虚无主义盛行，"宏大叙事"淡出。约翰·巴思早在1967年的著名论文《枯竭的文学》（"Literature of Exhaustion"）中就已提出，传统小说发展至今艺术上的潜力已经枯竭，只有对业已写就的文学传统进行重新编码，文学才能重现活力。

作家唐·德里罗1990年说："过去25年中所缺失的，正是一种能理解把握的现实感。"正因如此，当代作家们发出的不是一个和谐的声音，而是站在社会的不同层面和不同角度，以不同的音量、音高和音调对当代生活发表见解，愤怒的、严肃的、调侃的，各种态度都有。在后现代主义理论的影响下，原来强调逻辑、线性发展的传统文学史写作模式受到了严重的挑战。《当代美国小说》从小说的主题领域入手，进行分类讨论，采用一种平行并置的结构，既有效地解决了编写当代文学必须面对的难题，又给人耳目一新的感觉。

常有人讲到，后现代主义已经日薄西山，并开始"后现代之后"的前瞻性的讨论。如果把后现代主义看作一场文学运动，我们也许可以划定一个时段，比如从20世纪60年代末至80年代末。但作为一种表达模式、作为一种意识形态，后现代文学依然活跃，仍以其标志性的文体特征和文化无政府主义态度，在当代美国文学中独树一帜。《当代美国小说》对包括E. L. 多克托罗的《比利·巴斯盖特》（*Billy Bathgate*，1989）和唐·德里罗的《地下世界》（*Underworld*，1997）在内的多部可被称作当代经典的后现代小说代表作进行了详尽的分析评述。这两位作家共有六部长篇小说作品被选入此书进行讨论，特别引人注目。其他后现代风格特征明显的作品还包括坡·布朗森的《炮手》（*Bombardiers*，1995）、保尔·奥斯塔的《纽约三部曲》（*New York Trilogy*，1987）和唐纳德·安特里姆的《为美好未来请选罗宾逊先生》（*Elect Mr. Robinson for a Better World*，1993）等。这类作品常常以黑色幽默的笔调，对当代美国社会的诸多弊端进行漫画式的放大，使读者无法避开赫然存在的丑行与荒唐。比如在安特里姆的作品中，作家让叙述者躲进阁楼，透过小窗观察充满混乱与暴力的住宅小区：人们用高科技互相防范，街坊变成了战区，人际关系极其紧张，社会秩序崩溃，传统市郊文化迅速瓦解。这个富有的市郊中产阶级社区，同时又是美国社会的缩影。安特里姆的文字写照不是现实主义的，而是后现代的，表达了当代人对社会现状和发展走向的一种极度焦虑。但是，当代文学不等于后现代主义文学，当代美国小说也不是后现代主义的一统天下——比如说很多女性和少数族裔文学更倾向于现实主义，或一种尚有待于被定义的新现实主义的表现手法。

近30余年见证了黑人女性文学的迅速崛起。佐拉·尼尔·赫斯顿在70年代被"重新发现"，成为当代文学研究的热门对象。托妮·莫里森获得了诺贝尔文学奖，艾丽斯·沃克的文学地位如日中天。另外，路易丝·厄德里克和谢尔曼·阿列克谢关于印第安人的小说，在当代美国文学中十分耀眼。他们描写与城市社会格格不入的保留区的生活，笔下的人物被困于一方，在圈定的领域内进行着生存苦斗，担心种族文化的消失。与黑人作家一样，他们讲述的是生活在社会下层的普通人的故事，作家们又常常把当代经济压迫与历史上的暴力镇压联系在一起。任碧莲和韩裔作家李昌来笔下的亚裔美国人，更多关注的是文化身份问题，以及他们与主流话语的关系。这些少数裔作家在米拉德的著作中占有非常显著的比重，而且他们中多半又是女性。他们的作品在反思当代美国社会的同时,又融入了对种族和性别问题的思考。自从20世纪70年代以来,女性主义不断取得话语权,女作家更多地寻找自己的立足点,表达独立意识,在男人的历史中书写自己的篇章。

美国人从来没有生活在单一共享的文化之下,当今社会更是如此。米拉德的《当代美国小说》充分强调的,正是进入后工业时期美国文化和美国文学多元共存的特性。文化和文学批评家莫里斯·迪克斯坦在《伊甸园之门》(Gates of Eden)中谈到文学作品与文化的关系:"我决意充分利用'文化'这个难以捉摸的字眼的模棱两可性,因为这个词我们既用来指艺术和思想这一较为狭窄的领域,又从人类学的意义出发,用来指社会信念和道德习俗的结构。我确信两者能为我们充分地互相说明。我所依赖的是两个都近似黑格尔学说的前提。第一,文化的每一阶段都自成一体,充满含义,可以当成一篇文章来读;第二,正是我们的无数文章——小说、诗歌、歌曲、论文、自传——能够帮助说明那篇更大的'文章'。换言之,艺术的文化能揭示整个文化中情感和舆论的特征。这种观点并不新奇,但是历史学家往往对此敷衍了事。"米拉德的《当代美国小说》正是从大的文化概念入手,充分注意到了局部与整体的关系,通过他所选录的34篇"小文章",帮助我们阅读理解当代美国文化那篇"大文章"。

《当代美国小说》的作者肯尼斯·米拉德是英国人,是个生活在美国本土之外的学者。他是通过"局外人"的视角来考察当代美国文学的:美国作家如何捕捉并想象地表现当代生活,而对这些在当代美国社会思潮和文化环境中生成的作品,我们又应该如何进行阐释解读。作者在叙述交代上使用明快顺畅的语言，在分析评论上力求避免专业术语，但却根据自己的观察思考，对一些当代小说名作做了令人信服的分析。他像一个熟练的导游，既向读者提供当代美国文学发展的"线路图"，又进行恰到好处的提示点拨，以便引导读者进行自己的探索。虽然《当代美国小说》内容相当精炼，也相当丰富，但要涵盖一个文学大国30年的小说创作，总难免出现"顾此失彼"的现象。还有一些备受关注的重要作家，如汤姆·沃尔夫（Tom Wolfe）、威廉·沃尔曼（William Vollmann）、欧内斯特·盖恩斯（Ernest Gaines）、汤姆·罗宾斯（Tom Robbins）等在书中未被提及。

但作为第一部总结近30年美国小说发展的著作，《当代美国小说》是非常有价值的。米拉德在一个与众不同的框架中，为读者提供了覆盖广泛且见解独到的观察，把重点置于对两个问题的回答之上：第一，美国小说是如何对当代美国生活中的一些中心问题做出反响的？第二，我们如何把当代美国作家联系在一起进行思考？当代美国文学庞杂多元，任何一个观察视角或阐释体系都无法完全覆盖。本书作者一定清楚地意识到了这一点。米拉德尽力避免概念性的抽象概括，防止以偏概全。作者在前言中强调，作品本身的艺术价值才是最重要的："《当代美国小说》并不超然于价值评判之上，但所有这些小说都具有很高的艺术价值；它们并不简单地表示一种文化类型或社会潮流，但只代表当代小说的重大建树。"这本书对当代作品的讨论是开放性的，而不是结论性的，以利于引导读者对当代美国小说的文化、政治和美学价值展开进一步的讨论。

开启美国文学信息资料库的钥匙[*]

在高校任教美国文学多年，常被问到一个问题：外国文学学了有什么用？提问者的声音里有时带着无奈的困顿，楚楚可怜；有时带着挑战的不屑，咄咄逼人。我的回答因人而异，有时耐心解惑，有时反唇相讥。其实这个问题问得没有水平，背后是一个错误的逻辑前提，即只有"用"才是衡量"学"的标尺。高等教育的任务主要不是提供职业培训，而是为受教育者打下终身发展的基础，培养健全的人格，让学生获得开阔的文化视野以及各种比实用技能更重要的能力，包括观察能力、思辨能力、想象能力、判断能力、解析能力、表述能力、沟通能力等等。这些抽象的东西捏合在一起，我们今天称之为综合素质。所以，我们的学

---

[*] 本文是《美国文学百科辞典》（上海外语教育出版社，2011年）的中文版序言，略做更动后刊登在《中华读书报》（2010年11月3日）第8版。

习应该超越应用层面，拥抱更加广博的知识。所谓知识，首先是"知"：了解、明白；然后是"识"，在"知"的基础上思考辨析，明达世理。古代汉语中，"知"通"智"——"知者"即"智者"。从某个角度讲，认识比应用更加重要。

从本质上讲，文学并不是"致用"的东西，而是一门"致知"的学科。我曾在一篇文章中谈到"知"和"用"的关系："文学的'用'是'无用之用'——无用之用，是为大用，因为编码于文学作品中的精神文化方面的东西，可以潜移默化地影响一个人，改造一个人。"如果一个人只追求实在的、实用的、实惠的东西，那么他就陷入了功利主义的泥坑。苏格拉底有一句名言："未经审视的人生没有价值。"用通俗话来讲就是：活着，要做个明白人。人作为地球上唯一知性/智性的、文化的生物，我们需要了解自己的生存环境，包括自然的、社会的和人文的环境；也需要了解我们自己：人的行为，人的思想和人的情感。我们还需要，如苏格拉底所言，对生活进行"审视"，反思过去，探究人生的意义，规划和想望未来。优秀的文学作品，不管是中国的还是美国的，都能通过语言的艺术反馈经验，提供认识社会、认识生活的观察窗口。

从传统渊源来讲，包括美国文学在内的西方文学，受到源自古希腊、古罗马的人文精神的浸润。文艺复兴时期的人文精神强调人是世界之本，提倡自由和变革，倡导科学思辨，相信人的智慧可以推动社会进步。西方文学中涵容的核心价值，在很多方面与我国的传统文化形成互补。在中国近代史上，我国的知识分子曾经在西学中获得了对抗顽固的封建主义的巨大力量。从近百年的发展来看，美国文学见证了大英帝国走向衰弱，美国崛起为世界唯一超级大国的"换位"式的变迁。伴随着主导世界的政治、军事和经济影响力，美国文学迅速崛起，后来居上，成为世界文学之林中最受关注的一支，在一定程度上也是引领世界文学走向的文化力量。美国文学充分表述了其历史地理、政治经济、社会生活等国家特征，也充分凸显了其价值观念、思维方式、风土人情等文化因素，是我们了解美利坚民族最鲜活、最直观、最形象、最生动的教材，包含广博而丰富。

早期来到北美的拓居先民，身上没有历史的负担和传统的牵挂，把新大陆当作巨大的实验室，将欧洲理想进行本土化改造，催生了杰斐逊的农业理想主义、富兰克林的实用哲学、爱默生的超验主义认识观；既孵化了布鲁克林农场这样的乌托邦公社，也导致了全民追求"美国梦"的狂热。这里历来是多种理想、多种文化交融和碰撞的集合地，充满了骚动与亢奋，滋育着幻灭和希望。美国文学充分记录和反映了民族的和个人的追求历程，而记录文本中又有一种批判精神始终贯穿其中，与民族理想相反相成，表达求索过程中典型的美国式的矛盾心态。

政治的、经济的、文化的力量作用于社会，作用于文学，催生和滋育了新的文学表达。文学作品再现的许多故事，不仅共同编织了一幅栩栩如生的美国生活的风俗画，而且串联和勾勒了美国历史几百年发展的文脉语境。著名学者弗雷德里克·霍夫曼指出，文学的价值不仅仅产生于它"使用"了某一时期的史料，也不在于它表达了某一主题思想，更不局限于它为政治、思想史作诠释，具有文献的功能，"而主要是因为它是一种最高概括，是通向认识某一时代重大事件的真正径途"。

近几十年来，中美之间经济、文化交流增多，同时我国高等教育发展迅速，致使越来越多的人对美国文学产生兴趣。高校的中文和外语院系，本科、研究生和专业师资在三个层面上学习和研究美国文学和美国文化，形成了一个规模不小的群体；社会上也有很多美国文学爱好者。在我国图书市场，各类美国文学史、美国作家的作品选读和传记，以及他们所著述的文学理论和批评著作层出不穷。被翻译引荐的外国文学著作名录中，包括经典的、当代的、严肃的和通俗的，最多的也是美国文学。我国改革开放几十年带来的文化繁荣，一方面将美国文学推向更加普及的层面，另一方面又促进了更加专业的研究。从普通读者群到学术界，都对美国文学抱有极大的好奇心，关注着她的发展动态和研究趋势。在信息化将世界紧密联系在一起的今天，我们需要获得更多异文化的体验，才能在全球化语境中达到有效沟通和交流，而文学文本是培养多元文化意识和全球视野的理想课本。

这套《美国文学百科辞典》可以为我们学习、阅读美国文学答疑解惑，提供详尽的参考。全系列分为殖民拓居和新共和时期，19世纪美国文学成长期的浪漫主义和现实主义，20世纪上半叶美国文学高潮期的自然主义和现代主义，以及"二战"后的当代文学四卷。每一时段的文学，都是该时期文化史、思想史的一部分，最生动地反映着当时的社会风貌、政治气候和文化环境。

作家的审美意识和艺术想象又最能提示所处时代的精神气候、文化特性和生存状态。值得一提的是第一卷。一般认为,除了印第安人的口头文学和殖民时期的一些零散诗歌外,狭义的美国文学只有200年的历史——从华盛顿·欧文和库珀的早期浪漫主义开始,但这套《美国文学百科辞典》用了整整一卷的篇幅,追踪从1607年早期欧洲移民的遗留文字到19世纪初美国早期浪漫主义开始之前的文学作品。编撰者们以开放的心态定义文学,收集后来汇成洪流的源头上的涓涓滴滴,对各种记录文字进行了历史考证和汇总,为考察美国文学的源起提供了丰富而有价值的原始资料,难能可贵。

《美国文学百科辞典》(修订版)是2008年的新版,在2002年版的基础上,经过学者专家大量的修订、更新和增补,并对美国文学的发展阶段进行了更加合理化的整合后隆重推出,由原来的三卷扩展为现在的四卷,新添了1000多个词条共计40余万英语词的内容,尤其对近五年的重大新发展进行收录。按照编撰者的设计,这套百科辞典的主要读者对象是英语国家的大学生,供他们学习、研究参考之用,因此具有如下几方面的主要特点:

摒除学究式的晦涩,内容清楚明晰,文字简洁易懂,评述扼要客观,特别适合母语不是英语的我国读者阅读参考;

结合文学史的分段和辞典的排序,以文学阶段分卷,集中相关内容,每单卷收录的词条按字母排序,既形成词条之间的呼应与参照,又便于查阅,兼具文学史和文学辞典两方面的功能;

覆盖从殖民早期到当代文学的最新发展,词条不仅收录重要

的作家与作品,其他信息如文学运动、文学思潮、文学刊物、文学奖项等也均有介绍;

跟踪作家、作品、批评与研究的新发展与新动向直至2007年,具有信息上的前沿性;

每个作家词条后均列出主要批评和传记书目,重要作家词条附有研究综述专栏,为进一步深入学习和研究提供指南;

每卷开篇之前有按年份列出的文学发展大事记,形成一个目录式的陈列,将个别词条嵌入整体发展框架之中,便于辞典使用者对美国文学的综合把握。

上海外语教育出版社引进出版的《美国文学百科辞典》的英文版,为我国的美国文学学习者、爱好者和研究者提供了全面而权威的工具书,为美国文学教学与研究的发展做出了新的贡献,功德无量。这套百科辞典洋洋四大卷,是国内同类中首次引进,也是品种繁多的有关美国文学的出版物中缺少的那种理想、实用的参考,覆盖宽广,信息丰富,设计独特,与时俱进。对我,以及对于所有美国文学的爱好者、教师和学生而言,拥有了这样一套百科辞典,就相当于得到了美国文学信息资料库的钥匙。我在这里特别向上海外语教育出版社的决策者们表示由衷的感谢和敬意,正是他们高瞻远瞩,一如既往地注重出版的社会效益,我们才能不断从中受益。

(2010年夏)

从呐喊、抗议到心灵解析
——兼评王家湘的《20世纪美国黑人小说史》*

非裔美国文学在美国文学史上的地位举足轻重。1993年托妮·莫里森荣膺诺贝尔文学奖，登上世界文学最高领奖台，更是代表了整个美国文学取得的辉煌。王家湘教授的新作《20世纪美国黑人小说史》是国内第一部非裔美国文学史著作，对日益成为美国文化重要组成部分的黑人小说进行了仔细的梳理和总结，对众多黑人作家和作品进行了介绍和恰到好处的评析，将过去一个世纪蓬勃发展的非裔美国小说图卷，清清楚楚地铺陈在读者面前。它像一幅工笔画，不事渲染，但讲究层次细节，耐读耐看，很见功夫。

以弗雷德里克·道格拉斯为代表的非裔作家，早在19世纪就已在美国掀起了波澜。但早期黑人文学是为种族生存、为争取平

---

* 本文原刊于《译林书评》2006年第4期。

等人权呐喊的文学,多为"黑奴吁天"式的作品。作者一般从第一人称的角度进行叙述,采用直白的现实主义,强调故事的真实性,倾诉黑奴的非人遭遇,博取同情,呼吁正义。直到20世纪初,黑人小说首先是争取解放的武器,艺术想象让位于政治目标,而政治功用的凸显又在一定程度上限制了黑人小说艺术上的发展。黑人文学,就像黑人的身份一样,从一开始就陷入了两难之地。他们是美国作家,同时他们又是黑人作家。20世纪开初,杜波伊斯在《黑人的灵魂》中首先揭示了种族歧视和偏见影响下黑人分裂的自我意识:"永远感受到自己的双重性——一个美国人,一个黑人;两个灵魂,两种思想,两种互不妥协的追求",但他同时指出,黑人具有自己的文化使命,不应以主流传统"漂白"自己。

这样的基本思想促成了著名的"哈莱姆文艺复兴"运动。哈莱姆是纽约的黑人聚居区,既是当时非裔美国人的政治中心,又是文化运动的中心。"哈莱姆文艺复兴"又称"新黑人运动",推出了多样化黑人文学,既有战斗诗篇,也有与时俱进的带现代派风格的小说。初次形成"集团"文化力量的黑人作家,号召反抗白人的种族压迫(如克劳德·麦凯的十四行诗《如果我们必须死亡》),或描写黑人的悲惨生活(如琼·图默的《甘蔗》),或努力弘扬黑人文化(如众多的黑人刊物,包括《哈莱姆》《危机》《机遇》《黑人世界》等)。这场黑人文化运动影响深远,推出和造就了一批黑人文化精英,但是新黑人文学的火苗没有立刻燃成燎原之势。

20世纪30年代的大萧条引发了文学激进主义思潮，美国主流文学中政治与艺术携手合作。大文化气候将黑人小说卷入了"抗议文学"的潮流，把不少崭露头角的哈莱姆的才子才女埋没了几十年，直到70年代才被"重新发现"。"重新发现"的最重要人物是佐拉·尼尔·赫斯顿。从30年代末到40年代，黑人作家中理查德·赖特一枝独秀。他的社会现实主义小说被视为社会抗议文学的正宗，成为美国黑人文学的典范。他与《新群众》等左翼杂志关系密切，把文学当作批判种族主义和资本主义的武器。

以愤怒抗议为标志的赖特式的"抗议小说"不同于早期的"呐喊小说"——两者的受众不同。后者设定的隐含读者是白人，作家们努力使他们了解美国种族压迫的现状，希望博取他们的同情心，激发他们的正义感。"抗议文学"的主体读者群是非裔美国人，希望黑人同胞提高政治觉悟，认识自己的处境，加入反种族主义、反资本主义的阵营，丢掉幻想，自强自立，为自己的命运抗争。正因如此，这两类作品往往无法突破种族题材，政治正确成为作品首要关注，压过了人物塑造和叙事艺术。哈莱姆走出的作家们已经向美国人证明，他们不缺文学天赋，但他们认定黑人文学必须是向种族主义宣战的文艺武器。社会语境要求他们首先成为斗士，其次才是作家。

但文学有自身的特征，政治话语与艺术话语两个层面常常形成矛盾。非裔美国作家们肤色不同，在白人社会中境遇不同，感受不同。但他们与其他美国人又有很多相似之处，同样被生活环境和人生经历塑造，都有自己的个性、追求和人生观，有各自的喜怒哀乐。他们是黑人，是一个受到不公正待遇的群体；他们是人，是个体，与所有人一样面对现实生活中的各种问题。创作主体和创作客体，即作家和小说人物，都有一个如何定位的矛盾。解决矛盾取决于社会的进步和时代的变迁。

20世纪50年代，拉尔夫·埃里森和詹姆斯·鲍德温的作品令人耳目一新，冲破了赖特的题材和风格的无形约束。他们仍然写黑人，但拒绝迎合黑人文学表达"抗议之声"的期待，描写的是发自心灵深处的感受，主要着墨于人物的心路历程，如对主流价值观念的认同与扬弃、成长的烦恼、宗教和文化意识方面的冲突等，超越了种族文学的边界，取得了不凡的文学成就，但也遭到批判和谴责，被误解为放弃黑人艺术家的社会责任。马丁·路德·金领导的60年代的民权运动，很大程度上为黑人赢得了政治上和道义上的胜利，也带来了黑人小说创作的繁荣。70年代以后最值得一提的两位女作家艾丽丝·沃克和托妮·莫里森，代表了在种族主义和男权双重歧视下，又在民权和女权两个运动中觉醒起来的黑人妇女的声音。从任何角度来讲，她们都是优秀的美国作家，而不仅仅是优秀的美国黑人作家。

这两位女作家，以及70年代以后涌现出来的其他黑人作家，有着强烈的黑人民族自豪感。他们不谋求靠近白人文化以争取认同，而是转向黑人的语言、民间文化和非洲传统寻找创作的力量。他们力图表现普通黑人的普通生活，着眼于反映他们的内心世界和价值观念的冲突。在创作技巧上，他们不再局限于传统的现实主义，广泛运用现代手法，作品讲究叙述视角的变化，重心理、重象征、重想象，有的作品甚至带上了魔幻和后现代的色彩。他们大大开拓了表现领域，反映两代人之间、城市环境与人之间、个人与群体之间、物质主义与精神道德之间、现实社会与传统之间等黑人生活的多方面。他们仍然反映种族问题，但不愿被种族题材和"政治审美"绑架，而努力探索支配人的行为的深层因素，包括心理的、文化的因素。在人物塑造上，他们笔下的黑人多数是有弱点的真实的人，并不担心来自同胞的"丑化黑人"的指责。他们揭示和抨击黑人性格中的弱点，尤其是存在于黑人心灵中的"内化的"种族歧视，探讨人与人之间扭曲的社会关系。敢于面对自身的缺点是黑人文学走向成熟和自信的表现。

当代美国黑人小说出现了空前的繁荣。曾被忽视、遭攻击的一些走在时代前面的作家，如赫斯顿，经"重新发现"后被抬升到了"大师级"的地位；沃克和莫里森在表现黑人痛苦的经历中，探讨人性复杂的多面，其成就已得到了全世界的认可；来自西印度群岛和加勒比的新移民和移民后代，如波勒·马歇尔和杰梅卡·金凯德，从后殖民视角对白人殖民主义统治下家乡的黑人生活进行了反思；欧内斯特·盖恩斯更多地从历史的角度来审视美国黑人的经历与遭遇；而伊什梅尔·里德、克莱伦斯·梅杰、威廉·凯利和利昂·弗利斯特等，则形成了第一批美国黑人后现代作家群。黑人作家已经成为当代美国文学中一支站在前沿的不可或缺的力量。

王家湘教授将20世纪美国黑人小说从呐喊到抗议到心灵解析的发展历程，及其历史和社会环境、代表人物和作品，详尽而清楚地陈列在读者的面前。这部文学史提交给读者的是具体的、翔实的、能触摸到的东西，而不是空泛的概念和理论。作者在前言中说，她不喜欢过多的文学理论探讨，这本书"还是'老一套'地通过作品认识时代、社会现实和作家，通过作家认识作品"。"老一套"三字打上了引号，与未言及的"新一套"形成参照。作者的理由简单而无可辩驳："作品是具体作家创作的，不可能不反映作家的经历和他对世界、对社会、对未来、对人生的意义和价值的看法。我从人物、情节、语言运用、创作手法去理解、欣赏作品。"英国文学理论家特里·伊格尔顿肯定也认同这一点，他认为"一切艺术都烙有历史时代的印记"。其实这"老一套"，即在历史和社会语境中解读文学作品，过去是，现在仍然应该是文学研究的主渠道。《20世纪美国黑人小说史》向我们展示了美国文学的一个重要侧面，通过文学和文学再现的美国黑人的自我意识、社会观念和政治态度，我们又能更深入地了解20世纪美国的社会和文化。

《美国文学大辞典》前言[*]

在近代历史上,中国将自己关闭了很长一段时间。正因如此,改革开放打破文化压制和自我禁锢后,反弹强烈,外国文学的译介、引进和学习、研究很快形成热潮。随着经济全球化和国际跨文化交际的常态化,随着英语和互联网在我国的普及,这种"热"将成为一种常温,不会冷却。

在我国30余年经济高速发展后的今天,我们大张旗鼓地提出了文化软实力建设的口号。这要求我们用一种开放的心态,批判地吸收编码于外国文学中的人文精神,借取他山之石,在学习借鉴中取长补短。今天,阅读、翻译、学习、研讨、评述美国文学,在高校、在文化与出版界、在普通民众中间,已经有了众多的人口。这是好现象,人类文化本来就应该是共享的。文学是最

---

[*] 本文是《美国文学大辞典》(虞建华、栾奇主编,商务印书馆,2015年)的前言。

好的文化媒介，不同文化间碰撞产生的火花，可以点燃思想和认识的火焰。我们编写这本《美国文学大辞典》的初衷和目的，正是希望为美国文学的学习和研究提供一本实用的工具书，为中美文化交流做一点具体贡献。

美国是世界强国，方方面面都引起了更多的关注，美国文学也不例外。新大陆煽起的乌托邦想象、特殊的移民历史、全新的建国理念、不同来源的新民族组合，使这个国家从一开始就与众不同。第二次世界大战以后，美国不仅在经济和军力上一家独大，而且在新文化发展方面引领着世界潮流。美国文学在我国文化界、学术界和读者中受到特别关注，也是一种必然。

我国的读者早已认识了霍桑、马克·吐温、德莱塞、杰克·伦敦和欧·亨利，又很快熟悉了海明威、福克纳、赛珍珠等。30余年来，几乎每一颗文坛新星在美国升起时，都将星光投射到遥远的东方。成千上万部美国文学新、老经典有了中文译本；美国文学界出现的新思潮、新流派，文学创作的新理念、新模式，影响和启发了不少中国现、当代作家；一篇篇、一部部美国文学作品，也给中国读者带来过激动、感悟和沉思，催人奋发，让人长叹，教人敛足而思。就像中国和世界其他国家的优秀文学作品一样，美国文学也在某种程度上潜移默化地改变着我们的认识和态度。

美国文学的发展，就如她的国力一样，迅猛异常。成为主流的美国文学始终以批判为主线：批判早期的清教主义，批判蓄奴制和种族歧视，批判物质至上的"美国梦"，批判殖民主义扩张和掠夺，批判造成生态恶化、人性异化的后现代环境。这种批判性的审视，代表了社会的良知，体现了知识分子的责任心。作家们通过小人物的小叙事，从具体和个别入手，放大观察美国的政治理念、经济模式和社会关系中反映出来的种种问题，为读者描绘出了这个动态、激情、矛盾、混乱国度中许多栩栩如生的画面，从中我们可以获得最直接、最真切的异文化的体验，也能身临其境，了解和感受美国的历史地理、政治经济、社会生活、价值观念、风土人情等各个方面。从这一层面来讲，外国文学又是培养人文关怀意识和多元文化意识的理想教材。

我国目前尚无一部自主编写且具有一定篇幅的美国文学辞典，与美国文学在我国翻译、阅读与研究的热情不符，与英语教学的蓬勃发展和庞大教师队伍和研究生队伍不相匹配，也与中、美两个世界最大经济体的文化交流的发展势头不相吻合。几年前，我们产生了编写一本较具规模的美国文学大辞典的想法，意在推出一部覆盖全面、紧跟文学的新发展、对我国迄今为止的美国文学翻译与研究状况进行细致梳理并详尽地反映美国文学在中国的研究和译介情况的工具书，希望出版后成为国内相对完整、权威的参考，为美国文学爱好者、学习者和研究者提供充分翔实的资料信息和学习研究的平台，为英语语言文学、比较文学和外国文学三个学科领域的研究生、教师和科研人员带来帮助，成为相关学科研究者和研究生的案头书。辞典的编写启动于2004年，预计到成书出版时已有整整十年时间——也许尚未下足"十年一剑"的水磨功夫，但我们仍希望这是一把"好剑"，能够达到设计的意图。

《美国文学大辞典》共收录2079个词条，内容包括作家、批评家、文学理论与文史学家、相关的文化人、新老经典作品、文学刊物、文学组织与流派、文学运动与事件、文学奖项和批评指南共十大类。词条的覆盖并不仅限于主流文学，也顾及有影响的通俗文学。来自27所高校的40余名学者和具有文学博士学位的青年教师参加了主要编写工作，多数是在大学一线任教外国文学的教授和副教授。编写队伍的构成，保证了编撰的质量。

我们在对国内外资料进行采集与归总、对我国美国文学的翻译和研究进行全面调查并取得比较完整的信息数据的基础上，确定词条和进入"批评指南"的研究成果。除了作家与作品外，本辞典还分别对美国的文学期刊、文学运动、文学事件、文学流派和文学奖项等相关情况进行摸排、梳理和综合，进行比较、选择，合理确定词条。大辞典对作家和作品的评述方面，我们既认真对待国外美国文学研究界的主流评价，又避免国外文学史著作和相关现有词典中主流意识形态对选择与评价的"操纵"，不盲从现有的一般见解。本辞典注重代表性、学术性和前沿性，期待出版后能以其资料的系统性、完整性、当下性成为美国文学研究的信息库。

本辞典的主要特点表现在：一、成果的编撰与时俱进，突出"新"字，对国外出版信息和国内研究、翻译信息跟踪至2010年底；二、虽然辞典的价值主要不在阐述新见解、建构新理论的方面，而是在发掘、考证、整理等资料工作方面，但本辞典较好地解决了辞典的客观性和"以我为主"的矛盾，比如，列入大辞典的华裔美国作家的条目较多，与其在美国文学中的地位并不相配，但可以满足国内研究者的关注；三、在主要词条的"批评指南"部分，本辞典提供国内外的相关研究信息，提供已有研究的基本情况，也为进一步学习和研究提供参考；四、本辞典创造了一种编写新模式，努力为使用者提供集中明了、简易实用的查阅途径。

《美国文学大辞典》中的"批评指南"是国内外一般同类辞典所不具备的。编写队伍中四名文学博士对国外的权威参考书，以及中国国家图书馆编目、中国图书出版目录、全国的文学核心期刊和大学的社科版学报等出版信息源进行了扫描式的全面核定和调查，整理出1400余页与美国文学相关的国内出版的书籍和发表的论文的标题。辞典的主编和几名主要编写者在此基础上进行淘选整编，做了大量的工作。我们在主要作家条目之下，列出国外主要研究著作，以及国内美国文学的翻译和研究的信息，包括已经汉译的名著、出版的研究与批评著作、博士论文和核心刊物上发表的文章，尽量做到系统、全面、可靠、一目了然。以词条"海明威"为例。本辞典不仅介绍作家的生平创作，也在作家词条之下分设作品词条，分别对海明威最具有代表性的长篇和短篇小说共12篇一一进行介绍和简要评述，同时提供该作家在国内外的研究和接受情况：列出国外海明威研究的主要著作、国内出版的所有海明威研究著作、相关博士论文、海明威作品的主要译本以及在主要学术刊物上发表过的海明威研究论文的信息，为辞典使用者提供国外研究参考和清晰明了的国内研究现状。

我们认为，这部《美国文学大辞典》兼具学术性、实用性、系统性和前沿性，既是工具书，也是很好的读本。全体编撰人员求精、求新、求全，使之包容广泛，内容紧跟发展前沿。这是几十人多年艰苦劳动的成果，希望出版后会受到读者的认可和喜爱，成为美国文学学习者和研究人员的良师益友，为他们提供充分翔实的资料信息和学习研究的指南；也希望它经得起时间的考验，体现价值，对我国外国文学的译介和研究带来推动。

在此，我对所有参写、参编者表示由衷的感谢。同时，我还特别要对参加大辞典审阅的专家们致谢（排序按姓氏拼音）：山东大学的郭继德教授、上海大学的黄禄善教授、南京大学的刘海平教授、北京大学的陶洁教授、南京大学的王守仁教授、解放军外国语学院的姚乃强教授、杭州师范大学的殷企平教授、复旦大学的张冲教授和南京大学的朱刚教授。《美国文学大辞典》从策划、立项、启动到完成，在漫长的编写过程中得到了上海外国语大学重大科研立项、教育部"211"第三期重点学科建设科研立项和国家社科后期资助立项的资金支持，在此我也表示深深的谢意。没有全体参编人员的努力和这几方面的立项支持，要完成如此规模的文学辞典是难以想象的。

由于主编的水平所限，疏漏、错误在所难免，敬请同行专家们赐教。

（2012年秋）

自主意识与《美国文学大辞典》的编撰[*]

　　商务印书馆2015年底推出的《美国文学大辞典》(以下简称《大辞典》)是我国第一部自主编写的大型国别文学工具书,获得国家哲学社会科学研究基金后期资助的立项支持,出版后又获得上海市哲学社会科学优秀成果奖(2016)的肯定。辞典编写始于2005年,历时10年。在此过程中,上海外语教育出版社同时引进了两套大型美国文学辞书:《牛津美国文学百科全书》和《美国文学百科辞典》[1]。那么,既然国内已经有了两部具有规模的美国文学辞书,自主编写是否还有必要?如果全英文的引进版限制了

---

[*] 本文原刊于《西安外国语大学学报》2017年第1期,第78—81页。
[1] 两本引进的百科类美国文学辞书是帕里尼(Jay Parini)主编的《牛津美国文学百科全书》(*The Oxford Encyclopedia of American Literature*, 上海外语教育出版社,2011年)和博斯韦尔(M. Boswell)等主编的《美国文学百科辞典》(*Encyclopedia of American Literature*, 上海外语教育出版社,2011年)。

读者面,为何不将现有的辞书进行翻译或编译?自主编写与翻译或编译是完全不同的概念,《大辞典》课题组提出的"以我为主,为我所用"的编写原则,便是一个说明问题的分界。但是,美国文学毕竟是他国的文化产品,自主性如何体现?我们从编写者的角度就此做一些具体方面的探讨。

一 以我为主:客观性与文化语境

文学史、文学批评、文学辞书都是叙事,不是"铁的事实"。一方面,作为语言艺术的文学具有跨时代、跨民族、跨地域的特性,可以引向对生活经验的认识和反思,这是文学可供共享的基础。另一方面,文学又具有可阐释性。从理论上讲,意义产生于读者的阅读过程。正因如此,一百个读者就可以有一百个哈姆莱特。解读不同,评价也就不同,不可撼动的主流评价其实并不存在。美国本土的一些权威文学史、辞书和文选,在选择经典时都有所不同,即使选择了相同的作家,总体评价的肯定度、对不同作品的褒贬态度、陈述的详略和侧重也都各有不同,对于当代作家和作品更是见智见仁、众说不一。

国外编写的中国文学史,同样考虑本国的接受情况,而不是跟随文学所属国亦步亦趋。比如诗人寒山在20世纪八九十年代之前受到国人关注不多,但在美国却声名卓著,"二战"后"垮掉的一代"(The Beat Generation)尤其视其为偶像。在美国人编写的中国文学史中,寒山居于十分突出的地位,甚至高过李白和杜甫。寒山诗歌的最大特点是文字接近口语体，因此在翻译中"流失"较少[1]，更能保存原色。由于某些译本的流传，有些中国作家和诗人比其他作家和诗人更广泛地在国外被阅读和评介，进入他们的"经典"范围。他们的"主流"名单不必与中国编写的权威文学史一致。这里涉及的是文化再生产的问题，也就是说，对于美国读者来说，这样的呈现更接近于他们的"客观"标准。

当然，"自主性"并不等于自说自话。《大辞典》的编写参阅了大量权威的国外文献，对美国主流评价是充分尊重的，但这种借鉴和尊重并不引向拿来主义。正如辞典序言所说："对作家和作品的评述方面，我们既认真对待国外美国文学研究的主流评介，又避免国外文学史著作和相关现有辞典中主流意识形态对选择与评价的'操纵'，不盲从现有的一般见解。"[2] 文学信息浩如烟海，编写者必须对文献资料进行梳理和归总，在此基础上进行比较和选择，确定词条，提供评述。评价可以是直接的，论及思想价值和美学价值；也可以是间接的，在资料取舍、篇幅详略、批评指南和图像配置等技术方面表达编写者的意图。这两方面都不可避免地有主观性的介入。《大辞典》中"以我为主"的原则贯穿于编写的整个过程，也反映在辞典的各个方面。如果我们将上海外语教育出版社的两个引进版与《大辞典》进行比较，就能发现许多不同：视角不同，立场不同，兴趣点不同，设定的读者对象也

---

[1] 此说来自广泛流传的美国诗人罗伯特·弗罗斯特的名言：Poetry is what gets lost in translation（诗是翻译中流失的东西）。但有学者考证，弗罗斯特从来没有说过这句话。
[2] 《美国文学大辞典》，虞建华、栾奇主编，商务印书馆，2015年，第2页。

不同。我们举几个实例说明问题。

《大辞典》设有"天使岛组歌"（The Angel Island Poems）这一词条，介绍、评价早期华人移民在被关押的天使岛囚房墙上写下的中文诗。排华法案生效后，美国移民局在位于旧金山湾的天使岛成立了白人种族主义机构"天使岛移民检查站"（1910—1940）——实际上是个拘留营，专门针对前来美国的华人移民。被拘禁的华人以诗歌的形式将愤怒和痛苦刻写在墙上，后被人抄录，以《天使岛组歌》为书名于1976年发表，再后又被译成英文，以《孤岛：天使岛华人移民的诗歌和历史》（Island: Poetry and History of Chinese Immigrants on Angel Island, 1910—1940）为书名在1980年出版。虽有其中的个别诗作被美国人编的文选收录，但主流辞书和文学史对其不屑一顾。但我们认为，"天使岛组歌"是早期华人移民在美国国土上的文学书写，诉说的是活生生的美国移民史的一部分，是发自内心的抗诉，不仅具有艺术价值，更具有历史价值，是对美国文学有兴趣的中国人应该知道的部分，因此决定将其编作词条进行陈述。

霍华德·法斯特（Howard Fast）是体现《大辞典》自主性的另一个例子。这位曾激烈抨击美国资本主义制度的左翼作家，在美国人编写的文学史中往往难觅踪影，最多一笔带过，但在20世纪50年代的中国，法斯特的很多作品被译成中文，包括《最后的边疆》（The Last Frontier, 1941）、《没被征服的人》（The Unvanquished, 1942）、《奴隶起义》（Spartacus, 1952）、《萨柯和樊塞蒂的受难》（The Passion of Sacco and Vanzetti, 1953）等，译者包括后来大名鼎鼎的冯亦代、施咸荣、李文俊等人。当时西方文学一般被挡在意识形态的高墙之外，但法斯特被请进中国，为很多中国读者所熟知。这是特殊语境中的文化现象，是历史的现实。《大辞典》设词条对他进行了充分的评介：小说成果丰硕，作品改编的电影获得过奥斯卡奖，由于政治观念有悖于美国主流意识形态，他常常不为美国主流文学所接纳。但在冷战结束多年后的2003年法斯特去世之际，《纽约时报》等主流报刊对他评价甚高，称其为"美国英雄"（可见美国主流评价并非一成不变）。我们认为他的作品细腻动人，不是所谓的"政治宣传"，《大辞典》中应该有他的信息，因为不管现在对他如何认定，他都是中美文学交流史中不该忽略的历史的部分。

《大辞典》对杰克·伦敦和他的小说作品的评介比较全面，并附以详尽的批评指南，篇幅显著。与美国文学辞书相比较，这位作家显然获得了"优待"。杰克·伦敦在美国文学史上的地位变动不居，时而被拥到聚光灯下，时而又被推挤到边缘暗角，近几十年尤以负面评价为多。但他在中国拥有众多读者，一些代表作的中译本说明了问题：《野性的呼唤》（*The Call of the Wild*，1903）从1919年最初的中译本（易家钺译《野犬呼声》）到当代，共有36个不同译本，《马丁·伊登》（*Martin Eden*，1909）有六个，各类短篇小说集更多。《大辞典》不仅评述他的主要长篇小说，还将《生命的法则》（"The Law of Life"，1902）、《生火》（"To Build a Fire"，1908）等数篇中国读者熟知并喜爱的短篇小说代表作选列为词条。《大辞典》客观地说明他在美国文学史上起伏变动的地位，对作品艺术价值的评价亦有褒有贬。在作品解读方面，《大辞典》的评述并不追随大流。比如长篇小说《铁蹄》在美国评价不高，但我们的词条对这部"乌托邦小说"的政治意义和艺术成就都给予了充分的肯定，视其为一部警世之作。作者对不久的将来社会发展的悲观预测，在现实生活中令人信服地得到了证实：30年后纳粹主义在欧洲兴起，《铁蹄》中描述的恐怖统治的政治结构与组织模式，与德国法西斯主义如出一辙。我们强调了历史发展凸显的这部想象作品的价值。

外国文学辞典的编写不应该是一种简单的搬运工作。像《大辞典》这样百科性的工具书，也不可能是单纯的信息综合。但同时，《大辞典》并不刻意"标新立异"，其主体与美国文学共同接受的一般描述是形成呼应的，也与批评界的主流走势同向而行，比如比较强调少数族裔作家和女性作家对美国文学的贡献，也比较凸显对美国社会现实进行揭露批判的作家和文体风格与表现手段有所创新的作家。这些都符合后殖民时代美国主流文学的大方向：强调文化多元共存，强调文学的批判传统，强调创新。我们认为，《大辞典》选择和评介中体现的"以我为主"的编写宗旨，与尊重美国学界对美国文学的基本认识之间，并不存在冲突。

二 为我所用：适合与适用问题

中国人编写的美国文学辞典，应该服务于中国的读者，考虑国内的关注和需求，这是我们的宗旨。出于这样的考虑，《大辞典》中华裔作家的条目安排较多，共47个，除作家和作品外也包括"亚裔美国文学""亚裔美国人文学奖"等综合性的词条，提供相关信息。华裔作家在整个美国文学中其实影响有限，词条的数目与他们的真实地位也许难成正比，但可以满足国内读者的关注。我们在"编撰与查阅说明"中解释了编写者的意图，以免误导[1]。国内读者比较关注华裔美国作家笔下关于移民历史和异乡生活的描写，而学界对种族话题、身份意识、文化传承与杂糅等"跨界"主题也兴趣较浓，因此大辞典在这方面的偏重，是从我们的角度为我们的读者提供的。

赛珍珠在20世纪30年代创造了轰动效应，赢得了众多美国读者，但她写的毕竟是中国题材，在美国文学中有些"另类"，虽然获得过诺贝尔文学奖，但目前似乎已被淡忘，难进主流。我们充分意识到她在美国不断下跌的文学声誉，但还是给了她显著的篇幅，因为中国学界对她依然兴趣浓厚。赛珍珠提供的是一个外来者的视角，她通过所见所闻和想象性的再现，生动描绘了中国那一段多灾多难的历史。《大辞典》悉数收录她的主要作品作为词条，全面评介，在批评指南中提供与她相关的论著、她作品的译作、核心刊物全部相关论文的信息，也将与赛珍珠有历史渊源的诸如江苏大学的学报上刊登的许多评论文章详尽列出。这种"厚待"同样出自服务于中国读者和知识界需要的考虑。

为了呼应国内的文化教育界，《大辞典》特别注意收录中

---

1 《美国文学大辞典》，虞建华、栾奇主编，第4页。

国高校经常选用的短篇作品进行介绍和评述。这类词条包括海明威的《乞力马扎罗的雪》("The Snow of Kilimanjaro", 1936）、欧·亨利的《最后一片叶子》("The Last Leaf", 1906）等短篇小说；狄金森的《因为我不能为死神却步》("Because I Could not Stop for Death", 1890）、弗罗斯特的《雪野林边驻足》("Stopping by Woods on a Snowy Evening", 1923）、卡洛斯·威廉斯的《红色手推车》("The Red Wheelbarrow", 1923）等诗歌。这些作品篇幅短小，似乎分量有限，但脍炙人口，在中国读者中流传广泛。金衡山教授在《中国社会科学报》撰文特别肯定了《大辞典》编撰中这方面的工作，认为"这样的编纂用意也体现了本土意识"，因为"对于许多中国读者而言，进入美国文学圣殿是从短篇小说和小诗开始的。这种分门别类、重点突出的介绍，照顾了中国读者的需要"[1]。

鉴于国内读者、文学研究和翻译者对当代美国文学关注度较高的现实，《大辞典》收录了很多新世纪的文学成果，信息跟踪到2010年底。当代文学，尤其是21世纪的文学新作，反映的是文学发展的最新动态，与我们生活的时代息息相关，但由于创作于近期而不易把握。《大辞典》设定四方面的"准入"条件：一是成名作家的新作品，比如菲利普·罗斯的《鬼魂退场》(*Exit Ghost*, 2007）和厄普代克的《恐怖分子》(*Terrorist*, 2006）；二是美国文学三大奖的获奖作者和作品，如朱诺·迪亚斯的《奥

---

[1] 金衡山：《美国文学研究之检阅》，摘自《中国社会科学报》（2016年4月14日）第7版。

斯卡·瓦奥短暂而奇妙的一生》(*The Brief Wondrous Life of Oscar Wao*, 2007)；三是不但读者众多，也得到批评界广泛认可的作家和作品，如在全世界好评如潮的卡勒德·胡塞尼的小说《追风筝的人》(*The Kite Runner*, 2003) 和《灿烂千阳》(*A Thousand Splendid Suns*, 2007)；四是在中国被翻译引进、受中国读者和文学界广泛关注的作家，如邝丽莎的《雪花和秘密扇子》(*Snow Flower and the Secret Fan*, 2005) 和《恋爱中的牡丹》(*Peony in Love*, 2008)。我们认为以这样的标准对近期新作引介，既向中国读者展示了美国文学中的最新成果，也保证了辞典的严肃性。

在中国翻译和阅读最多的其实是美国文学中的通俗作品。编写者充分注意到大众文学的影响力，词条中列入了如斯蒂芬·金、丹·布朗等风靡中国的通俗文学作家，以及其他一些畅销的科幻、侦探、言情作家，提供这些作家的信息以及他们的作品在中国和全球的翻译和传播情况。《大辞典》共收录近300个与通俗文学相关的词条，在全书中占不小比例。我们认为将通俗文学纳入辞典范围的做法是与时俱进的。当前文化研究在我国渐成显学，这类研究重视大众文化的影响力，颠覆了"严肃文学"与"通俗文学"二元对立的传统分界。《大辞典》的安排能使"严肃"与"通俗"互鉴，既充分顾及了中国存在的巨大外国通俗文学读者群体，又为当前兴起的文化研究提供资料信息。

《大辞典》中的"批评指南"部分集中体现了"为我所用"的编写原则。这是进一步阅读和研究的参考部分，在主词条后列出国外主要相关研究著作，以及国内翻译和研究的信息，包括作品的已有汉译本、相关研究与批评著作、博士论文和主要刊物上发表的评述文章。辞典编写组对我国美国文学的翻译和研究情况进行了全面摸排，对中国国家图书馆编目、中国图书出版年度目录、全国的哲学社科核心期刊和主要大学的社科版学报等出版信息资源，进行了扫描式的全面调查，最后整理出与美国文学相关的国内出版的书籍和发表的论文，在此基础上进行梳理淘选，尽量做到系统、权威、可靠。这是我国美国文学研究必要的基础建设。

同时，《大辞典》采用一种"读者友好"型的编排模式。比如，作家词条后直接跟出该作家的作品词条，再辅以"批评指南"，提供相关研究和接受的信息，清楚集中，一目了然。考虑到国内对文学界的获奖信息比较关注，《大辞典》将美国文学三大奖（普利策奖、国家图书奖和全国书评家协会奖）以及其他重要文学奖项，如笔会/福克纳小说奖、笔会/马拉默德奖、笔会/纳博科夫奖等历年的获奖作者和作品的全部名单完整列出，英汉对照，以方便查阅。《大辞典》坚持"为我所用"的原则，编写中充分替潜在使用者着想，既努力体现出美国文学的整体风貌，帮助中国读者全面了解美国作家和作品，又在词条选择、内容收纳和编写模式等方面做出针对性的安置，服务于我国的阅读界、翻译界、文化界和学术界的需要。

三　规范功能：先入为主和合理性问题

虽然《大辞典》的编者无意承担译名"标准化"的责任，但既然是辞典，往往会被使用者当作某种规范。这部辞典包含大量国内接受信息，译名不统一是编写中必须面对的一个棘手问题。译者各自为政，展示个性，按自己的理解和喜好给出作品、刊物、文学组织、奖项等的中文名称，导致指称不一，"标识"混乱，带来信息错位。那些反复翻译和讨论的经典作品尤其如此。《大辞典》编写组有意识地做一些有利于推进规范化的工作。

改革开放打破了文化自我禁锢，外国文学的译介引进和学习研究很快形成热潮，似乎有一种长久压制下积聚的反弹力。名著翻译出现一哄而上的"大跃进"场面，其中一个比较极端的例子是马克·吐温的《汤姆·索耶历险记》（Adventures of Tom Sawyer, 1876）。汇总了大量资料后我们发现，这部小说在国内竟有近100种不同译本，其中大部分是20世纪80年代后的新译本（《大辞典》在"批评指南"中选择列出了30余种中译版本）。像《汤姆·索耶历险记》这类已失去版权保护、可以保证一定销售量的名著，让商家趋之若鹜，造成翻译界盛景和乱象共存的局面。

有多种不同译本，就可能有不同的书名译名。最初的中译本就包括《汤姆莎耶》（月祺译，1932）、《汤模沙亚传》（吴景新译，1933）、《孤儿历险记》（章铎声译，1947）等完全不同的书名。所幸改革开放后译名趋于统一，只有《汤姆·索亚历险记》和《汤姆·索耶历险记》两种，仅姓氏音译不同。二择其一，《大辞典》采用《英语姓名译名手册》上的"索耶"[1]，向现有规范

---

[1]《英语姓名译名手册》，辛华编，商务印书馆，1973年，第351页。

靠拢。这部小说的姐妹篇《哈克贝利·费恩历险记》(Adventures of Huckleberry Finn, 1884)的两个译本书名也是人名翻译不同,以《哈克贝利·芬历险记》居多。《英语姓名译名手册》中也用了"芬"字[1]。但是,考虑到英语"Finn"是姓氏,我们的辞典采用"费恩"的译法,而不用带女性化的"芬"字。比如小说中一个重要人物哈克的酒鬼父亲"Pap Finn",中文称其为"芬老爹"略嫌怪异,"费恩老爹"则比较自然。《大辞典》编写过程不可避免地要对译名进行掂量和选择,我们尽可能提出合理合适的选择,因为选定的结果在辞典出版后确实会起到某种程度的规范化效果。

在先入为主和合理性两者的冲突中,《大辞典》更偏向于后者。比如福克纳的代表作《声音与疯狂》(The Sound and the Fury, 1929),李文俊先生的译著《喧哗与骚动》深入人心。就英文词义而言,该书名两个译法均可行,但这一表达来自莎士比亚的《麦克白》:(人生)"如痴人说梦,充满声音与疯狂(full of the sound and the fury),但全无意义"[2]。"说梦"是"说",言语间充斥的是不堪其解的声音和狂躁,但不应该是喧哗和骚动。我们充分注意到了已存在的译名,经过再三斟酌,确定用《声音与疯狂》的译名,但在词条第一次出现译名时在括号里说明:"又译《喧哗与骚动》",这样既坚持了我们认为更到位的译名,又充分

---

[1] 《英语姓名译名手册》,辛华编,第135页。
[2] William Shakespeare, Jonathan Bate and Eric Rusmussen eds., *William Shakespeare Complete Works*, Beijing: Foreign Language Teaching and Research Press, 2008, p. 1911.

顾及李文俊的译作已被广泛接受为经典的事实。这样的选择和陈列不是随意的，而经过了仔细思考和掂量。

另一个例子是弗兰纳里·奥康纳的《暴力天启》(*The Violent Bear It Away*, 1960)。国内虽无中译本，但在介绍、评论该作家、提及该部长篇小说时，译名五花八门。该书名源自圣经·马太福音第11章，词条编写者追踪到标题出处，最后确定现译。同样，印第安文艺复兴代表作家斯科特·莫玛迪（Scott Momaday）的《日诞之地》(*The House Made of Dawn*, 1968)以前常被译为《黎明之屋》或《晨曦之屋》，但《大辞典》编写者在考证了印第安人的神话传说，并与国外专家探讨之后，确定现译书名。《大辞典》的译文原则是：尊重已有译名，更尊重译名的准确性。除了人名、书名的翻译外，还有报纸杂志和文学奖项的名称，都有译名不统一的问题。《大辞典》在附录中列出美国文学主要奖项和主要文学、文化报纸杂志的英汉对照表，同样意在为规范化方面做一些努力，希望改变译名凌乱的现状。

中国人编撰外国文学辞书，实际上也是一种文化对话，在互动互鉴中取长补短，关系到文化自觉。费孝通先生认为文化自觉需要经过"自主的适应"，"才有条件在这个正在形成中的多元文化的世界里确立自己的位置"[1]。编写过程是一个接受、消化、再生产的过程，编写者必须经过"自主的适应"，凸显主体性，才能在多元文化中有自己的一席之地。文学是最好的文化媒介。美

1　费孝通：《对文化的历史性和社会性的思考》，摘自《思想战线》2004（2），第1—6页。

国文学是我们观察了解美国的一扇窗户，透过这个窗口，我们可以获得最直接、最真切的异文化的体验，可以更深刻地感受和认识文学所属国的政治实践、社会生活、价值观念和风土人情。在我国高校，在文化和出版界，在普通民众中间，阅读、翻译、学习、研究美国文学都有相当的热情，确实需要《美国文学大辞典》这样一部反映我们的关注，服务于我们的需要的相对系统、全面、前沿的工具书。

第七辑

新西兰文学研究

20世纪新西兰文学纵横谈*

  有记载的新西兰历史不长，文学史更短。如果我们不把毛利人的口头文学和早期以历险、拓荒、毛利战争为题材的猎奇作品计算在内，那么，新西兰文学基本上就是20世纪的事情。
  新西兰著名历史学家A. H. 里德曾做过一个有趣的比喻：假如有一本300页的书，每页40行，每行40个字，每个字代表600年，那么，人类史中的新西兰史，是从这部史册的最后一页最后一行的最后一个字开始的。以此类推，新西兰文学史则写在最后一个字的最后一笔中。不过他是从三亿年前因地壳运动新西兰南北两岛从海底被抬升出水面时算起的。当然，从同一层意义上讲，地球上的人类本身，也还只是个坠地不久、胎毛未干的婴孩。在历史的长河中，新西兰文学只不过是涓涓一滴，但一滴水也能映射

---

* 本文原刊于《译林》2001年第4期。

出夺目的光芒。

1796年英国航海家詹姆斯·库克发现这两个南太平洋岛屿时，现今的新西兰方为世人所知，而真正大规模的移民直到1840年之后才开始。但是历史的短暂并不等于文化的贫乏。当地的毛利人虽然没有文字，但他们的口头文学绚丽多彩、源远流长。文史学家E. H. 麦考米克甚至说："远未进入欧洲轨道之前，新西兰早已是'作家之乡'。当乔叟还是孩童时，岛上已有吟诗作歌的人。到了莎士比亚时代，关于遥远故乡的神话和民间故事已在这个极富想象力的民族中间广为流传。在几百年与世隔绝的生存中，毛利人创作了波利尼西亚文学中特色鲜明的自己的体系。"

毛利人的口头文学当然也应该是文学，算作新西兰文学的组成部分也是理所当然的。但是一般人们所言及的文学，指的是书面文学。从历史上讲，殖民开拓期一直延续到19世纪80年代末。此时，经济出现快速发展，交通联网成片，社会保障体系逐步建立，物质生活、社会生活和文化生活达到了较高的水平。一些家庭主妇、学校教师、政府官员等出于某种难以言明的冲动，开始在烛光下写自传体的小说，创作诗歌，有意识地表达新生活的新感受。但应该说，直到19世纪末，新西兰文学尚未形成独立的体系，从一般标准来衡量也不成熟。小说猎奇色彩很浓，出于欧洲人的视角，迎合欧洲人的口味。诗歌也常常空弹欧美浪漫主义的老调，技巧上暴露出对丁尼生和朗费罗的不高明的模仿。殖民地环境迅速变迁，新居地生活令人目不暇接。但生存是第一需要，否则人无法对生活仔细掂量，对素材精心筛选，对文体突破创新。所以在20世纪以前，一般而言，新西兰没有什么可以拿出来放到世界文坛桌面上的东西。我们要等到第一次世界大战结束，凯瑟琳·曼斯菲尔德等一批文学才女出现，才能看到新西兰文学真正登台亮相。

与此同时，从19世纪90年代开始，一批希望之星已经冉冉升起。朱利叶·沃格尔和乔治·夏米尔的小说，威廉·里夫斯和杰西·马凯的诗歌，开始引起了人们的关注。20世纪的头几十年是国民经济走向初步繁荣的时期。一方面，这种繁荣是以严重依附宗主国为代价而取得的，而另一方面，经济发展促成了更大的文化市场，为文学繁荣奠定了基础。凯瑟琳·曼斯菲尔德、简·曼德、琼·戴万妮、布兰奇·鲍恩、艾琳·达根等一批优秀女作家，都是在新世纪初期涌现的，都推出了各自的力作，为30年代民族文学高潮的到来做了不可或缺的铺垫。

20世纪早期新西兰文学中，或者说整个新西兰文学中最值得一提的是作家凯瑟琳·曼斯菲尔德。这位女作家真名凯思琳·博洽姆，1888年生于惠灵顿一个中产阶级家庭，20岁那年只身去伦敦生活和写作，三年后崭露头角，出版随笔集《在德国公寓》。次年，她与文学刊物《节奏》及后来《蓝色评论》的主编约翰·默里邂逅，结成了十年伴侣（同居六年后结婚）。此后她进入了创作巅峰期，但仅仅维持了四五年。曼斯菲尔德于1923年不幸英年早逝，年仅35岁。在与病魔痛苦抗争的生命的最后几年中，她出版了确立自己文学地位的三部小说集：《我不会说法语》（1918）、《幸福》（1920）和《园会》（1922）。身后由她丈夫整理出版的还包括短篇小说集《鸽巢》和《小女孩》、中篇小说《芦荟》、《诗歌集》、文评集《小说与小说家》等。

曼斯菲尔德的主要成就是短篇小说。人们把它们分为"欧洲小说"和"新西兰小说"两大类，前者以英国、德国、法国为背景，后者以童年记忆中的新西兰为背景。"新西兰小说"不仅数量多，而且质量高，是撑起女作家文学声誉的主要支柱。她把记忆中普普通通而又难以忘怀的新西兰日常生活再现于作品之中，但不对现实进行照相式的写真，而是将记忆片段巧妙剪贴，组成一幅带现代色彩的新图，似凌杂散乱，却有强烈的总体效果。曼斯菲尔德的小说总是看似随意，但主题上的内在呼应十分强烈。她希望让读者在淡淡的即景素描中，看到新西兰生活原貌的一个片段，就像火车经过一个村镇小停时，旅客看到的该地无头无尾、无历史联系的短促的一瞥一样。但是这一眼留下的直接印象，往往要比经过整理编纂的地方志更加鲜活生动、更加令人难忘。

曼斯菲尔德的小说很有特色，也很现代。她观察视角独特，叙述没有预先设计的图稿，体势自成；她善于巧妙拼合，作品带有印象派的风格；她的语言充满神韵和灵气，富有抒情色彩。她的小说往往截取生活全景中的几个细小场面，一切犹如"一个睁大眼睛的小女孩"所见。20世纪初，小说现代派正在形成，多角度透视、意识流等新手法冲击了传统模式，拓宽了创作天地。人物不仅可以从外部也可以从内部进行揭示；生活可以从整体也可以切成零块进行展现。曼斯菲尔德很早注意到了一些实验文学的新动向，并与同代的乔伊斯、康拉德、劳伦斯、伍尔夫等大师一起，成为代表小说新潮流的主要作家之一。她是短篇小说中内心独白、表现视角转移等创作新技巧的拓路人，在短篇小说领域中取得了乔伊斯、伍尔夫在长篇小说中取得的同等成就。可以说，她是现代短篇小说发展的里程碑。她一下子把新西兰文学带到了世界文学的前沿。

随着时间的推移，海外文化与本土文化，即大英帝国的殖民文化与新西兰民族文化之间，逐渐产生矛盾与冲突。真正意义上的新西兰文学产生的过程，实际上是民族意识生成的过程。这里面既包括思想文化因素，也有政治社会因素。文学的起源与传统的影响，文学的发展与历史的进展，文学的成熟与民族的自立，其间有着千丝万缕的关联。南太平洋岛特殊的历史、社会、文化土壤养育了该国的文化人与文学，而在文学这一面镜子中，新西兰的历史、社会与文化的千变万化又得到了最生动的反映。

新西兰文学最重要的转折出现在30年代。动荡的经济和社会大环境造就了一大批杰出的青年作家和诗人。他们异军突起，所向披靡，打破了殖民文化的坚冰，使文坛顿时生机盎然。弗兰克·萨吉森、约翰·马尔根、约翰·李、罗宾·海德、贝瑟尔、R. A. K.梅森、费尔伯恩等组成了新一代民族文学作家群。他们不做"英国梦"，注重反映现实社会和现实生活。他们不再自认为是欧洲人，而站在新西兰人的角度观察、分析、探讨新西兰人面临的问题。他们大胆突破传统，将文学关注的重心转移到了社会批判和身份归属表达方面。正是在这个意义之上，他们树起了新文学的大旗。

30年代的民族文学运动是在特殊的背景中形成气候的。在第一次世界大战中，新西兰为英国出兵，付出了惨重的代价。随着人们对这种"爱国主义"提出质疑，新西兰人对母国的信仰发生动摇，与宗主国在政治、经济、文化甚至情感上产生分化。在国际上，非殖民化运动形成潮流，推动了表达民族思潮的文学革命的步伐。与此同时，当地出生的人口在数量上首次超出移民的前辈。这一代人比较现实地看待国内的一切，对前辈的创业理想持怀疑态度。他们具有反叛性格，希望遵循自己的意愿，创造自己的生活方式，因此，表达新一代的愿望、塑造新一代的典型，便成了文学的新课题。

另一个重要的催化因素是始于1929年长达十年的西方经济危机。大萧条不仅使新西兰经济面临崩溃，而且也构成了对殖民政治和文化最直接、最强烈的冲击。大萧条是促成政治改革、经济调整、文化变革的契机，迫使作家们对历史、对社会、对自己做出新的评价，使他们面向灰暗的现实，从受挫失意、迷惘挣扎的下层人民中寻找素材。大萧条不仅造就了成批文学新人，发展了新的艺术形式，开拓了新的主题领域，而且也从整体上创造了文学新基调，为民族文学的登基铺设了台阶。

另一个新西兰文学发展中不能不提及的人物是弗兰克·萨吉森。如果说曼斯菲尔德让世界了解了新西兰，那么，萨吉森则让新西兰人自己在更深的层面上了解了他们自己和他们的祖国。在20世纪新西兰文学中，萨吉森具有特殊的重要地位。他是文学转折的轴心人物，有着"民族文学之父"之称。新文学运动需要有一位不仅具有高超的艺术表现能力，而且具有敏锐的生活洞察力并熟悉乡土语言的作家作为其代言人。弗兰克·萨吉森被时代大潮推出，他的社会批判小说应运而生。

萨吉森20世纪初出生在汉密尔顿一个正统的"英式"家庭，家训严格。但年轻的萨吉森在现实生活中接受了另一方面的教育。他20岁当上助理律师，却执意离开在脚下铺开的坦荡大道，拐进荆棘丛生的未开垦地，开始了文学拓荒，终于大器晚成。在大萧条的岁月中，为了维持生计，他从事过各种体力劳动，也一度登记失业，申请社会救济。这些经历使他有机会深入下层社会，了解人民大众，观察他们的生活，熟悉他们的语言。他以当地民众口语为基础，创造了新的文学语言，土而不俗，与小说人物和环境浑然一体。新文学的先驱们除了发现新主题、表达新观念之外，也同时在寻找与新主题和观念相和谐的新的表达语言和模式。这方面，萨吉森的早期试验获得了令人信服的成功。

萨吉森20世纪30年代中期开始写作，从1935至1945年间写下了一批短篇小说，主要收集在《与叔叔的谈话》和《男人和他的妻子》两本集子中。40年代中期，他出版了两本中篇小说《当风吹起的时候》和《那年夏天》。从结构、故事和人物发展来看，它们仍然属于拉长的短篇小说。因此萨吉森的前期创作是短篇小说时期。他的前期小说数量不大，每篇篇幅很小，但不落俗套，使人耳目一新。有人把萨吉森的作品称作"现代寓言"，也有人将它们比作一群黄蜂：声音虽不洪亮，但打破了文坛的沉寂；利刺虽非刀枪，但能蜇醒酣睡的意识。他的每篇小说似乎只提供一个小画面，支离破碎，但如果把这些小片拼合起来，人们就能看到一幅大萧条前后新西兰生活的浩大画卷。

五六十年代，萨吉森创作了七部长篇小说，70年代又出版了三部颇有分量的自传。但是，萨吉森的主要成就来自他早期的短篇小说。他本人也以兴起于30年代中期到40年代中期的民族文学的代言人而名垂青史。他在新西兰文化形成时期做出的贡献，可与马克·吐温为同一时期的美国文化所做出的贡献相提并论。著名文学批评家温斯顿·罗兹称他为"我们这一代人的象征"。

第二次世界大战以后，萨吉森的影响依旧存在，但萨吉森式的主题和叙事手法开始受到冲击。新西兰虽然远离欧、亚战场，但是"二战"这一场人类历史上的浩劫带来了一种难以抹除的忧患意识。灾难的心理阴影将长时间笼罩在许多战后文学作品中。一方面，战后的文学始终保持着三四十年代建立的社会批判传统；另一方面，最优秀的作家和诗人往往并不直接反映现实世界，而企图探赜索隐，寻找难以捉摸然而却左右着人们思想和命运的东西。诗歌常常带几分象征色彩，几分神秘倾向，形成了诗歌新浪漫主义。小说呈现也多样化，现代主义、心理现实主义等各种表现手法交相辉映。

战后经济复苏，推动了文化振兴。在众多作家诗人中，珍妮特·弗雷姆鹤立鸡群，是战后最有天赋、最有特点的作家。她以前所未有的新颖、怪诞的现代派风格，突破了传统的现实主义，领导了小说创作的新潮流。

弗雷姆1924年出生在达尼丁郊区一个酷爱艺术的贫苦家庭。她因此一直强烈感到，社会是有产者的社会，按他们的游戏规则行事，不接受"非正统"的思想和行为，也不接受艺术。这种观点几乎反映在弗雷姆的所有作品中。她的小说描写的大多是被社会排斥的边缘人物和怪僻人物。弗雷姆本人50年代末一场重病后，被送进精神病院，住了几年。这是影响作家的非常重要的经历，读者可以在她的很多作品中找到与作家生平相关联的线索。

弗雷姆在新西兰文学史上产生巨大影响的代表作品是《猫头鹰在哀叫》三部曲，包括《猫头鹰在哀叫》（1957）本身，《水中面影》（1961）和《字母的利刃》（1962）。三本书主要讲的是威瑟斯一家四个孩子的故事。大女儿辍学当女佣，死于非命；二女儿性情怪僻，住进了精神病院，但渴望自由；儿子性格内向，癫痫病经常发作，而立之年仍是单身，却时时梦想发财，最终被判入狱。唯有小女儿似乎吉星高照，她嫁给了富商，出入于社会名流中间，但她时时提心吊胆，生怕别人知道她娘家人的底细，想方设法躲避一贫如洗的父母，远离患癫痫病和精神病的哥哥姐姐。最终她被丈夫谋杀。

《猫头鹰在哀叫》三部曲是心理小说，作者的主旨不在于讲述一家几口人悲剧故事的来龙去脉，而是力图再现那些受挫伤的人物的内心世界，以及他们眼里看到的外部世界。弗雷姆的作品常常让人感到晦涩难懂：作家不用明明白白的语言，进行清清楚楚的叙述，事件交代常常不着边际，人物行为常常难以捉摸。小说像朦胧诗,像印象派的画面。弗雷姆无意故弄玄虚,她描述的人生经历是特殊的、扭曲的。她大胆地将读者带进人物畸形的内心世界,表达的是传统小说手段难以胜任的混沌、变形的心理。

《猫头鹰在哀叫》三部曲典型地代表了珍妮特·弗雷姆小说的所有特征。作者通过某小镇上一个家庭的故事,细致入微地反映异化孤独、心理变态、精神压抑、感情受挫等现代问题。小说貌似含混凌乱,但作者试图以图解式的细节、丰富的象征、诗歌的联想,也通过内心独白和内在的比喻等艺术手法,使读者从他们的内心折射中,去了解致使小人物遭受精神压迫、给他们带来不幸的外部世界。弗雷姆以乔伊斯式的手法烘托卡夫卡式的主题,展现的是一部触动人心的生活悲剧。

三部曲之后,弗雷姆在60至80年代不断推出优秀的长篇小说和短篇小说集。她还是个出色的诗人,很多优秀的诗作收集在诗集《小镜子》中。不管是小说还是诗歌,弗雷姆在主题和风格上都表现出了强烈的反传统色彩。她认为所谓正常——行为准则、日常惯例、社会规范等——都是少数人设下的游戏规则,而心理畸形或疯癫的人则常常道出真谛。弗雷姆感到,官僚化、工业化、城市化的现代社会迫使小人物不得不改变自己,扭曲自己去迎合社会,因此成了现代文明的阶下囚。弗雷姆的有些小说甚至带上了明显的后现代主义特征,有意强调作家的媒介作用,自我指涉强烈,文本具有去中心和随意性的特征,而对传统现实主义关注的真实性不以为然。

弗雷姆创作跨度很大,80年代末仍然有作品问世。但她主要以五六十年代的小说闻名于世。而在当代文学中，应该提到的两个重要作家是莫里斯·吉和克里·休姆。莫里斯·吉的代表作也是三部曲，包括《普伦姆》(1978)、《梅格》(1981)和《唯一幸存者》(1983)。同《猫头鹰在哀叫》一样，《普伦姆》也讲述一家几代人的故事。通过牧师乔治·普伦姆退休后去看望居住在各地的儿女旅程中的回忆，表现普伦姆一家三代在认识上走过的历程。小说不侧重故事，而侧重人的体验和感受，人物塑造得非常逼真，主题揭示也十分深刻。

从20世纪70年代起，不少毛利作家和诗人推出了自己的作品，成为新西兰文学的一大景观，被称为"毛利文艺复兴"。在众多作品中，毛利女作家克里·休姆长达500余页的长篇小说《骨头人》(1984)尤其引人注目。小说出版次年获得国际上声誉颇高的布克奖，使休姆一跃成为新西兰最著名的作家之一。《骨头人》写的是由一个毛利人、一个白人和一个混血人组成的临时家庭。共同的命运把三人卷入了各种生活纷争之中。由于个人背景、种族、经历、文化、个性不同，这个小家庭一度不欢而散。各奔东西之后，三人都成了不同事件的受害者。经历了各自的坎坷和痛苦之后，她们又走到了一起，互相谅解，重归于好。这是一部很耐读的作品，寓意十分深刻。休姆八九十年代的主要作品是诗集和短篇小说，包括《失去的财富》和《喝风的人》等。她透露即将推出长篇小说力作《诱饵》和《阴影处》，人们正翘首以待。

如果说新西兰文学的关键转折出现在30年代的话，人们是在第二次世界大战后才清楚地看到新文学运动带来的显著变化的，而真正的文学繁荣出现在70年代以后的30年中。就文学揭示人生的深度而言，当代文学是在一个新起点上的再突破；就表现形式和风格而言，当代文学更加丰富多元。以弗雷姆、休姆和莫里斯·吉为代表的一批当代作家，在他们的作品中走进人物的内心世界，由内及外折射和反映历史和社会的各个侧面。他们的作品涉及面广，挖掘深刻，如弗雷姆和吉各自的三部曲，休姆的《骨头人》，都可以与任何文学巨著媲美。

社会环境的稳定，人口的增长，经济实力的增强，有力地促进了文学的发展。消费主义、都市化、亚青年文化的产生、家庭结构的变化、女权运动、环境保护、全球化的态势等一系列相关的现象，又为作家们提供了丰富的创作素材，也向他们提出了新的课题，促成他们的新思考。当今的新西兰作家不必再以地方色彩为作品进行彩绘，宣示其文学源起于不同地域育成的不同文化。他们在作品中直接步入生活，表现出更加成熟的社会审视能力和艺术表现能力，高质量的作品在纽约、伦敦等世界出版中心连连打响。各国的读者都会谈起珍妮特·弗雷姆和克里·休姆等当代名家。海外的成就提高了新西兰文学的国际声誉，也增强了本国作家的信心。尤其是进入90年代以来，文学发展呈现出前所未有的大好势头，出版作品的品种、数量和质量都说明，文学已不可动摇地成为国民文化的重要组成部分。从整体上看，新西兰文学进入了一个持续、稳定、加速发展的时期。

多元杂糅、异趣纷呈的大洋洲文学*

有记载的大洋洲文学始于欧洲殖民——新移民带来了书写文字和家乡的文学传统，逐渐在新拓居地建立了文学新传统。但文明史的短暂不等于文学的贫乏。在此之前，那里的土著人、毛利人口口相传，讲述着他们自己的创世神话、历史传奇和民间故事。他们古老的口承叙事与移植的欧洲文化共栖于一隅，交相辉映，既互相渗透，也共存共荣。独特历史、地理和文化造就的独特文学，经过了200多年的发展，从早期殖民文学开始，经过民族文学的创生与兴起，在后殖民文化语境中崛起壮大，直到逐渐融入当今的全球化文化大潮，呈现出创作繁荣、流派纷呈的局面，成为世人瞩目的英语文学的重要一支。

环境迁徙、生存搏斗、拓居创业、文化碰撞、身份定位，这

---

* 本文是《大洋洲文学研究（第2辑）》（詹春娟主编，安徽文艺出版社，2015年）的序言。

些都是人类经验中不断重复、刻骨铭心的记忆，也是历久弥新的文学大主题。这些主题在南太平洋被凸显，被书写记录，被艺术化地呈献。这一地区的文学值得我们深入考察和探究。最初的努力开始于"文革"十年浩劫刚刚结束的1979年，在客观条件十分困难的景况下，安徽大学的马祖毅教授带领一批青年教师，成立了大洋洲文学研究所，并利用教学余暇编辑出版《大洋洲文学丛书》，坚持多年，刊发了许多精彩的译文和论文。这一系列丛书筚路蓝缕，功德无量，让国人最早有了接触和了解南太平洋各国文学和文化的机会，影响了包括本人在内的很多青年学者和文学爱好者。

也是在百废待兴的非常时期，我国开始了研究生招生，一批外国专家走进中国高校。本人有幸在新西兰籍导师谢元作（Jock Hoe）博士的指导下做文学研究，选择"弗兰克·萨吉森笔下的'新西兰人'"为硕士论文题目。论文现在看来十分粗浅，但应该是我国最早的大洋洲文学研究的硕士学位论文。此后我战战兢兢向马祖毅教授主编的《大洋洲文学丛书》投寄了尚且稚嫩的文章，被宽容地接受。最初的激励，给了我走上外国文学研究道路的信心。可惜我心不专一，1994年出版了《新西兰文学史》后移情别恋，把主要精力投向了美国文学，大洋洲文学研究方面虽写过一些文章，但零敲碎打，作为不多。所以今天被委以写序的重任，自感底气不足，诚惶诚恐。

我记得也是20世纪80年代初期打开了改革开放大门之后，国家派遣了最初的一批外语界青年才俊到国外学习，留学目的地选在澳大利亚。其中的胡文仲和黄源深等后来的知名教授，回国后将澳大利亚文学研究搞得红红火火，培养了一批博士研究生，形成了梯队。与此同时，我国外国文学研究出现大发展，热浪滚滚、人才济济、佳作迭出。作为外国文学的一部分，大洋洲文学，尤其是澳大利亚文学的研究在我国已经相当深入。在《大洋洲文学丛书》停刊20多年后，安徽大学外国语学院决定重启这项事业，推出《大洋洲文学研究》，这是一件可喜可贺的好事。我们祝愿她既能融入当今外国文学研究的大潮，又能独树一帜，别开生面。

不难发现，重启后《大洋洲文学研究》的第一辑和第二辑中，澳大利亚文学研究论文居多。这应该是情理之中的事情。我国已形成了一支澳大利亚文学研究队伍，不少学者卓有建树；更主要的事实是南太平洋澳大利亚一家独大，半壁江山，是大洋洲文学的主体，其他国家除新西兰外都无甚规模。但是除澳、新之外，大洋洲毕竟还包括了巴布亚新几内亚、所罗门群岛、瓦努阿图、斐济、马绍尔群岛、萨摩亚、汤加等共14个独立国家。这些岛国都有自己特色鲜明的文化遗产和文学成就，都可以成为文化研究、文学研究的观察点。众星捧月，才能展现出南太平洋夜空的美丽和深邃。近几十年中，在南太平洋大学和巴布亚新几内亚大学两个文学中心的推动下，这些太平洋岛国的文学活动十分活跃，已经显现出了强大的生命力，有些作家如西萨摩亚的阿尔伯特·温特、巴布亚新几内亚的阿尔伯特·毛利·基基、斐济的瓦尼萨·格里芬等，都取得了一定的国际知名度，都值得我们的关注和研究。

重洋包围造成的地理阻隔，殖民历史带来的文化震荡，异质文明杂交生成的民族个性，共同催生了大洋洲各国异彩斑驳的文学：舶来的欧洲文化与原生土著文化在排斥中的互相渗透，本质主义与多元文化主义对立间的妥协，地域性与世界性碰撞中的共存，这样的文化现象既似曾相识，又异趣纷呈。但长期以来，受欧洲中心主义思潮的影响，文学关注重心偏向欧美，其他国家或多或少被忽视、被边缘化。后殖民时代逆转了这样的趋势，强调文化多元共生，开始了"边缘"包围中心、颠覆中心的文化格局，文学研究更注重挖掘被压制的声音，重写被抹除的历史。对大洋洲文学的研究，也是这一潮流的组成部分。特殊的地域和历史，赋予了该地文学的特殊性和多样性，可供我们细细剖析、深入解读。

大洋洲文学反映了南太平洋人民的历史经验、民族境遇、文化建构和时代诉求，其发展演变史也是该地区的思想史、文化史、政治史和社会史，内置着丰富的文化编码。历史的演进迅速越过了前殖民、殖民、后殖民时代，将我们引入了一个全球化的语境。迅捷的交通和电子通讯将我们"网"在一个地球村，需要我们理解、感受、体验不同的文化，掌握跨文化交流、沟通、斡旋的能力。随着我国经济实力和国际影响的增强，我们面对着开创一个包容互鉴，合作共赢的国际新局面的使命，一方面要进一步推进自身的文化发展和繁荣,提升文化软实力,另一方面也要学习吸纳国外的文化精髓,拓展我们的文化视野。《大洋洲文学研究》此时推出,顺势而为,再搭平台,既是继承传统,也是与时俱进的举措。我祝愿刊物越办越好,为我国的外国文学研究做出一份贡献。

(2015年6月)

《新西兰文学史》初版序言*

近年来，我国同新西兰在经济文化方面的交往越来越密切。1987年，在新西兰政府的支持和资助下，"新西兰研究中心"在上海外国语学院成立。当时，新西兰副总理、后出任总理的帕尔默先生亲自前来为中心揭幕，并祝愿新中之间文化交流不断发展。这一本《新西兰文学史》正是研究中心诸多项目之一，本着加深了解、互相学习的宗旨，将新西兰文化介绍给中国读者。

诚然，有记载的新西兰历史不长，文学史更短。至1796年詹姆斯·库克重新发现这两个南太平洋岛屿时，新西兰方为世人所知；而真正大规模的殖民是1840年之后才开始的。然而，历史的短暂并不等于文化的贫乏。新西兰山水如绣，是个具有诗情画意的地方。那里，古老的毛利文化、移植的欧洲文化、新生的乡土

---

* 本文是《新西兰文学史》（虞建华著，上海外语教育出版社，1994年）的序言。

文化交相辉映。一个半世纪来，新西兰文学已走过了漫漫长路，从早期殖民文学开始，经过民族文学的兴起与发展，至今已形成创作繁荣、流派纷呈的局面，为世人瞩目，成为英语文学的重要一支。

但在我国至今仍没有一部新西兰文史著作。安徽大学的大洋洲文学研究室在他们的大洋洲文学丛书中经常介绍、评析新西兰作家与作品；我校的研究中心也翻译出版了诸如凯瑟琳·曼斯菲尔德和约翰·马尔根等主要作家的著作，并有论文在不同刊物上发表。这些无疑都是十分有益的工作，但总使人感到零敲碎打，不见全豹，缺少一幅相对完整的全景图。

即使在新西兰，情况亦是如此。历年来，麦考密克（E. H. McCormick）1959年的《新西兰文学概论》（New Zealand Literature, A Survey）是最有权威的文学史著作。《概论》其实是作者对1940年的小册子《新西兰的文学与艺术》（Letters and Art in New Zealand）进行增补扩充的产物，增补扩充后也仅100余页。新西兰的文学大潮是20世纪30年代末40年代初开始的。该著作及其修订本，都因缺少时间检验而对近期作家与作品难下定论，更不用说1959年之后的新西兰文学迅速向纵深发展的几十年了。1970年美国宾夕法尼亚州立大学出版的《英联邦文学：澳大利亚和新西兰》（Literatures of the British Commonwealth: Australia and New Zealand），资料主要来自麦氏的《概论》，分小说、诗歌、戏剧三部分。虽然该书提及了一些《概论》发表后十年中出现的新作家和新作品，但只是蜻蜓点水，一笔带过。这本文学史中的新西兰部分，篇幅比《概论》更小，很多方面浅尝辄止也就在所难免了。

自《概论》之后，新西兰本国和国外各书刊杂志上对新西兰文学研究的文章层出不穷；各专门领域的文学批评著作也不断出现。最可喜的是，在本书成稿之际，由特里·斯特姆（Terry Sturm）主编的洋洋大卷《牛津新西兰文学史》（*The Oxford History of New Zealand Literature*, 1991）终于出版。该书覆盖广泛，并附有详尽的作家与作品参考，为新西兰文学研究提供了最新的权威依据。但《牛津新西兰文学史》也是以文学体裁分类的，除了诗歌、小说和戏剧外，也包括了一般文史著作不包括的纪实作品（如报道、传记等）、儿童文学、通俗读物等几大类。这些方面占去了大量篇幅。另外，该书以编年为序，由多名作者各写一大门类，自成体系，缺少横向串联，读者很难看到文学发展的脉络和全貌。但牛津的文学史以其覆盖的广泛、资料的前沿性，仍是迄今为止最丰富翔实的新西兰文史专著。本书也从中得益不少，在最后几章当代文学部分增补了该著作提供的一些最新信息。

本书为中国读者和研究者设计撰写，因此与其他已有的文史著作有所不同。不同之处主要在三方面。其一，书用中文写成，以便惠及更多我国的读者；作家、作品名附有英文原文，可供参考对照。其二，对于新西兰的文化历史，我国读者可能不像对英、美等大国那样熟悉，因此本书的第一章对该国的历史与文化做一粗线条的综合交代，以便读者能将新西兰文学置于该国历史、文化的框架之中去理解赏读。其三，本书的编排按照我国读者习惯的编年顺序，由远及近。这样，文学的盛衰起落与历史、社会的发展演变同步进行，从而，我们可在寒来暑往的大气候中看文学园的春景秋色。虽然通俗文学、儿童文学等毫无疑问也是文学的一部分，但它们一般不组成文学的主体。本书所涉及的只是常规定义上的严肃文学。

西方的新西兰文史书或史论，往往不恰当地把白人的殖民史与新西兰文学史在时间上等同起来，忽视了毛利人丰富的口头文化传统，或只对毛利文化轻描淡写、一笔带过。诚然，新西兰的书写文学主体产生于欧洲移民文化，但新西兰毕竟是两种语言、两种文化合一的国家。欧洲与毛利文化传统互相影响渗透，才使新西兰文学获得了与任何其他国家不同的鲜明特色。本书设计安排了第二章"源远流长的毛利口头文学"，希望将毛利口头文学传统置入新西兰文学史中它应有的位置。然后，本书又在第14章"毛利作家的崛起"中，详细介绍始于20世纪70年代"毛利文艺复兴"后的毛利人英语书写文学。

从第三章开始，本书按殖民开拓期、发展期等一般历史分段依次推进，直到当代。新西兰戏剧则专设一章讨论。新西兰的书面文学历史较短，而不少作家创作生平跨度颇大，严格按文学发展时序讨论有其内在的困难。本书编排中，将作家放入他的创作盛期，同时提及前后不同时期的文学活动，既考虑阶段性，又顾及一生创作的延续性。就这样，有些作家在某一章节重点讨论后，前后的其他章节仍会有所论及。一些对文学发展做出重大贡献的作家和诗人，如凯瑟琳·曼斯菲尔德、弗兰克·萨吉森和珍妮特·弗雷姆等，本书设专章详述。

文学史从来不是超乎价值观念的信息综合。譬如，作家的取舍选择、叙述的详略安排、背景的评述交代，都不可避免地带上主观侧重和个人观点。本书力求尊重史实，但不求不偏不倚。关于近20来年的文学，众家见智见仁，各有高论。本书在交代上求实求简，因为作家与作品在文学史中的地位，需要相当一段时间的检验方能定论，我们不希望过早做出结论。当代文坛上作家诗人熙熙攘攘，本书只能提及已有公论的少数，难免挂一漏万。

除了注明的以外，本书中所引用的评论、作品片段、诗歌等，均由笔者自己根据原文译出，不当之处由作者本人负责。作者名、书刊名、人物名等，凡国内书刊上已有发表或论及的，本书尽可能保持统一，以免不必要的误解。作家名和作品名第一次出现时括号中附有英文原名，观点性的引论注明出处，以利查核。书后的附录中列出作家、作品和一些专用术语名的英汉对照。

本书最初设想是在我的硕士导师、我校外聘专家新西兰华裔谢元作博士的帮助下形成的。此后在宏观设计和材料选定方面，谢先生也曾为我做了很好的指导。借此，我谨向远在南太平洋麦西大学的谢元作先生致以崇高的敬礼和真诚的谢意。我也感谢新西兰政府向我校研究中心捐赠的大量书籍资料。没有这样的资料，任何撰写这类著作的勇气只能是一种冲动。我衷心感谢上海外国语学院学术专著出版基金为本书出版提供的财力后盾。

做了大量资料准备工作后，本书着手撰写是我在英国东安格利亚大学攻读博士的几年时间里进行的。在这里，我真诚地感谢中英友好奖学金及英国文化委员会为我提供的时间、资料和经济上的保证；感谢英国图书租借网、东安格利亚大学图书馆、利兹大学图书馆和曼彻斯特大学图书馆为我提供的诸多便利与帮助。本书成稿之后，侯维瑞教授、王长荣教授在百忙之中抽出时间对全稿进行了仔细审阅，提出了宝贵的、建设性的修改意见。在这里我特别应该对他们的指导表示衷心的感谢。另外，本书的责任编辑，上海外语教育出版社的张以文编辑对书稿进行了仔细校阅，并提出了宝贵的建议；周养权先生协助完成了本书的附录部分，并做了一些其他工作；王效宁先生从新西兰一回国，便向我提供了带回的最新资料，对他们的热心帮助我在此也一并致谢。

（1992年10月于上海外国语学院新西兰研究中心）

《新西兰文学史（修订版）》前言[*]

  修订这本文学史的时候，我想起了最初与新西兰文学牵上关系的时刻。那是30多年前"文革"刚结束不久，全国上下拨乱反正，高校开始了研究生培养，大学中不多的教授、副教授们对此十分陌生。我们最早的几批，任教和指导研究生的，以外籍专家为主。很荣幸，新西兰华裔教授谢元作博士成了我的导师。我做的是外国文学研究，自己选定的方向是美国文学。谢先生提议说：100个人在做美国文学，你可以成为101个；但你可以研究新西兰文学，成为中国的第一个和唯一的一个。新西兰不是文学大国，但也是一个选择，决定你自己做。虽说让我做决定，他的意图显而易见。他说他可以提供所有资料。我觉得言之有理，选了

---

[*] 本文是《新西兰文学史（修订版）》（虞建华著，上海外语教育出版社，2015年）的序言。

有"新西兰民族文学之父"美誉的弗兰克·萨吉森为硕士论文研究对象，在硕士学习的三年时间和其后，也看了不少新西兰文学的书籍，写了和译了一些与新西兰文学相关的东西。

1988年我获得中英友好奖学金到英国的东安格利亚大学攻读博士，调转方向又回到了美国文学，因此心中不免有一些"辜负期望"的内疚，决定在读博的同时写一本《新西兰文学史》，聊以弥补。好在英国和新西兰有一层宗主国和殖民地的关系，新西兰文化和文学的书籍资料在英国大学的图书馆还相对比较丰富。当时没有互联网的便利，没有相关的数据库，就连新西兰本国也没有一本像样的文学史。我充分利用英国读博士的几年时间，利用图书馆和馆际互借系统，查找资料，大量阅读做笔记。仗着年轻力壮，两头并进，一边做有关美国早期移民文学的博士论文，一边编写新西兰文学史。

编写《新西兰文学史》的工作是悄悄进行的，就像做坏事一样，因为没有导师会喜欢一个博士生"不务正业"，分出大块时间和精力去做博士研究之外的事情。但这事还是被我导师知道了，第一次，我记得也是唯一的一次，他对我一本正经地表示了不满。他说他不喜欢这种自虐式的工作狂态度。我不自虐，也不是工作狂，只是工作比较高效而已。我知道他的意思是，做博士研究必须心无旁骛，集中所有精力，保证论文质量。此时他已经看过我论文前两章的初稿，并公开称赞过，所以把柄不多，只是提醒警告一下，并未深究。一切顺利。1992年初，我拿着博士学位回国时，行李箱里装着这本《新西兰文学史》的手稿，回国后稍做修改,就交到出版社去了。同年,特里·斯特姆(Terry Sturm)先生向我赠送了他主编的《牛津新西兰文学史》(The Oxford History of New Zealand Literature,1991),让我获益匪浅,我也将一些最新信息补充进了书稿之中。

《新西兰文学史》1994年出版后,次年获得了由国家教委组织的"第二届全国高等学校出版社优秀学术著作"评选中的优秀奖。新西兰驻华大使馆和新西兰驻上海总领馆作为"赠送礼品"批量购买了此书,也算作是一种肯定。1996年上海外语教育出版社推出"外国文学史丛书",《新西兰文学史》被收入其中,更换封面后重印。这套外国文学史系列受到了国内读者的广泛欢迎,也让拙著借着东风被推向更大的层面。1998年,牛津大学出版社推出了厚重且翔实的《牛津新西兰文学指南》(The Oxford Companion to New Zealand Literature),不仅成为迄今为止最为翔实的新西兰文学工具书,而且将各方面的资料追踪和更新到20世纪末。

自初版问世,一晃20年过去了。这是时代巨变、观念巨变的20年,也是阅读、传播、查检、考证、著述方式巨变的20年。当时书稿完成后,我在500字方格稿纸上誊抄一遍清稿,花了整整一个月的时间,每天写得手指发麻。现在听起来,这像发生在远古时代的故事。现在,中国与新西兰的文化交流更加频繁,几名著名当代新西兰作家如史蒂文·埃尔德雷德-格里格(Stevan Eldred-Grigg)、伊丽莎白·诺克斯(Elizabeth Knox)和艾米丽·帕金斯(Emily Perkins)等,都在近年来过上外,或任教,或与我校的教师和博士生座谈新西兰文学。我们有了互联网和相关的数据库，突然之间与新西兰文学拉近了距离。资料之丰富，让人欣喜无比，又让人难以适从。

上海外语教育出版社适时地提出了更新再版的要求，要求跟上新发展，推出新版本。更新版《新西兰文学史》做了以下几方面的工作：一、从现在的视角出发对初版进行全书审校、修正；二、对内容进行更新，信息追踪到2010年；三、增加了一些现在认为重要的20世纪80年代前的作家和诗人的介绍与评述，如路易·艾黎等；四、将原来的第十六章"当代新西兰文学：现状与走向"更名为"走向多元：20世纪70、80年代的文学"，并更新和调整该章的内容；五、新增第十七章"当代新西兰文学"，聚焦20和21世纪之交的20年。更新版总共增加了18万字的内容。

上海外语教育出版社，尤其是梁晓莉女士，为更新版的编写提供了很多帮助和便利，我在此表示由衷的感谢。我也要感谢张廷佺和殷书林两位博士，他们同意我使用我们三人共同编写的澳大利亚/新西兰文学辞典中新西兰部分几名当代作家的文字资料；我也要感谢梅丽和徐谙律两位博士不辞辛劳，帮助我查找和收集近20年新西兰文学新发展的资料。新版《新西兰文学史》的出版与很多人的帮助是分不开的。

（2012年冬）

民族文学与全球化
——以当代新西兰小说为例[*]

自非殖民化运动以来，民族自治、民族认同和民族文学携手并进。关注本国主题，采用地方语言，面向本国"小传统"和地方色彩，一直是原殖民地国家文学的主流和正宗。尤其是20世纪70年代后殖民主义理论的主导地位在西方学术界得以确立，文学界更加关注前宗主国和前殖民地之间的影响关系和对抗关系，推崇凸显民族文化和民族特色的文学作品，拒斥总体叙事，强调异质性，用以解构和消解仍有市场的原殖民宗主国的一些既定概念与偏见。近20年来，尤其是进入21世纪之后，原殖民地文学出现了明显转向，从"地方"走向全球化，迫使我们对后殖民文学理

---

[*] 本文核心内容最初以"当代新西兰文学：由眷恋本土到走向全球化"为题刊于《文艺报》（2013年12月20日）第4版；扩写后以"民族文学与全球化——以当代新西兰小说为例"为标题收入《大洋洲文学研究（第1辑）》（詹春娟主编，安徽大学出版社，2014年）。

论进行重新思考。本文以当代新西兰小说为例，对这种走出后殖民划定概念的文学动向，做一些试探性的讨论。

第一次世界大战后的大英帝国夕阳西下，原先的英殖民地各国众叛亲离，要求民族独立的呼声此起彼伏，在国际上形成一股潮流，最终迫使英帝国承认所有自治领为自治的英联邦国，至少在理论上与大不列颠平起平坐。作为这股潮流的组成部分，新西兰的民族运动迅速发展。20世纪30年代，以后来被称为"民族文学之父"的弗兰克·萨吉森为代表的新一代青年作家登上文坛，异军突起，标志了新西兰文学中出现的一个重大转折，宣告了殖民文学的落潮和民族文学的兴起。这些作家有意识地摆脱、扬弃英国文学的样板，立足本土，描写反映该时该地的真实生活。他们从本地人的视角出发，塑造本地人物，分析探讨本地人面临的问题，将关注重心和思考基点转移到了本国，求新求异，树起了新文学的大旗。

由于政治上的民族自治、文化上的民族认同和民族文学建构之间的密切关联，非殖民化运动推动了表达民族思潮的文学革命步伐。伴随着非殖民化到来的，是资本主义工业和城市化，以及作为文学常规主题的种种现代性问题：阶级的两极分化、传统价值的丧失、人心的异化和孤独、商业环境对艺术的压迫等等。文史学家布鲁斯·金在《新英语文学——变化世界中的文化民族主义》一书中指出："迅速发展的城市化和工业化往往导致民族主义的产生。……民族主义运动是一项城市运动，但它将乡村认作本源，在民众的态度、信仰、习俗和语言上创造一种民族一体感。"[1] 第一批民族文学作品中的人物，如萨吉森小说中的主人公，与他们的作者一样，大多是生长于城市环境，又与城市环境难以相容的青年人。民族文化的倡导者，往往也是旧秩序的反叛者。

30年代是文学上对新西兰"再发现"的年代。以社会批判为基调的现实主义文学，随着大萧条的到来成为主导。文学转向"小传统"；作家的视野从体面社会（如凯瑟琳·曼斯菲尔德所描绘的）转移到了劳苦大众（如弗兰克·萨吉森所描绘的），尤其是那些社会生活中令人不安的角落。于是，城市贫民区、不得志的小人物、社会非正义现象等，成为文学表现的主要对象。民族文学书写的对象和阅读对象都瞄准本地人，因此摆脱正统英语，采纳民众方言，同时也成为新文学的显著特征之一。从此，民众语言再也不是表现"地方色彩"的装饰，而成为新文学表达的主要媒介，堂堂正正登上了舞台。在新西兰这个欧洲—毛利双文化的国度，毛利特色被大大凸显，成为民族文学亮丽的标签。几十年来，民族文学逐渐形成气势磅礴的大潮，成为主流，成为正宗。

我们以两位民族文学新生时期的代表人物A. R. D.费尔伯恩和弗兰克·萨吉森为例。诗人费尔伯恩早期作品沿袭英诗传统。1930年他去英国"寻根"，进行文化"朝圣"，却发现自己根本不是英国人，毫不客气地否定了自己。他在伦敦自费出版了第一

---

[1] Bruce King, *The New English Literatures—Cultural Nationalism in a Changing World*, London: Macmillan, 1980, p.42.

册诗集:《他不再醒来》。虽然人们对这一册浪漫主义色彩浓郁的诗集一般评价不高,但其中作为书名篇的最后一首诗《他不再醒来》值得关注。诗人在这首诗的结尾,也是全书的最末两行中,将一种认识转变告白于天下:

> 今晚我收拾起过去的一切,
>
> 掐死了那个面色苍白的青年。[1]

那位"面色苍白的青年"是费尔伯恩以流放的英国人自居的前半生,也是他那些苍白无力的模仿作的象征。他对先前的自我进行了彻底否定,把"过去的一切""收拾"起来后,将先前的自我"掐死"埋葬,让他"不再醒来"。诗人同时宣布,一个具有新文化身份的新诗人诞生了。这种民族认同意识同样表现在萨吉森的小说中。他于1927年离开家乡去英国寻根。发现自己与该社会格格不入,次年返回,终于明白自己应该面对新西兰的生活,别无抉择:"我毕竟是个新西兰人,应该在自己的国家立足生存,因为无论是好是歹,我命定属于这块土地。"[2] 这一认识使他坚定了走民族文学道路的信心,决心以小说为手段,让更多的同胞乡亲真正认识他们自己,认识他们的历史和脚下的那片自己的土地,以及他们必须面对的此时此地的生活。布鲁斯·金指出:

1　A. R. D. Fairburn, *He Shall Not Rise*, London: Legion, 1930, p.106.
2　Frank Sargeson, *Never Enough*, Wellington: A. H. and A. W. Reed, 1976, p.43.

"萨吉森走过了很多英联邦国家作家都走过的路:反叛墨守成规的中产阶级家庭,流亡欧洲,发现自己的真正归属,然后带着新意识返回故里,成为殖民地社会的批判者。"[1]他通过小说书写参与民族身份的建构,讨论民族归属和认同。萨吉森开创的本土文学,很快确立了中心地位,在后来的几十年中渐渐得到强化。

20世纪70年代,后殖民主义理论成为西方学界的主流思潮,前宗主国和前殖民地之间的文化对抗关系被凸显。后殖民主义一般指向两个方面,一是指一种带有政治和文化批评色彩的理论思潮;二是指一种有别于殖民地宗主国"正统"文学的写作。这种理论关注文化差异,倚重福柯关于"权力"与"话语"的学说,否认欧洲中心主义的主导叙事,强调主体性,强调文化杂糅[2]。在后殖民主义理论的统领下,原欧洲殖民地诸国推崇凸显民族文化和本土特色的文学作品,用以解构和消解西方某些既定的概念与偏见。不同的后殖民地国家有着不同的原属文化历史、发展模式和对殖民主义的认可和接受程度,这就决定了其文学发展的多样性。但是文学中探问文化属性与身份、重视区域文化和地方性,强调不同文化之间的平等对话与交流,批判欧洲中心主义,则是一个共同取向。萨义德的"东方主义"表达了一种明显的倾向,即拒斥总体叙事,强调异质性。

如果观察一下伴着后殖民主义理论崛起的几位新西兰小说

---

1 Bruce King, *The New English Literatures*, p.142.
2 《文化研究关键词》,汪民安主编,南京凤凰传媒集团/江苏人民出版社,2011年,第113—114页。

家，我们就能发现，不管他们的风格差异多大，他们作品的主题与后殖民理论都是并行不悖的。70年代开始发表主要作品的莫里斯·谢德博特，着眼于从社会、历史、个人三个角度立体地反映当代题材，塑造仍被父辈的旧梦困扰的新西兰人，描写"欧洲理想"给他们带来的幻灭和痛苦；珍妮特·弗雷姆的《猫头鹰》三部曲，讲述新西兰乡村小镇三代人的故事，努力再现小地方主义和僵死的文化道德导致的心灵创伤；莫里斯·吉的《普伦姆》三部曲也讲述了一家几代人的故事，反映新西兰特定的历史和社会塑成的各色人物，表现他们从无知走向成熟的历程。

这三名第二次世界大战后最著名的新西兰作家，显示了两方面的共同特征：第一，他们都努力再现特殊历史语境中当地人的生活，表现的都是乡土题材；第二，他们的主题，甚至创作手法，其实都受到了欧美文学的深刻影响，比如表现现代人的异化和孤独等，又比如，弗雷姆作品的乔伊斯式的风格和卡夫卡式的主题。按照霍米·巴巴的杂糅理论，像新西兰这样的前殖民地，她的文化具有双重性，一方面重复现有文化的起源，另一方面又在一种文化帝国主义的压迫下不断创造新的文化形式和文化实践，以新的文化来抵抗旧的文化。[1]所以我们必须看到，民族文化不可能是纯粹本土的，它不可避免地受到历史的潜移默化的影响。但是，我们更应该看到，它是内聚的，向心的，核心关注在于本土——"凡是民族的，才是世界的"。自非殖民化以来这种

---

1 Homi K. Bhabba, *Location of Culture*, London and New York: Routledge, 1994, p.112.

意识在文学界根深蒂固。

新西兰是个历史独特、地处边缘、人口不多、文学史短暂的岛国。在后殖民时期的民族文学中，作家和诗人们通过想象，生动地记录了本民族的社会变迁、历史发展和生活细节，将一种丰富多彩的民族文化和与众不同的情感体验再现于笔下：岛国被发现而闯入世人的眼帘、那里先于欧洲人存在的毛利人和毛利文化、大移民和殖民的历史、新民族的生成演化，以及生活在那片土地上的人民的喜怒哀乐等等。这片具有神秘历史的神奇土地，是滋养民族文学的沃土，已经养育和造就了一大批杰出的作家和诗人。他们的作品是反映这片土地、这个国家和这段历史的镜子，是民族文化的重要组成部分。

民族文学从边缘走向中心之后，在原殖民地国家建立了自己的主流地位。但是，批评界注意到了近20年中出现的值得注意的变化。到了20世纪90年代，新西兰文学中出现了十分显著的转向。作家兼文学研究学者帕特里克·埃文斯认为："最近十余年在认识和创作新西兰文学方面出现的重大变化说明，这个时代是具有历史意义的。可以这么说，我们的文化跨越了后殖民时期，而进入了全球化时期。"[1] 他大胆地提出了这样的见解：新西兰文学正在跨过后殖民这一历史阶段而进入一个新时期——全球化时期。信息化和视觉化的后期资本主义文化，对文学传统的颠覆更甚于以

---

[1] Patrick Evans, "Spectacular Babies: the Globalization of New Zealand Fiction", World Literature Written in English 38.2(2000), June 2012, http://www.hums.canterbury.ac.nz/engl/research/pdez.htm.

往任何时代，不同文化在更广泛和深刻的层面进行着交流、渗透、杂糅，文化壁垒和地理疆界被迅捷的交通和电子化、网络化的传输技术冲破，作家的关注和视野，以及读者的阅读习惯和模式也都随之发生变化。但是埃文斯所指，显然不是这些普遍的方面，而是指向了新西兰文学，或以新西兰文学为代表的原殖民地文学的一个动向：几十年的后殖民写作所建构的民族文学，似乎出现了拐点。新西兰小说卷入了一个更大的全球化的历史文化潮流之中。这种动向是离心的，对向心的民族文学形成了反拨。

新西兰作家不再把自己限制在民族文学概念中"划定"的创作领域内，书写的事件可以发生在本国，也可以发生在他国；主人公可以是新西兰人，也可以是任何其他国家的人；故事的时间可以是当今，也可以是远古；内容可以是现实的，也可以来自梦幻和狂想。他们关心的是"人"，是地球村的公民，但所有作品都投以当下的关注。风格上，很多作家偏好非现实、超现实的手法，采用后现代主义的拼贴、互文、魔幻现实主义等。在20世纪80年代前后，西方文学界后殖民研究建立起了严肃文学批评的某种"体系"，强调历史因素和文化因素，强调表现模式创新，但事实上导致了表现内容方面的趋同性。新西兰当代小说整体上对后殖民文学书写有所突破，逐渐使之成为"过去时"。

从整体上看，当代新西兰文学进入了一个突破创新、加速发展的时期。文学不仅已成为国民文化的重要组成部分，而且日益国际化。到了20世纪末和21世纪初，文学在一个高起点上再次转向，积极融入全球化的文化语境之中。当代新西兰作家们把自己从特定历史、地域和社会环境中解放出来，拥抱更广博的世界，更多地写"人"的故事而不一定是"本地本国文化中的本地本国人"的故事。当代文学以一种包容、杂糅、多元、开放的态势，逐步取代原来作为前提的对作家的民族身份、作品的地域特色、语言的当地色调、人物的社会环境等的要求和制约。

我们以近来名气颇大的女作家伊丽莎白·诺克斯（Elizabeth Knox，1959— ）为例。她于1997年开始成为职业作家，次年便出版了代表作《酒商的运气》（*The Vintner's Luck*，1998）。小说在国内和海外同时出版，也被改编拍成同名电影。小说背景设在19世纪的法国，故事从19世纪初开始，延续55年，讲述一个普通的酿酒人由于天使的到来而被彻底改变的生活。故事产生于作家患肺炎时脑中出现的狂想，但出版后获得了批评界的高度赞扬，并赢得多个大奖，包括道依茨小说奖章、读者选择奖、书商评选奖、英国的奥兰治小说奖和塔斯马尼亚太平洋地区小说奖，使她蜚声海外。尽管《酒商的运气》获得了众多褒奖，但小说也引出了不少质疑和批评之声。焦点问题是"民族性"的缺失。

诺克斯下一部长篇小说《黑牛》（*Black Oxen*，2001）也是在新西兰和海外同时出版，同样引起了不小的争议或非议，关注点仍然是"民族性"问题。同《酒商的运气》一样，《黑牛》故事发生在别国，其中唯一与新西兰相关的，是一个仅出现过两三次的无足轻重的次要人物。诺克斯的小说淡化，甚至抹除了地域和文化特征，但这样的作品是不是还能够为"新西兰文学"所涵盖？诺克斯的其他长篇小说作品也不太顾及"民族性"：《比利的吻》(*Billie's Kiss*, 2002) 讲述的是发生在苏格兰的故事；《白昼》(*Daylight*, 2003) 的故事把读者带到地中海；《酒商的运气》的续集《天使之伤》(*The Angel's Cut*, 2009) 的背景设在20世纪30年代的好莱坞。这些小说的内容基本上或完全与新西兰无关。

19世纪的新西兰作家写的是欧洲文学，20世纪的新西兰作家写的是新西兰文学，21世纪的新西兰作家尝试写全球文学(global literature)——这样的概括显然有点简单化，但还是能够比较扼要地说明一些问题。早期移民"身在曹营心在汉"，人到了南太平洋岛国，精神、文化和情感的归属仍在欧洲，文学传统、作家的立足点和作品的读者，基本是欧洲的。到了20世纪，文化民族主义要求作家们关注和反映当地的具体现实，聚焦于民族和地区特征，在文化上反映和建构一个摆脱殖民文化压迫、独立独特的民族身份。而进入21世纪全球化的语境之后，作家们越来越希望突破民族身份和地方文化的捆束，面向国际读者。曾经作为文学之本的民族性、地域性越来越遭到无视，传统的新西兰作家的身份和新西兰文学的定义受到了挑战。伊丽莎白·诺克斯写任何国家任何人的故事，有意识地做出改变，使作品面对世界的读者。她代表了一种突破新西兰语境，投入"文学全球化"潮流的新趋向。

如果我们将20世纪90年代至新旧世纪之交看作分界线，将前后两个时期暂且称为"后殖民阶段"和"全球化阶段"，那么，在新西兰文学中，前后两个阶段中"新西兰化"或"去新西兰化"的意愿，即强调或淡化历史和地域文化特色，在作家中表现得相当明显。我们以两位女作家为例。比如1985年以长篇小说《骨头人》(1984)获得布克奖的克里·休姆，在作品中和作品外，都极力凸显自己"毛利作家"的特色。著名作家K. C. 斯特德曾对休姆的"毛利身份"提出过质疑：她凭什么被理所当然地视为毛利作家？她只有部分毛利血统，说的是英语，接受的是正统的欧式教育。斯特德暗示休姆以毛利作家自居，只是一种策略，为了迎合后殖民文学的潮流：凸显边缘群体的身份，强调平等对话，渲染地方色彩，因此她获得国际大奖是否货真价实，值得怀疑。

休姆在"建构"毛利身份方面确实做了不少努力。虽然她只在假期中去过她母亲亲戚的毛利居住区，但她说："地球上我最爱的莫过于这个地方。这是我的心灵停落的土地。"[1]这类似的话她讲过不少。同时，她又通过小说叙事强化自己的"认同"，让《骨头人》中混血主人公克里温·霍姆（名字听起来也近似克里·休姆本人）说："按血缘、身体和继承来说，我只是八分之一毛利人；按心灵、精神和情感倾向来说，我是个完完整整的毛利人。"[2]值得注意的是，休姆本人也是八分之一毛利血统的混血人，而她也说过这个人物是她的"另一个自我"[3]。

进入21世纪后发表作品的青年作家波拉·莫里斯（Paula

---

[1] Roger Robinson and Nelson Wattie eds., *The Oxford Companion to New Zealand Literature*, Oxford and New York: Oxford University Press, 1998, p.247.

[2] Keri Hulme, *The Bone People*, Auckland, 1985, p.61.

[3] Roger Robinson and Nelson Wattie eds., *The Oxford Companion to New Zealand Literature*, p.247.

Morris）也有部分毛利血统，但她不愿意把自己定义为少数族裔作家，以毛利作家的身份进行写作。她连承认自己是新西兰作家也十分勉强，说既然她出生在这个国家，非得算新西兰作家的话，就算是吧[1]。休姆与莫里斯两人，一个努力用毛利人的装束打扮自己，另一个选择穿上没有身份标签的服装。分析一下两位著名女作家小说创作的时代背景，我们或许可以发现各自身份"选择"的动机。两位作家都在"配合"各自时代的文学风向，一个希望读者看到自己身上的民族色彩，另一个则不想让身份符号妨碍她融入全球化的潮流。

全球化和文化多元淡化了年轻一代的民族归属感。对于他们中的很多人，民族身份和文化归属已不再是文学的决定性因素。他们的作品不一定非得表现新西兰人和新西兰主题。他们更多关注国际文学市场的风向，或努力寻找新西兰与国际文学市场的连接点，或干脆切断这种连接而一头扎入国际文化市场。许多青年作家写的故事发生在新西兰之外：欧洲、南北美，甚至亚洲和非洲任何地方；人物可能是北欧人，可能是韩国人或土耳其人；出版地可以是新西兰，也可以是任何其他国家，尤其是世界出版中心伦敦和纽约。

新西兰文学的传统概念正在被延伸扩展。史蒂文·埃尔德雷德-格里格（Stevan Eldred-Grigg）的《完蛋！》（*Kaput!*，2000）

---

[1] Erin Mercer, "As Real as the Spice Girls: Representing Identity in Twenty-first Century New Zealand Literature", Journal of New Zealand Studies, Jan. 2012, p.104.

写的是第二次世界大战中柏林的一个劳动妇女；凯瑟琳·切杰（Catherine Chidgey）的《转变》(Transformation，2005) 讲的是19世纪90年代逃亡在美国佛罗里达的一个巴黎假发制造商的故事；达米安·威尔金斯（Damien Wilkins）的长篇小说《小主人》(Little Masters，1996) 的主要背景是英国伦敦，次要背景为新西兰和美国，人物中有波兰人、丹麦人、澳大利亚人、智利人、美国人、德国人和爱尔兰人，故事中的"小主人们"在世界不同的地域和文化中穿行，民族、地理和文化疆界并无太大的意义；托阿·弗雷泽（Toa Fraser）也从写新西兰小说渐渐转向写"国际小说"。这些都是当代新西兰小说有影响力的作家，他们的风向标作用不容忽视。

新西兰作家队伍也面对着重新定义。2010年以长篇小说《地球变为银色时》(As the Earth Turns Silver，2009) 获得了声誉颇高的新西兰邮政图书奖的华裔女作家艾莉森·王（Alison Wong），出版印度故事《查伊的大亨》(The Guru of Chai，2010) 的印度裔作家雅克布·拉加恩（Jacob Rajan），在英国广播公司国际剧本竞赛中受到高度评价的《死者还会再生》(The Dead Shall Rise Again，2007) 的作者、从津巴布韦移民到新西兰不久的斯坦利·马库维（Stanley Makuwe），在英国出版小说后又到美国定居的艾米丽·帕金斯（Emily Perkins）等，他们的身份是新西兰作家吗？他们的作品是民族文化的一部分吗？新西兰本身越来越国际化，大量的新移民使得多元文化逐渐取代"欧洲—毛利"二元文化。民族文化的概念正在悄然发生变化。和其他国家一样，新西兰越来越成为地球村的一部分。

尤其在新西兰这样一个人口有限、地域隔离、历史不长的岛国，这种对民族文化的坚守和扬弃的选择，将牵涉到文学发展和定义的许多重大方面。民族性、地域性和随之而来的具体性和真实性，是否就是文学之本？本质主义的认识近年来在新西兰引起了广泛的讨论和质疑。在一个全球化和文化多元的时代，每个人都或多或少成了"文化混血儿"。有的作家提出走出本质主义，走向文化杂糅；有的则坚守民族文学的阵地，认为地域感和文化环境的具体性，使得想象文学获得代表性和感召力，因此只有民族的才能超越边界，通达普遍性，因为历史、地域和文化是作家无法分割的情感根基。但是"全球化"趋势的代表作家伊丽莎白·诺克斯和波拉·莫里斯等，分别以各自的代表作《酒商的运气》和《新潮但随意》（*Trendy But Casual*，2007）在国际上取得了巨大成功。她们的榜样是具有诱惑力的。

第八辑

治学之道与语言学习

"致知"是一门最高的学问

20多年前我在上海外国语大学读硕士研究生的时候，任教英美文学课的是来自美国纽约大学的马修·格雷斯教授。第一堂课走进教室，他劈脸就问："学文学有什么用？"稍等片刻后，他自问自答道："唯一有用的，是它可以为教文学的提供职业，教出来的学生还可以继续教文学！"当然，他语中不乏讽刺，因为来中国教文学，他已多次被问及外国文学"学了有什么用？"——如果一定要"用"，那就是继续教文学。格雷斯教授的言语中带着点愤怒，更带着疑惑。我想，他想表达的意思是，人类知识并不仅限于"应用"一类，为何非以"用"为判断准则不可？

格雷斯教授似乎有点偏激。除了用于教学，文学还是有点用的，但是我们没有必要强调文学的应用价值。最近，我读到一

---

* 本文原刊于《郑州大学学报》2002年第5期。

篇美国哥伦比亚大学教授吉尔伯特·海特写的题为《诗歌有什么用?》的文章——看来在美国也有人问同样的问题,不然就没有必要撰文作答——,在其中海特教授提到了两点"可用之处":第一,诗歌可以创造美的意境,提供愉悦,其作用就如音乐一样;其二,它能为人生经验提供表达语言。他强调的第二点非常重要。我们常常无法察觉我们所感受的东西,内心的复杂情绪也是大多数人的语言所不足以表达的。诗歌为我们提供了认识这种体验的机会。[1]这篇文章被收集在《大学新生基础阅读》中,可见对文学的认识问题有其典型性和重要性。

海特教授所言及的文学的"用处"似乎仍然太空洞,有点不着边际,与许多人头脑中技能性的"实用"概念相去甚远。其实我们何必牵强附会,非要从实用主义的角度来看待文学,或外国文学,因为文学就其本质而言,并不是"致用"的东西。对于高等教育来说,"学以致用"固然没错,但"学以致知"才应是更普遍,甚至更高的目标。很多学科都不是以"致用"为目的的,如哲学、历史、美学、伦理学等。人类学家进入丛林观察原始部落的文化与生活,为的是得到原型,更多地从根本上理解人类的思维模式和行为模式。自然科学也同样。如果一个天文学家花一辈子的时间研究几万光年之遥由气体组成的星球,他肯定不是出于未来移民的考虑,而是为了更多地认识我们生存其中的大环

---

[1] Gilbert Highet, "What Use Is Poetry?" in John D. Lawry ed., *College 101: A Freshman Reader*, New York: McGraw-Hill, 1992, p.111.

境——宇宙。以是否实用为标准，实际上是将神圣的高等教育降格、贬黜、庸俗化了。重实用、轻意识，重技术、轻艺术，是急功近利的浮躁和实用主义的短视的表现。文学是一门"致知"的学科。真正有价值的文学作品，通过语言的艺术反馈经验，提供认识社会和人本身的观察窗口，它的影响力不是直接的，但是深远的；不是物质层面的，而是精神的；不是可以明显感知的，但是潜移默化、无处不在的。

外语学科中，比如"英语"专业，其全称是"英语语言文学"。汉语也同样，所谓的"语文"是"语言"和"文学"并置的两个部分的简称。为什么必须合在一起，道理显而易见：这两者是不该分开，也是不可分开的。文学是语言的艺术。但严峻的现实是，在今天的外语教学中，普遍存在着重语言、轻文学的现象。文学这一门语言艺术常常受到冷待，以至于安排文学课像是做了亏心事，理不直、气不壮。外语教学偏重技能，偶尔使用文学范本，也只将其当作技能的容器。说到容器，古人最早制陶时，就已从造型、纹饰等艺术审美角度，而不仅仅只从实用的角度考虑问题，以至于英国诗人济慈面对一只希腊古坛，一边惊叹古代文明之伟大，一边思索着艺术和智慧的关系，在《希腊古瓮颂》中写下了千古绝句：

"美即是真，真即是美！"这就包括
你们所知道和应该知道的一切。

随着技术的发展，器皿越来越精美。人类文明的发展从一开始就将实用性和艺术性结合到了一起。那么今天在对待外语学习上，我们为什么只追求实用而对语言艺术表示不屑呢？

高校中"重语轻文"现象的理由很简单，因为语言与应用有关。到了研究生层次，选翻译方向的最多，理由相同，而文学方向的学生人数寥寥。其实我们认为，对于外语学习者来说，外国文学倒是任何有能力学习的人都应该学习的——不为所"用"，而为所"知"。文学是认识人生、掂量经验、开启心智的学问。它可以陶冶情趣，开阔视野，丰富精神文化生活。文学涉猎广泛的题材在表达悟识、反思生活方面的价值是任何其他方面的学习所难以取代的。除此之外，外国文学也是真正学好外语难以回避的路径。

追其根源，高校外语教学中外国文学地位问题反映的是人们对高等教育的认识问题。高等教育可以包括应用，但应超越应用。它应该让学生获得包括想象能力、创造能力、表达能力、观察能力、思辨能力、分析判断能力、逻辑推理能力在内的并不属于某一项专门技艺但比实用技能更重要的抽象的东西。这个抽象的东西我们今天称之为综合素质。而学习外国文学是提高人的整体素质有效而重要的一环。

剑桥大学流传着一句很能说明其教育宗旨的话。在该大学，"零零碎碎的都教一点，实实在在的都不教"（To teach a bit about everything, and everything about nothing）。前半句指他们的教学涉及广泛，后半句指他们不传授实用的、实在的、实惠的技能。"不教"是带点调侃的说法，暗中讽刺了教育实用主义的思想，表达的不是歉意，而是得意。像剑桥这样的名牌学府，可以高高凌驾于技能教育之上，天马行空，翱翔在人类知识的广阔空间。而职业技术学校的几乎每一门课都可以"致用"，但也是相对低层次的。从某种意义上来说，"致知"的学习是更高层次的学习。

做了所有这些论证之后，我们甚至可以反过来强调文学所具有的"及物"用途，也就是说，文学不只具备内在的美学价值，它同时也富有教化意义，指涉现实，反映生活，起到影响和改变社会现状的作用。文学已经显示了，并将继续显示其在改造国民精神文化素质方面的重大意义。如果鲁迅是个名医，他可能帮助救治了很多病人。但他成了文学家，帮助救治了整个民族的病疾。幸亏鲁迅弃医从文。

始于愉悦，终于智慧*

克兰斯·布鲁克斯和罗伯特·佩恩·沃伦在《理解小说》的第一章中是这样开篇的："当黑暗笼罩世界其他部分的时候，一旦原始洞穴人有闲坐在点起的火堆四周，小说就诞生了。他带着恐惧的颤抖或胜利的自得，用语言再现狩猎的场景，重叙部落过去的历史，描绘英雄的业绩和谋略，讲述奇迹，努力在神话中解释世界和命运；他在转化为叙述的想象中为自己创造荣耀。"也就是说，广义的小说在史前就已存在，从来是人类生活不可分割的一部分，代表和反映了我们最深层的需求与兴趣。

文学是高等院校的传统显学，对小说的学习、欣赏、阐释和研究，也从来是人类文化的重要部分。在文学作品阅读中，我们能够体验到语言的美感和力度，也能了解到故事人物和语境折射

---

* 本文是《英语短篇小说教程》（虞建华著，高等教育出版社，2010年）的序言。

和反映的时代风貌和其他诸方面的文化因素。我们今天强调跨文化交际和沟通能力，那么我们自己首先要对异文化有广博的了解和深透的浸润。学习和阅读外国小说这类看似"无用"的功夫，其实是素质教育的一部分，在此过程中学生可以受到潜移默化的感染，能开阔眼界，提高人文修养。同时细读小说原文，思考其微妙的意涵，学习其鲜活的表达，也是提升英语能力的有效途径。英语小说是英语民族历史文化博物馆，即使观其一隅，也有可能对融入故事之中的西方人文景观、宗教传统、生活方式、习俗礼仪等获得直观的了解。收益或许是无形的，微不足道，但积淀产生厚重与分量。

英语中有一句话：文学学习"始于愉悦，终于智慧"（Literature learning begins with pleasure and ends in wisdom）。短篇小说由于贴近生活，内容活泼，篇幅短小，施教灵便，往往是文学教学的宠儿。我们期望这本《英语短篇小说教程》能够达到上述的这种效果：融智慧于愉悦之中，在愉悦之中增长智慧。当然，"愉悦"主要不是指轻松快乐，而更多地指小说阅读、发现过程中新体验带来的触动和震撼的兴奋感。本教程收录的短篇小说不是消遣读物，都是严肃的、得到普遍认可的新、老经典。很多作品的主题是沉重的，催人泪下，发人深省，具有深刻的思想性。我们希望这本文学教程不仅可以带来阅读的享受，而且阅读者也可以从他人的经验中汲取营养，更敏锐地洞悉世界、感悟人生。

但是"经典"并不一定总是那几篇被人嚼烂的作品，也不一定非得从文学史的早期开始寻找范本。文学经典浩如烟海，这本

《英语短篇小说教程》只是沧海一粟。有舍才有得，本教程不追求文学的覆盖面和理论性，但管中窥豹，各类代表性文学流派和批评理论与思潮，在此仍可见一斑。本教程的编写首先打破"以史为序"的常规模式。它不是文学史的配套教材，而自成一体，将短篇小说作为一门独立的文类对待。同时，我们以短篇小说为切入点，让学生在这一文类的学习中触类旁通，了解和掌握更多文学中共通的知识。

《英语短篇小说教程》的编写主旨，是让学生更加具体地体验和感悟英语文学，让教师更加灵活地施教，通过点拨启发引导学生创造性地解读文本，思考问题，避免让文学课落入枯燥乏味的知识传授的老套。出于这样的编写目的，本教程努力体现以下五个方面的特点：一、选择兼具思想性、文学性和代表性的被普遍认可的文学名家或新星的佳作；二、充分考虑英语是外语的事实，注重所选作品的可读性和易读性，选择中排除那些语言古旧拗口、容易挫伤学生学习积极性的经典名篇，同时充分注意作品的故事性和多样性，以提高学生的阅读兴趣，让文学作品充分展现它们本来应有的魅力；三、每单元简要介绍某一方面的文学知识，并与阅读文本有机结合，以"小说要素"为引导，帮助理解作品；四、所选作品一般都具有较大的阐释空间，而每单元提供的思考、讨论练习题则帮助凸显文学作品的多义性，鼓励学生充分发挥想象力，参与解读；五、除了12单元正式课文之外，本教程另附加八则小说名篇，提供简明的介绍和阅读讨论题，供教师灵活选择使用。

最后，本书的编者想对使用本教程的老师和学生各说一句话。对教师：施教之功，贵在引导，恰到好处的点拨要比单向灌输更见功夫，让你的学生参与创造性的阅读。对学生：阅读文学作品时，你不是被动的接受者，而是"对话"的参与者。你的观点、感受、悟识与任何人的同样重要。

（2010年3月）

下点苦功夫，学点巧功夫*

我大学毕业留校任教一年后，系里挑出四名青年教师，由陆佩弦、杨小石等名教授集中培训。我记得陆教授布置我们的第一项作业是阅读由英美语言教育专家改写的英语简写本，包括马克·吐温的《汤姆·索耶历险记》、狄更斯的《双城记》、兰姆的《莎士比亚戏剧故事》等。每本百十来页，十分浅易。我们自以为是年轻教师中的佼佼者，虽然大学几年处于"文革"末期，我们的基础并不扎实，但早已开始"啃"名家经典的英文原作了，因此心中有些被人"小看"的委屈。阅读、复述了几本简写故事以后，陆教授让我们回答一个问题：如果让你们用两三千个最常用词汇，能写出如此生动的故事吗？

---

* 本文为《英语学习·英语专家如是说》栏目而作（刊于2002年第5期），后以现标题被《英语周报》转载（刊于2007年3月7日第2版）。

此时我们明白了他的用意：简单的词汇能变幻出无穷无尽生动活泼的表达，语言运用是否得心应手，关键在于语言掌握的熟练程度。如果专挑"硬骨头"啃，食而不化，结果也许只是事倍功半。外语作为一门技能，理解了不等于掌握了。这和打乒乓球一样，了解了球的旋转方向、速度等，并不意味着你就能打好球，只有通过一板板的推、一板板的抽，反复练习才能达到必要的熟练程度。后来在我20多年的英语教学中，我也总是让我的学生、让我自己的儿子不断读浅易的简写本，欣赏精彩的故事内容，在相对愉快轻松的阅读中，熟悉语言的基本表达。我一直认为，即使外语程度较好的人，多读简写本也不失为一个学习的好方法。现在书店里各类英语简写本很多，全班每人买一本，轮流交换看，花钱花时不多，但会有很好的收效。我认为大多数中国英语学习者的毛病，正是对基本语言的熟悉程度不够。好像懂了，但无法表达，或下笔、张嘴就错。

但另一方面，几千个词汇毕竟不够，要不断扩大。有一句关于学英语的话很有意思："Jump and get an apple"（跳一跳，摘个苹果）——做一个小小的努力，有一点小小的收获。如果苹果高高挂在树上，拼命跳也只是浪费精力。也不能期望一次采摘，满载而归。这一说法不完全是经验之谈，我们可以从教育心理学家维果斯基那里找到理论依据。他认为学习内容主体应在学习者的经验范围之内，新知识只能从"最近发展区"（zone of proximal development），即原有知识的边缘上逐渐扩大外延。手臂伸起表示你原有的知识领域，扩展部分是"跳一跳"可及的地方。我常看到有些学生英语读物上密密麻麻注满了音标和释义，没隔几个字就是一个生词。我欣赏他们的刻苦精神，但不赞成这样的做法。如果找些容易点的阅读材料，反而学得进、学得快。有人说合适的外语阅读材料，生词不能超过百分之五，我同意。如果不超过百分之三则更好。

我中学读了一点俄语，23岁后才从ABC学起。这不是最好的年龄。但我仍然认为英语并不难学。下点苦功夫，学点巧功夫，只要智力正常，我相信每个人都可以学有所成。

难忘"中师班"*

我在"文革"结束同一年于上海外国语学院毕业留校,进英语系任教。经过几年见习,高校开始招收研究生时,我考入本校,1983年硕士毕业被调整到刚刚成立的英语二系。那一年,国家教委委派的"中师学历班"(简称"中师班")培训任务刚刚下达,中师班的教学和管理成为新成立的英语二系的主要职责之一。1995年,"上海外国语学院"更名为"上海外国语大学",同年成立国际经济法学院(后更名为"法学院"),英语二系并入其中,中师班同时转入法学院,继续完成最后五年的专项任务。

也就是说,我作为外语教师的职业前期,是与中师班的教学和中师班的学员们紧紧联系在一起的,有幸同这批"教师学员"

---

* 本文收于《往事历历,40年回眸——知名外语学者与改革开放》(庄智象主编,上海外语教育出版社,2018年)。

们打了17年的交道，大多数至今仍有联系。他们的年龄与我相仿，比高中毕业后进校的学生要大很多，不少已有家小，但他们克服起点低、任务重的困难，珍惜机会，勤奋刻苦，绝大多数圆满完成了"再学习"的任务，并返回原单位工作，成为骨干。这是一批尊师守纪、好学自律、懂得感恩的特殊学生，让曾经在英语二系任教的老师和行政工作人员每每在回忆谈论中都不乏赞美之词。

当时，改革开放才刚刚起步不久，中国的经济、法制、教育都在摸索中前行，一切尚在重整重建之中。十年"文革"的闭关锁国和政治内斗，导致原本基础薄弱的国民经济濒临崩溃，教育与科技落后太多。邓小平同志拨乱反正，领导实施改革开放。在头绪众多的改革事务中，外语教学被放到了学校教育中十分显要的地位。要学习先进科技，逐渐赶上发达国家，外语能力必不可少。当时我国的中等教育状况不佳，合格的外语师资十分紧缺，边远地区尤其如此。

与此同时，涉外企业开始了最初的发展，对懂外语的青年人具有强大的吸引力。当时教师工资微薄，很多中学英语教师离职另谋出路，让中学外语教学陷入困境。来自新疆的中师班学员金菊后来告诉我们，当时在乌鲁木齐的很多高中，英语教师中连获得过正宗的大专学历的都不多，很多教师是中专的"提高班"毕业生，"区内承认"为大专学历。在当时的情况下，稳定队伍，培养重点中学教师骨干，便成了当务之急。在这样的背景下，国家教委下达"红头文件"，向几所重点高校委派中学骨干教师学历班的再培训任务，努力为中学教师创造机会，逐渐形成领头教师团队，带动全体，提高教学质量。这是非常时期的非常举措。

国家教委选定五所国内外语教学实力比较雄厚、师资比较强、教学水平比较高的大学为培训单位——除了上海外国语学院外，还包括北京外国语学院、广州外国语学院、华中师范学院和西南师范学院——下达中学英语教师本科学历班的招生任务，面向新疆、甘肃、青海、宁夏、内蒙古、云南、贵州和东北三省的重点中学的英语教师，计划连续招生15年，通过本人报名，学校推荐，择优录取。学习时间为全日制两年，学习相当于大学中专业英语三、四年级水平的课程，毕业授予本科学历。这一中学教师扶持培训计划的学员，在各高校被简称为"中师班"。

中师班招生对象必须是在编在岗的中学英语教师，条件是政治素质好，具有大专或相当于大专的学历，教学认真且水平较高的青年教师。承担培训任务的五所大学绕开高考或专升本的正式考试，自己设定试卷，包括口试和笔试，分赴各边远省区，实施考试，进校后经两年严格、高强度集中培训。在当时的边远地区的中学，正宗大学学历在外语教师中凤毛麟角。名校的本科学历是有吸引力的，但被推选和录取的人员必须与所在省或自治区的教育厅和所在学校签订合约，毕业后返校工作，不得他处谋职。

上外的招生对象地区是新疆和宁夏两个自治区，外加甘肃、辽宁和吉林三省。开始每年招收两个班，共50人左右，但很快在对象地区的强烈要求下，最多时每年达四个班100人左右。到了约定的15年培训的后期，各地师范院校大批毕业生进入中学，中学外语师资情况已经大大改善，因此最后几年减少至一个班，25人左右。在这个为期15年的国家中师扶持计划中，上外共计培养了700多名中师班毕业生，为各地的中学，尤其是重点中学的高中英语教学做出了杰出的贡献。这些毕业生从上外返回原单位，站在更高的起点上从事教学，将新的教学观念和经验带回学校，带动了其他教师，也受到了学生们的热烈欢迎。

上外为"中师班"配置了强大的师资，由著名的秦小孟教授和张承谟教授领衔，教师队伍中还包括当时年富力强的艾祖星、袁鹤娟、王竞等"实力派"副教授，青年教师中包括后来成为博导的柴明颎和我本人。中师班的课程是特别设置的，不必与全日制四年本科生的后两年完全匹配。比如，英语专业课程得到强化，而其他课程有所压缩；适量的教育学方面的课程融入了教学计划。另外，英语专业毕业必需的第二外语，对他们不作要求，但仍然作为选修课供希望再涉猎第二外语的学员选择。培训任务的目标十分明确：尚实务，重实效，解决迫切问题，提高综合素质。

尽管经过了各培训高校的口试和笔试的淘选，进校的学员在外语能力方面仍然参差不齐，有的阅读能力很强，有的连基本词汇量也不足。一个比较普遍的问题是英语发音。当时录音资料与设备稀缺，接触英语国家的人更少。我们特别设定了"语音过关"的门槛，每个学员必须"跨过"这道门槛才能毕业。这项对于有些学员轻而易举的任务，对于另一些乡音较重的，则是千难万险。我们开设专门的语音课，组织专门的教师对困难学生一对一辅导，一遍又一遍，一月又一月，反反复复，直到过关。这批学员一般十分自觉，让教学人员省心不少，但类似矫正发音的事，又要求我们耐心的付出。

计划开始几年后，由国家教委牵线，承担"中师班"培训的五所高校与英国文化委员会合作，共同推出了"中国高中教师培训计划"（SMSTT）。这项"中国特色"的教师培训项目，也成了英国政府海外发展署（British Overseas Development Administration）重视的一部分。教委对中师班教育极为重视，要求五校每年召开合作交流会议，与英国合作后英方专家也参加。英国文化委员会向五所高校派出语言教学专家，参与具体的日常教学，开设多门特色课程，更与承担培训任务的高校一起，进行教学和课程改革，为此类教师进修共同设计编写专门教材。英国专家们带进了国外的教学理念，也影响了我们整体的教学思路。"中师班"培训后半程使用的都是中英双方专家共同编写的教材，取得了很好的效果。英国文化委员会还为中方从事"中师班"计划的教师提供去英国进修的奖学金。由于英方的加入，中师培训成了国际合作项目，得到了更多的关注和重视；由于英国教师参与教学，师资力量也明显加强，教学更加活跃多样，学生的学习气氛也更加浓烈。

中师班的学员同一般的本科生很不一样。他们本身是外语教师，有至少数年外语教学的经验，知道平时希望学生如何预习，如何复习，更知道课堂上应该有的学习态度。他们的基础、精力、记忆力可能不如比他们小好多岁的其他本科生，但他们的主动性、自觉性、吃苦精神更强。在中学任教多年后能进名校"再造",是他们没有想到的。他们的学习热情和刻苦精神,也是其他学生中少见的。他们并不因为年龄稍大而成为学校中相对沉闷的一批,而恰恰相反,这批来自中学教师的学员多才多艺,能歌善舞,让英语二系的课余生活丰富多彩。来自延边、新疆的教师学员们,尤其是少数民族学员,可以在联欢节庆,甚至开会休息的时间,落落大方地翩翩起舞。由中师班学员组成的乐队,曾经是上外最拿得出手的表演团队。

我1983年本校硕士毕业被调配到刚刚成立的英语二系,首个任务就是携带着笔试试卷和口试用的录音带,与当时的系副主任袁鹤娟老师一起到甘肃兰州招生,对来自该省各地被推荐的年轻英语教师进行笔试和口试。很多考生来自甘肃边远县城,当时交通落后,到兰州参加考试要经过2—3天公交车的颠簸。他们也住在我们下榻的同一个招待所,考试后有机会与多名参考的青年教师闲聊,让我对很多地区艰苦的教学条件有所了解,更让我对他们在极其困难的环境中对教师岗位的坚守、对业务水平长进的渴求,留下了深刻的印象。

这是我与后来的中师班学员最初的接触,至今记忆犹新。当时我感到,这些教师太不容易,也太让人尊敬,内心非常希望他们都能获得到内地高校进修的机会。但是我们无能为力,受名额所限,只得撇下大多数选拔生。我本人也曾是没有多少知识的"知识青年",离开上海"上山下乡",体验过安徽淮北贫困的乡村生活。几年后获得机会返城读大学,并在毕业后留校任教。与他们的交谈给了我一种养尊处优的不安，也让我在后来的教学中尽可能认真负责地上好每一堂课，成为系主任和院长后，也一直希望能为中师班多做一些自己力所能及的事情。

我们在西北和东北五省（区）招收了第一批50名学生，1983年9月进入上外。我任教高级英语（又叫"精读课"），自动成为"班主任"。1988年我去英国攻读博士，1992年初求学归来，回到英语二系。回国不到20天，我就当了系主任，主要工作之一仍然是中师班，直到1999年送走最后一批学员。我们在1997年按计划招收了最后一批中师班学员，两年后的1999年他们毕业，圆满完成这一极具效果的中学英语师资人才培养计划。这一举措解决了当时迫切需要解决的问题，是中国教育走向繁荣的最初铺垫和对策之一。这15年中，700余名"中师班"毕业生拿着上外的本科学历走出校门，大多返回原地，走进边远省份中学的课堂，成为当地的中学英语教学的一支生力军。各届毕业生互相串联，交流经验，形成一股新的教学骨干力量，起到了当时国家教委领导期待的领头羊的作用。

走出上外、北外等高校的中师班学生，理论和实践能力均超过当地一般教师，被描述为"鹤立鸡群"。这一说法后来被用于关于中国英语教师培训调研著作的书名《鹤立鸡群：一个中国英语教师培训项目的评估》(*A Crane Among the Chickens? — Evaluating a Training Programme for English Teachers in China*)。书是用英文写的，由英国来华的"中师班"专家托尼·沃德（Tony Ward）和白丽诗（Betty Barr）主撰，1995年由上海外语教育出版社出版。这本著作是中师班规划后期由国家教委和英国海外发展计划共同发起设立的一项专门评估计划,主要参与者除了上述两名英国专家外,还有其他中国教师参与,如我校的柴明颎、花东帆等。

专项评估是中师班培训项目的后续性研究和总结,跟踪采访和调研进修后学员返回当地高中的各种状况,从来自各地的反馈对以中师班为模式的中国英语师资培训实践进行总结探讨,评估其成就与不足。这一后续计划以上外中师班毕业生为主要调查对象,问卷发至所有上外中师班毕业生,但主要集中在1988—1992年的170名学员,对他们返回本地学校后的教学情况进行跟踪。调研的主要目标是评估中师班计划是否改变了受训中学教师返回学校后的教学观念、教学实践和教学效果。中、英双方教师通过问卷进行数据分析,也组成几个调研小组前往部分中师班毕业生所在的学校听课,与学校的同事进行访谈,与学生座谈,了解具体问题,如引入新教学理念和新教学方法的效果,或新理念与方法在原学校受阻的原因等。中、英双方人员组成的调研小组进行纵向(培训前后)和横向(同校的其他教师)的比较,总结经验,找出问题,以便为今后类似的培训,尤其是边远地区的外语师资培训,提供参考和借鉴,摸索中国历史语境中中学英语教师培训的新路子。

国家教委的最初计划中,15年的中师培训结束后,依情况决定作为特殊政策的中师班学历培训是否继续。由英国专家为主撰写的调查报告也认为中师班模式总体上十分成功,建议延续中师班培养模式，由政府继续资助这项行之有效的教师培训措施。但在这些年中，中国的教育，就像中国的经济一样，发生了翻天覆地的变化。师范院校和其他高校培养了大批人才，很多进入各地的各类中学，虽然优秀资源仍然不够，但总体上师资紧缺的状况已有所缓解，教学质量已全面提高。事实上"15年计划"的最后3—4年，各校的中师班招生规模都已相对缩小，上外在最后两年每年招生一个班，20余人。教育部决定让承担中师班培训的高校按自己的规划发展，不再下派"第二批"任务。

但是中师班的故事没有结束。中师班同学之间，他们与上外的教师之间，一直保持着联系和交流。有些通过继续努力考取上外硕士研究生，重返母校进行更高层次的学习。有些在很多年后陪着考取上外的子女前来报到，更多的在自己任教的学校鼓励他们的优秀生以考入上海外国语大学为目标努力学习。我们遇到前中师班的子女和学生，踏着父辈和老师从前走过的路，通过高考来到上外时，总有一种特别亲切的感觉，看到了枝蔓还在延续，我们的付出和他们的努力又结出了新一季的果实。

我本人曾先后担任过三个班的班主任，在我担任班主任的中师班学员中，很多人后来都取得了不小的成就。比如张军先后任教于新加坡国立大学和新西兰奥克兰大学，现在是国际知名语言学教授；刘剑目前担任了新疆维吾尔自治区教育厅副厅长；马月英现在是新疆维吾尔自治区人大常委会委员；很多在中学当了校长、副校长或教导主任，更多的在原单位兢兢业业执教直到退休；而多年参加中师班教学的英国专家白丽诗，由于她做出的特殊贡献，受到了女王封爵。

　　毕竟，从最早一批中师班进校至今，已经30多年过去了。我们在这段时间里见证了中国中等教育和高等教育的巨大发展。一些热情投身于中师班教学并为此付出多年心血的老师，如秦小孟教授和张承谟教授、袁鹤娟和王竞副教授，还有像母亲一样无微不至地关怀来自边远地区中师班学员的董颖书记，现在都已不幸离开了我们。像我这样的青年教师，也已到了退休的年龄。今年夏天，87届中师班学员相约上外，举行的30周年同学聚会，邀请我们参加，年逾八十的外籍教师盖尔（Gail Everette）也兴冲冲从美国赶来，参加她任教的那一届中师班学生的上外聚会。她与原来的学生们依然如此亲近，聚会后又由学生们带着去他们的家乡新疆、宁夏等地游览。人已走，茶不凉，情依然。特殊的年代的特殊的任务，给了我职业生涯最初一段时间特殊的、珍贵的体验。

《英美文学研究论丛》第一辑编后记*

在新世纪晨曦即将出现的时候，《英美文学研究论丛》第一辑顺利推出了。从提出设想到达成共识，从发函征稿到编辑付印，这一过程紧张而又令人兴奋。对于撰稿者、编者和大多数读者来说，论丛的出版无疑是一件大好事，因为文学是我们共同的爱好，是我们的专长，是我们能为之津津乐道、心向神往的东西。我们中的大多数也愿意继续在这块田地里耕耘收获，更多地认识文学，也在文学中获得到更多的认识。文学是"人学"，这话已是老生常谈，但仍不失为恰到好处的概括。文学记录反映的是复杂的社会文化环境中的人本身，没有任何一门学科可以取而代之，也许也没有任何一门学科比它更有研究价值。

正是基于这样的认识，我们决定新辟一块小小的文学园地。

---

* 本文是《英美文学研究论丛》创刊号（上海外语教育出版社，2000年）的编后记。

我们得到了上海外国语大学领导的大力支持，校长戴炜栋教授亲自为我们写了序言。在我们的教育常常不自觉地朝"实用"方向倾斜的时候，支持文学研究是一种难得的理解。上海外语教育出版社的领导和总编不以盈利为重，支持文学研究，支持文学刊物的出版，也体现了气度和远见。若没有学校和出版社对文学研究一如既往的支持，在目前应用学科挤占基础研究、通俗文学挤占严肃文学的大氛围中，要推出这样的书刊，也许只能停留于一种奢望。美国著名文史学家、《哥伦比亚美国文学史》主编埃默里·埃利奥特教授（Emory Elliot）在刊于本辑的"美学与文化多元"一文中，为现时期重视文学、美学教育的必要性大声疾呼，言之凿凿。他针对的是美国高等教育的状况，但其观点的很多方面可成为我们的参考借鉴。

在论丛第一辑出版之际，我最应该感谢的是我们的广大作者。很多名家教授寄来了他们最新的研究成果，为新刊登场亮相增添了光彩。不少中青年学者也贡献了闪耀着思想火花的有质量的文章。尤其让我感动的是贺祥麟教授，虽然年事已高，但抱着对文学事业不变的忠诚和不减的热情，欣然命笔。他的《人文主义诗人金斯伯格》是我收到的第一篇来稿。美国加州大学的著名学者埃默里·埃利奥特教授将他在北京大学的演讲稿交给本刊发表。在笔者1999年5月赴美参加学术会议期间再次与他见面时，他递上了修改稿，并坚持用修改稿替代我们已译成中文的原稿，态度之认真，学业之严谨，令人钦佩。

其他如北京大学的陶洁教授和胡家峦教授、南京大学的张子清教授和王守仁教授、解放军外国语学院的姚乃强教授、山东大学的郭继德教授、浙江大学的殷企平教授等，都在繁忙的教学科研日程中挤出空隙，出于对文学的挚爱，也出于对本刊编辑委员会的高度信任，为论丛撰稿，让我有受宠若惊的感觉。为本辑撰稿的中青年作者大多具有文学博士学位，或是在读的博士生，是一支活跃在英美文学教学和研究领域的生力军。他们为我们的新刊带来了清新的空气和盈溢的活力。

《英美文学研究论丛》有五个常设栏目：英国文学、美国文学、文学理论、文学翻译研究和博士论文概要。最后一个栏目是我们考虑再三后设定的，希望它能够成为刊物的特色之一。我们将选择刊登英美文学博士论文内容的简要介绍，向读者展示近期英美文学博士研究的动向、思路、方法和主题领域。博士论文课题一般比较前沿，也很可能基本框定了论文作者将来的研究方向和兴趣范围，往往又与导师的研究方向相关联，因此有可能成为国内英美文学研究现在和将来的某种风向标。我们希望各高校和社科研究所的教授们向我们推荐优秀的博士论文，博士毕业生亦可毛遂自荐。

本期论丛中美国文学研究占比重较大，而文学翻译研究没有稿子。这是稿件集中后自然形成的结果，不是编辑人员的刻意安排。论丛尚属创刊版，其信息知者不多，这也部分导致了选择上的局限。相信后一期会有所改变。但就已刊载的文章而言，本辑论丛已集名家精英之大成，令人鼓舞。论文有理论探讨，也有文本细读；有提纲挈领的宏观概论，也有抽丝剥茧的微观点评；或是说明一个新认识，阐释一个新见解；或是指出文学研究中未被注意的现象；或是从一个视角对一部名著的解读；或是提出讨论的切入点和基本框架，为今后的研究提供一种方法、一条思路、一点启示或一层铺垫。陶洁、姚乃强、刘建华和陈钦武的四篇论文同属福克纳研究领域，王守仁和曾艳钰的论文讨论的都是托妮·莫里森的小说，比较赏读，更能多侧面了解同一个作家。来自上海外国语大学的虞建华、李维屏、吴其尧和陈雷的四篇论文都与现代主义相关，或是讨论现代主义的生成，或是探讨现代主义和激进主义的关系。贺祥麟、胡家峦和张子清共同关注的是诗人诗作。虽然诗歌讨论占比重不大，但文不在多，三篇文章均出自大家手笔，功力不凡。读刘建华、戴桂玉的博士论文概要，让我们窥见了其课题研究的精彩。他们对海明威和福克纳的女性观提出了自己的看法，旨在矫正批评界对两位文学巨匠认识上的偏颇。程爱民、宁一中、方成、王丽亚和曾艳钰都提出了文学与叙事模式方面的讨论，见智见仁，各有心得。

　　总之，我们在各方面的支持下推出了《英美文学研究论丛》的第一辑。万事开头难，希望这是一个良好的开端。我们真切地希望同行教授学者能继续给予关心和支持，对论丛的不足之处，也希望提出批评和建议。

（1999年6月）

《英美文学研究论丛》第三辑编后记[*]

编完了《英美文学研究论丛》第三辑之后，突然想起几年前的一件事情。朋友邀我为《上海小说》写稿，由于久疏文学创作，未敢从命。但为了避免给人"不识抬举"的傲慢印象，我寄去了一篇刚完成的译作，是爱尔兰裔美国作家弗兰克·奥康纳（Frank O'Connor）的著名短篇小说《异乡客》（"Guests of the Nation"）。我很快收到了杂志社主编阿章先生的回信，大意是：谢谢赐稿，但遗憾不能采用。理由有两条，其一令人信服：该刊只刊登原创小说，不登译作。另一条理由是《异乡客》属于"纯文学"之列，恐怕曲高和寡。信中接着感叹杂志已走向通俗化，言语间流露出不少无奈。可是次日，又一函急急追赶而来，更改了原来的决定。信中说：细读全篇之后，小说"令人浩然长叹，

---

[*] 本文是《英美文学研究论丛》第三辑（上海外语教育出版社，2002年）的编后记。

夜不能寐,不刊实在可惜"。这篇翻译小说随后破例发表了,还加了插图,说明和作者、译者的介绍。

这一夜之间的反复,将文学的微妙处境浓缩了、具体化了。细细解读,可以引出多方面的思考。第一,在与通俗文学的较量中,"纯文学"的领地正在萎缩,用现在时髦的话来说,正在被"边缘化";第二,面对现状,文人既不甘就范,又难以抗争,处于矛盾的两难之地;第三,"纯文学"的感染力依然强大,至少还能在某些读者的心中激起"夜不能寐"的冲动,导致一反常规的决定,将一篇不符合杂志定位的外国小说译作刊登出来。

毋庸讳言,目前严肃文学处境尴尬,受到了科技和通俗文学的两面夹击。科技历来对"无用"的文学不屑一顾,而通俗文学属于文学内部的"犯上作乱"。这与普遍存在的认识偏差有关。"文革"十年,将中国的经济折腾得濒临崩溃。"文革"过后这20余年的"修复期",重技术重应用,重视与物质生产直接相关的、符合当下之用的方面。这应该说是理所当然的。作为长期文化压制和闭关锁国的一种反弹,受国外影响而形成的通俗文化和文学之风,也是可以理解的。但这种技术碾压艺术,通俗淹没经典的现象,只能是阶段性的,而不应成为常态。因为生活还需要精神和文化的一面,人们还需要通过文学获得新的感受、体验,而艺术化再现的他人的故事又可以引向反思和顿悟。文学是一个认识社会、认识我们自己的窗口。

文学的焦虑似乎是全球性的。近来在我国出版和介绍的不少国外后现代主义作品中,关注焦点常常也是文学本身的困境。后现代作家将视野内倾，审视文学本身，或者哀叹自嘲，忧心忡忡，以漫画式的调侃表达一种极度的悲观：纯文学的作者和读者成了一个"正在消失的种群"（a dying breed）。但这种处于资本主义后工业时代的文化症状，毕竟与尚处在前工业时期的中国有所不同。我们不会像后现代主义作家那么悲观，我们正视传统文学面对的挑战，但相信文学不会被淘汰。在日益商品化的社会中，严肃文学处境维艰，这是不争的事实。但只要唤起人们保护"文化生态"的意识，文学"种群"不但不会消失，而且完全应该有"复壮"的可能。哀叹表达的是一种潜在的执着，冷漠才是放弃。我们相信理智会导向文化生态的平衡，相信即使在技术时代人类文明也不会演变为畸形的技术文明，也仍然会有"文艺复兴"的出现。我们也相信除了内在美学价值外，文学同时具有潜移默化的影响力，能够重塑观念、增强认知、改造人和世界。这种文化的塑形力量有时强于自然的和科技的改造力量。总之，我们相信英美文学是一块值得研究、值得开发、值得我们为之辛勤耕耘的园地。

　　支持这种信念的并非仅仅是热情。《英美文学研究论丛》的第一和第二辑都受到了广泛的欢迎。第一辑出版不到一年就加印，第二辑一下子把印数从3000册增加到了5000册。这个数字仍然不大，但对于一本刚创办、没有做过广告宣传的学术性的文学论丛而言，可以说是一个小小的成功。说到成功，作为主编的本人并无陶醉之意，而内心充满感激之情。从提出设想到本辑论丛问世，我们得到了专家学者和外国文学爱好者的热情的关注。尤其是上海外国语大学和上海外语教育出版社的领导，他们的呵护和鼎力支持，是论丛得以存在和发展的关键所在。全国高校的不少专家学者亲自为本刊撰稿，其中包括一些著名学者如刘意青、申丹、朱炯强、孙致礼、吕俊等教授，黄秀铃等海外学者也寄来了稿子。我们也收到不少专家教授积极推荐的青年教师和博士研究生的优秀稿件。在读博士生仍然是本辑论丛的主力军，王光林、陈雷等青年学者为本辑论丛贡献了非常有思想有特点的论文。

本辑的主要特点之一是讨论的领域相对比较集中，比如涉及叙事模式、文本结构和小说艺术的论文就包括了申丹的《作者、文本与读者：评韦恩·布斯的小说修辞理论》、刘乃银的《重复与变化：〈贝奥武夫〉的结构透视》、李维屏和杨理达的《艺术的轨迹：漫谈英国小说文本形式的演变》、邹颉的《叙事嵌套结构研究》、张生庭的《浅析小说〈赫索格〉的叙事特点》、张强的《浓缩人生的一瞬间——舍伍德·安德森的短篇小说艺术》、蒋虹的《从水意象看〈仙后〉的整体对比结构》和杨洪的《平平淡淡才是真——从几则短篇小说看契佛的写作风格》等九篇。另一领域是文学的文化解读，尤其是亚裔作家研究方面。黄秀铃的《"糖姐"：试论谭恩美现象》、张琼的《女性文化载体的解读——关于谭恩美的〈喜福会〉》、王岚的《结构"身份"——简评〈当我们是孤儿时〉》、王光林的《认同、错位与超越——兼论华裔美国文学的发展》和芮渝萍的《〈大地〉中的阿兰与王龙的非语言交际的文化解读》等，把小说置入文化研究的大框架，在两种文化的碰撞中解读小说。本辑收录的论文中涉及了英美文学的新老经典，其中王岚讨论的《当我们是孤儿时》、虞建华讨论的《时震》、曾艳钰讨论的黑人女性作家伊什梅尔·里德的小说，都是近几年出版的新作；而刘乃银、陈雷、蒋虹等则对经典著作进行了新的评价。为"文学理论"和"文学翻译"两个栏目撰稿的都是著述丰富、学识卓越的著名教授。

限于篇幅，我们未刊出来稿所附的参考书目，但黄秀铃教授的论文是个例外。在这一辑中我们看到了中国学者对华裔作家的浓厚兴趣。她的参考书目本身是一份详尽的研究材料，可以成为其他学者在同一领域研究的可贵参考。加州大学的黄教授长期在美国从事研究，从她的书单中，我们可以对国外同类研究的现状有所了解。北京大学的陶洁教授身在美国，仍然十分关心我们的论丛，向我推荐了黄秀铃教授的这篇十分有见地的文章。对此，我们十分感激。

我衷心感谢论丛的所有赐稿人和所有支持者，希望这本刊物能够继续得到全国同行的关注和一如既往的支持。

（2002年初）

代后记　方寸中的文学大世界

虞建华先生是我的业师、恩师。他嗜读勤思，著述等身。1988年，他负笈英伦，在东英格兰大学攻读博士学位。三年半中他目不窥园，除了顺利完成博士论文，还完成了《新西兰文学史》一书的初稿。这是我国第一部此类著作，获第二届全国高校优秀学术专著优秀奖。2002年，他移砚美国杜克大学，潜心撰写《美国文学的第二次繁荣》一书。该书洋洋50余万言，崇论闳议，是国内第一部真正意义上的美国文学断代史。该著从根柢阅读和阐释这一时期的文学，探究该时期的文化思潮对美国文学这一柯叶繁茂的大树提供了怎样的滋养，美国社会形态和文化思潮如何造就和影响了作家，也研究了文学如何创造性地再现当时的社会巨变。这样的研究进路匠心独具，别有炉锤。由先生主编、商务印书馆出版的《美国文学大辞典》卷帙浩繁，凡350万字，是来自全国27所高校40余位学者黾勉同心的心血之作。该辞典是我国第一部自主编写的大型国别文学工具书，获国家哲学社会科学研究基金后期资助的立项支持，出版后获上海市哲学社会科学优秀成果奖（2016）。2020年，再次传来喜讯，该辞典获教育部第八届高等学校科学研究优秀成果奖（人文社会科学）一等奖。先生主持的国家社科基金重点项目《美国历史"非常"事件的小说再现和意识形态批判研究》独具只眼，上下两卷，近百万字，将一系列"非常"事件及再现事件的小说串联起来，通过比照小说的个人化陈述和官方历史的宏大陈述，将小说叙事视作边缘之声的代言和对抗权力话语的制衡力量。可以预见，这一项目将对国内外国文学研究有丘山之功。

《文思与品鉴：外国文学笔札》共设八个栏目，收入文章54篇，涵盖历史、政治与美国小说，当代英美作家述评，美国经典作家评介，文学、文化主题探究，文学翻译与译著序言，文学史与辞书编纂，新西兰文学研究，治学之道与语言学习，呈现了一个丰富多彩的文学大世界。蒙弋璇师妹打印成册，让我先睹为快。这些文章大部分以前我都读过，但这次集中阅读感觉大不一样，让我更加明白在学术上"绕道路反近、捷径常误人"这一道理，更加明白什么是学术正道。这些文章轻巧灵动，与先生发表的学术期刊文章、学术专著和科研项目等同样展示了先生的先天禀赋、广博学养和学术兴趣。从这些笔札中，可以看出先生既注重文本细读，也关注文本以外，既关注文学的自律，也关注文学的他律。他主张文本的产生和意义的生成取决于历史文化语境，文学研究不应该将自身孤立于作品之中，而必须与生成文学文本并得到文学文本反映的文外大环境互为参照。这看似老生常谈，但要做到需要深厚的学术功力。文学理论的运用已然融于他的文学研究，圆融无碍，不留痕迹。这些文章读后我深感文学研究不拘一格，没有定法，但必定有法，贵在得法。

他与几名当时的年轻学人合著的《美国文学的第二次繁荣》一书从历史和文化的角度考察20世纪二三十年代的美国文学，比较集中地彰显了先生对文外研究的重视，也体现了他在美国历史、政治、文化等方面常人难及的深入研究。从笔札的首个栏目（历史、政治与美国小说）的八篇文章再次可以看出先生对文外研究的一贯主张，他强调历史与文学的对话和互动。这与陈寅恪先生"文史互证"的思想与方法有相通之处。先生一直引导学生关注文本的历史性和历史的文本性，关注文学与历史之间的张力。他的多位博士研究生沿着这一路径开掘，成果颇丰。先生主持的国家社科基金重点项目《美国历史"非常"事件的小说再现和意识形态批判研究》、主编的《历史、政治与文学书写》和《文史互观》等体现了先生近年的学术兴趣。我有幸参与先生主持的国家社科基金重点项目，深感文学的历史、文化研究是文学研究的不二法门，历史与文学的关系微妙而有趣。历史书写常有曲笔和回护。把"非常"事件的文学再现与历史书写进行对比研究，就会发现项目中的这些美国作家尤其是少数族裔作家借由文学进入历史，守护历史，修正历史。如果将历史书写比作十字绣的话，项目中所涉及的小说则竭力将十字绣背面那些杂乱的针脚展示给读者。如果将历史书写比作筛子的话，这些作品则填补了历史书写的巨大筛眼。清人浦起龙在《读杜心解》中曾说:"史家只载得一时事迹,诗家直显出一时气运,诗之妙,正是史笔不到处。"可见古今作者对历史和文学之间的关系都有基本相同的认识。历史书写是风干的,而文学创造是鲜活的,能够将我们带回历史的现场。

受先生熏习多年,深感他不随风俯仰,不做攀附的藤蔓。他卓有树立,就因为不逐队随人。读这本笔札,我再次感受到先生鲜明的中国学者立场、学术创新意识和学术创新能力。他在《自主意识与〈美国文学大辞典〉的编撰》一文中道出编撰的初衷。自简缩本《美国文学辞典·作家与作品》(复旦大学出版社)算起,《美国文学大辞典》的编撰历时十载,是对主编和参与者学术能力的考验,更是对毅力的考验。先生在英国获得博士学位,数年在英语国家访学,濡染西方文化,但始终坚持中国学者的立场,尽可能持论公允。该辞典既认真对待国外美国文学研究的主流评介,也避免国外文学史著作和现有相关辞典中主流意识形态对选择与评价的"操纵","以我为主"的原则贯穿始终,较好地解决了辞典的客观性和"以我为主"的矛盾。与美国编撰的同类辞典不同,它面向中国读者。收入该辞典的华裔美国作家的条目较多(47个)。《自主意识与〈美国文学大辞典〉的编撰》一文还告诉我们,该辞典与时俱进,突出"新",相关信息跟踪到2010年底;"批评指南"提供国内外的相关研究著作,以及国内学刊论文、博士论文和译著,为进一步研究铺设路标,指明方向。该辞典注意收录中国高校常选用的短篇作品并进行介绍和评述,收录与通俗文学相关的词条近300个。这些都是该辞典的特色。

在笔札中的第五个栏目中先生谈及对文学翻译的见解,这来源于他丰富的文学翻译实践。先生翻译过多部文学经典,如《白雪公主后传》《时震》《五号屠场》《回首大决战》。他的译文始终与原文保持张力,贴紧、贴近原文,既考虑到作者,又考虑到读者。他文不加点,拿捏功夫很是了得。先生常说,文学作品的翻译是真正读懂作品的最佳方式,"译出味道"与"译出内容"属于不同境界。在他的鼓励下,多年来,我集中翻译美国印第安文学作品,对先生的这一见解深以为然。现在我集中阅读他的数篇译序,更加感受到好的译文离不开对原文的精准把握,而对原文的把握有高下之分。

笔札中相当一部分文章是先生应邀为多部学术专著、译著撰写的序言或为作品写的导读。先生教学和科研任务繁重,但对于作序或导读的请求几乎有求必应,认真对待每一篇序言或导读。我一篇篇读下来,委实觉得他不藏人善,奖引后进。18年前,我为一篇短文的翻译(打印在A4纸上)请教先生。为了有足够的空间书写修改意见,他把那张A4纸贴在A3纸上,修改了整整半天,修改意见密密麻麻。我收到之后很是汗颜和感动。

先生不仅仅是著名的学者,也是教学名师。多年来他从未离开研究生和本科生教学,除了传统的课堂教学,他亦不断尝试新的教学方式。他领衔的慕课教学有声有色。他绛帐授徒,示人门径,培养了硕士和博士100余名。去年,在上外70周年校庆大会上,先生作为为数不多的上外资深教授代表,上台接受青年学子献花，在雷鸣般的掌声中接受中外嘉宾和师生的致敬。2014年，先生被教育部授予"全国优秀教师"荣誉称号，在学校庆祝第三十届教师节表彰会上做了"为师之本：尊重教育，尊重学生，尊重学术"的发言，言犹在耳。

我忝列门墙，是先生的弟子中年龄比较大的，与先生同在上外工作多年。能够在笔札付梓前拜读书稿我深感荣幸。无奈短绠汲深，我未必都说到点子上。深深感谢商务印书馆出版此书，把一颗颗散落的珍珠串起来，让读者进入致知的文学大世界。本书按计划今年出版，恰逢先生70周岁。敬祝先生生日快乐！身体健康！学术之树常青！

张廷佺

2020年4月16日于上海外国语大学

光启随笔书目
（按出版时间排序）

《学术的重和轻》　　　　　　　　李剑鸣 著
《社会的恶与善》　　　　　　　　彭小瑜 著
《一只革命的手》　　　　　　　　孙周兴 著
《徜徉在史学与文学之间》　　　　张广智 著
《藤影荷声好读书》　　　　　　　彭　刚 著
《生命是一种充满强度的运动》　　汪民安 著
《凌波微语》　　　　　　　　　　陈建华 著
《希腊与罗马——过去与现在》　　晏绍祥 著
《面目可憎——赵世瑜学术评论选》赵世瑜 著
《中国的近代：大国的历史转身》　罗志田 著
《随缘求索录》　　　　　　　　　张绪山 著
《诗性之笔与理性之文》　　　　　詹　丹 著
《文学的异与同》　　　　　　　　张　治 著
《难问西东集》　　　　　　　　　徐国琦 著
《西神的黄昏》　　　　　　　　　江晓原 著
《思随心动》　　　　　　　　　　严耀中 著

光启随笔书目

《浮生·建筑》　　　　　　　　阮　昕　著

《观念的视界》　　　　　　　　李宏图　著

《有思想的历史》　　　　　　　王立新　著

《沙发考古随笔》　　　　　　　陈　淳　著

《抵达晚清》　　　　　　　　　夏晓虹　著

《文思与品鉴：外国文学笔札》　虞建华　著

《立雪散记》　　　　　　　　　虞云国　著